테마명작관 1

사랑

에디터
editor

옮긴이 (작품 수록순)

정숙현 | 성균관대학교 불어불문학과를 졸업하고, 프랑스 파리7대학에서 〈프랑스 혁명사 연구〉로 석사학위를 받았다. 현재 전문번역가로 활동하고 있다. 옮긴 책으로《달력-영원한 시간의 파수꾼》,《위대한 기사 윌리엄 마셜》,《르네상스-라루스 서양미술사 2》,《고전주의와 바로크-라루스 서양미술사 3》,《미켈란젤로-인간의 열정으로 신을 빚다》등이 있다.

권일영 | 동국대학교 경제학과를 졸업하고, 중앙일보사에서 기자로 근무했으며, 지금은 번역자로 일하고 있다. 1987년 아쿠타가와 상 수상작《남비 속》을 우리말로 옮기며 번역을 시작, 일본어와 영어로 된 다양한 소설을 번역하고 있다. 옮긴 책으로《낙원》,《용은 잠들다》,《호숫가 살인사건》,《편지》,《바티스타 수술 팀의 영광》,《셜록 홈즈 미공개 사건집》등이 있다.

이나미 | 모스크바의 고리키문학대학을 졸업하였고, 고려대학교 노어노문학과 박사과정을 수료하였다. 1988년 서울신문 신춘문예에 당선되면서 작품 활동을 시작하였으며, 창작집으로《얼음가시》,《빙화》,《수상한 하루》가 있으며, 옮긴 책으로《악마》,《바보 이반》,《펭귄의 우울》등이 있다.

홍은택 | 한양대학교 영어영문학과를 졸업하고, 같은 대학원에서 문학박사 학위를 받았다. 현재 대진대학교 영어영문학과 교수로 재직하고 있으며, 시인 · 번역가로 활동하고 있다. 지은 책으로《윌리엄 칼로스 윌리엄즈의 시세계》와 시집《통점에서 꽃이 핀다》, 옮긴 책으로《영어로 읽는 한국의 좋은 시》등이 있다.

김난령 | 출판기획자로 활동하다가 영국 런던의 LCC(London College of Communication)에서 인터랙티브 미디어 석사학위를 받았다. 아동문학 및 영미문학과 교양서를 우리말로 옮기는 일을 하며, 옮긴 책으로《디자인의 역사》,《청년 위기》,《우리가 바로 지구입니다》등이 있다.

이항재 | 고려대학교 노어노문학과를 졸업하고, 같은 대학원에서 〈투르게네프의 후기 중단편 연구〉로 박사학위를 받았다. 현재 단국대학교 러시아어과 교수로 재직하고 있다. 지은 책으로《소설의 정치학 : 투르게네프 소설 연구》,《러시아 문학의 이해》(공저) 등이 있다. 옮긴 책으로《러시아 문학사》,《귀족의 보금자리》,《첫사랑》,《아르세니예프의 생애》,《숄로호프 단편집》,《아버지와 아들》등이 있다.

Contents

모파상 Guy de Maupassant　　　　　의자 고치는 여자 · 5

에미 스이인 江見水蔭　　　　　숯쟁이의 연기 · 21

체호프 Anton Pavlovich Chekhov　　　　　개를 데리고 다니는 부인 · 55

헨리 제임스 Henry James　　　　　실수의 비극 · 87

테니슨 Alfred Tennyson　　　　　이녹 아든 · 129

투르게네프 Ivan Sergeevich Turgenev　　　　　아샤 · 183

작품 해설　　　　　· 274

| 일러두기 |
- 외국어 고유 명사의 한글 표기는 개정된 외래어 표기법에 따랐으나 일부 예외를 두었습니다.
- 옮긴이의 주석은 본문 아래 각주로 처리하였습니다.

의자 고치는 여자

La Remapilleuse

Guy de Maupassant

모파상 지음 | 정숙현 옮김

모파상 Guy de Maupassant | 프랑스의 소설가(1850~1893). 플로베르와 졸라에게 배우고 단편소설 〈비곗덩어리〉를 발표하여 명성을 얻은 대표적인 사실주의 작가이다. 장편소설 《여자의 일생》은 프랑스 사실주의 문학이 낳은 걸작으로 평가된다.

✝

레옹 에니크에게

    사냥 금지가 풀리던 날에 맞추어 열린 베르트랑 후작댁의 만찬이 거의 끝나 갈 무렵이었다. 열한 명의 사냥꾼과 여덟 명의 젊은 여성, 그리고 그 지방의 의사는 과일과 꽃으로 뒤덮이고 환하게 밝혀진 큼지막한 식탁 주위에 둘러앉아 있었다.
    마침내 사랑에 관한 얘기가 화제가 되어 입에 오르게 되었다. 진정한 사랑은 오로지 단 한 번만 할 수 있는 것인지, 아니면 몇 번이고 가능한지에 대한, 말하자면 영원히 결론이 나지 않을 주제로 열띤 토론이 벌어졌다. 단 한 번의 진실한 사랑만을 경험했던 사람들의 예가 거론되었고, 격렬하게 사랑을 여러 차례 경험했던 사람들의 예 역시 거론되기에 이르렀다. 대체로 남성들은 질병과 마찬가지로 열정이란 모름지기 한 사람을 여러 번에 걸쳐 사로잡을 수 있는 것이고, 열정에 방해가 되는 걸림돌과도 같은 인간이 가로막고 있다면, 심지어 그런 자를 죽일 수조차 있는 것이라고 주장했다. 이러한 관점은 이론의 여지가 없는 것이기는 하지만 그럼에도 불구하고 사랑에 관해서라면 관찰보다는 낭만적인 감흥에 더 치우치는 여성들은 사랑, 그것도 진정한 사랑, 아니 가장 위대한 사랑이란 한 사람이 단 한 번밖에 빠져들 수 없는 것이며 이러한 사랑은 또한 벼락과도 같아서 이런 사랑에 빠져 본 사람의 마음은 그 이후에는 너무나 공허해지고, 황폐해지며, 죄다 소진되어 버리기 때문에 결국 그 어떤 여타의 감정이나 꿈조차도 새로 싹을 틔울 수 없을 것이라고 확신을 했다.

수많은 사랑을 경험했던 후작은 이러한 여성들의 생각에 강력하게 반론을 제기했다.

"제가 여러분께 말씀드리고자 하는 것은, 사람은 온 힘을 다해서 그리고 영혼을 죄다 바쳐 가며 여러 차례 사랑할 수 있다는 것입니다. 두 번째 열정이 찾아오는 것이 불가능하다는 증거로 여러분은 사랑 때문에 죽음을 맞이한 사람들의 예를 드신 바 있습니다. 여러분의 얘기에 제가 말을 덧붙여 답하자면, 만약 그들이 자살이라는 매우 어리석은 짓을 저지르지 않았더라면, 예컨대 다시 한 번 더 사랑에 빠질 수도 있을 기회를 제거해 버리는 그와 같은 어리석은 짓을 저지르지 않았더라면 그들은 사랑의 아픔으로부터 치유되었을 것이고, 그렇게 하여 사랑을 다시 시작했을 것이며, 마침내 자연스럽고 영원한 죽음을 맞이하게 될 때까지 이와 같은 상태가 지속되었으리라는 것입니다. 사랑을 하는 사람들은 술꾼들과도 같습니다. 술을 마셔 본 사람은 또 마시게 될 것이고, 사랑을 했던 사람은 또 다시 사랑을 하게 될 것입니다. 한마디로 이것은 바로 기질의 문제이지요."

사람들은 은퇴 후 시골에 온, 파리 출신의 늙은 의사에게 중재를 요청하며 그의 의견을 말해 달라고 부탁하였다.

그러나 정확히 말하자면, 그는 자신의 견해라고 할 만한 것을 딱히 가지고 있지 않았다.

"후작님께서 말씀하셨듯이 물론 사랑은 기질과 관계가 있습니다. 55년 동안 단 하루도 쉬지 않고 지속되었으며, 죽음에 이르러서야 끝이 나게 된 사랑을 저는 알고 있습니다."

후작 부인이 손뼉을 치며 말했다.

"이 얼마나 아름다운가요! 그토록 사랑받는다니, 이 얼마나 꿈같은 일인가요! 그렇게 열렬하고 감동적인 애정에 55년 동안이나 파묻혀 산다는 것은 그 얼마나 행복한 일일는지요! 그런 식으로 사랑을 받았던 그 남자는 얼마나 행복했을 것이며, 그의 인생은 얼마나 축복으로 가득 찼을까요!"

의사는 미소를 지었다.

"사실, 부인, 이와 같은 사랑을 받은 사람이 남자였다는 점에서 부인의 말씀은 틀리지 않으셨습니다. 그 사람은 부인도 잘 알고 계시는, 이 마을의 약사인 슈케 씨입니다. 이와 같은 사랑을 함께 했던 여인 역시 부인께서 잘 알고 계시는 분입니다. 바로 매해 의자를 고치려고 성(城)을 방문하는 할멈이랍니다. 그러면 여러분의 이해를 돕기 위해 제가 자세히 말씀드리죠."

여인들의 찬탄은 금방 사그라져 버렸다. 흥이 깨진 그들의 얼굴은 '쳇!' 하는 표정을 짓고 있었다. 마치 사랑이란 사람들의 관심을 받을 만한 세련되고 품위 있는 사람들에게만 찾아오는 것이라고 말하고 싶어 하는 것처럼 말이다.

의사가 다시 말을 이어 가기 시작했다.

"3개월 전에 저는 그 할머니의 임종에 불려갔습니다. 임종 전날 그 할머니는 자신이 집으로 사용하곤 하던 마차에 도착한 후였지요. 그 마차는 여러분들께서도 보신 적이 있겠지만, 늙은 말이 끌었고, 할머니의 친구이자 보호자인 두 마리의 커다란 개들이 따라다녔습니다. 당시 신부님은 벌써 마차에 와 계셨습니다. 할머니는 우리를 할머니 자신의 유언 집행인으로 택했고, 유언의 의미를 우리에게 명확히 설명하기 위해 자신의 인생 얘기를 했습니다. 저는 그보다 더 기구하고 그보다 더 가슴 아픈 이야기를 들어 본 적이 없습니다.

그녀의 아버지는 의자를 고치는 사람이었고, 그녀의 어머니 또한 그랬습니다. 그녀는 단 한 번도 땅 위에 지어진 집에서 살아 본 적이 없습니다.

아주 어렸을 때부터 그녀는 누더기를 걸치고 살아야 했으며, 몸에는 이가 들끓었고, 더러운 모습으로 여기저기 옮겨 다녔습니다. 그녀의 가족은 도랑 주위를 따라 걷다가 마을 입구가 보이는 곳에서 마차를 멈추어 놓곤 했습니다. 마차에서 말을 풀어 놓으면 말은 풀을 뜯을 수 있었고, 개는 제 두 발 위에 주둥이를 올려놓고 잠이 들곤 하였습니다. 아버지와 어머니가 길가의 느릅나무 그늘에서 그 마을 사람들의 낡은 의자들을 죄다 수선하고 있는 동안 이 어린 소녀는 풀밭에서 뒹굴며 놀았다고 합니다.

이 가족의 이동 수단이자 거주지이기도 한 마차에서는 이야기가 거의 오고가지 않았습니다. '의자 고치세요!' 라는, 누구나 익히 알고 있는 그 소리를 지르면서 집집마다 누가 돌아다닐 것인지를 결정하는 데 필요한 단 몇 마디만을 나누고는, 이내 그들은 마주 보거나 나란히 앉아 짚을 엮기 시작하는 것입니다. 아이가 너무 멀리 가거나 마을의 아이들과 친해지려고 하면, 아이의 아버지는 화난 목소리로 그녀를 불러들였습니다. '이리로 돌아오지 못해, 못된 것!' 이것이 그녀가 아버지로부터 들었던, 유일한 애정 어린 말이었습니다.

그녀가 좀 더 자라자 그녀는 파손된 의자의 밑바닥을 거두어 오는 일을 맡게 되었습니다. 그러자 그녀에게는 이곳저곳에 안면을 트게 된 아이들이 하나씩 생겨나게 되었지요. 그렇게 되자 이번에는 새로 생긴 이 친구들의 부모들이 제 아이들을 화를 내며 불러들였습니다. '이 철딱서니 없는 녀석아! 당장 이리로 오지 못해! 거지와 이야기를 하다니!'

어린아이들은 종종 그녀에게 돌을 던지곤 했습니다.

부인들이 그녀에게 단돈 몇 푼이라도 쥐어 주면 그녀는 그것을 소중하게 간직했습니다.

그녀가 열한 살 때의 일이었습니다. 어느 날, 그녀는 이 지방을 지나가다가 친구에게 동전 두 푼을 뺏겨서 묘지 뒤에서 울고 있던 어린 슈케를 보게 되었습니다. 이 불행한 소녀가 빈약한 상상력을 바탕으로 항상 만족스럽고 즐거울 것이라고 생각했던 그런 꼬마 아이들 중의 하나인 어린 이 부르주아 소년의 눈물은 그녀를 혼란스럽게 했습니다. 그녀는 어린 슈케에게 다가갔고, 슈케가 울고 있는 이유를 알게 되자 자신이 모아 놓은 전

재산 7수[1]를 이 아이의 손에 쥐어 주었습니다. 물론 그는 눈가의 눈물을 닦으면서 그 돈을 받았지요. 그가 눈물을 그치자 너무 기뻤던 그녀는 대담하게도 그에게 키스를 했습니다. 돈에 정신이 팔려 있던 그는 그녀가 하는 대로 그냥 내버려 두었습니다. 자신을 밀어내지도 때리지도 않는 것을 보고 그녀는 그 아이를 두 팔 가득 껴안고서 온 마음을 다 바쳐 그에게 키스했습니다. 그러고 나서 그녀는 달아났습니다.

그 가난한 소녀의 머릿속에서는 대체 어떤 일이 일어났을까요? 그녀가 그 소년에게 애착을 갖게 된 것이, 떠돌이인 자신의 재산을 그에게 모두 주어 버렸기 때문일까요? 아니면 부드러운 첫 키스를 그에게 했기 때문일까요? 사랑의 신비로움이란 어른에게나 아이에게나 마찬가지인가 봅니다.

여러 달 동안 그녀는 그 일이 벌어졌던 묘지의 그 귀퉁이와 어린 소년에 대한 꿈을 꾸었습니다. 그 소년을 다시 볼 수 있다는 희망을 품고서 그녀는 양친 몰래 여기저기서 돈을 조금씩 빼내었습니다. 의자 고쳐 번 돈을 말이지요. 생필품을 사러 갈 때마다.

그녀가 다시 이 마을로 돌아왔을 때 그녀의 수중에는 2프랑이 있었지만, 그녀는 매우 청결한 모습으로 제 아버지의 가게 유리창 너머에서 일하고 있는 어린 약사를 오로지 붉은 표본병과 촌충 표본 사이로 넘볼 수밖에 없었습니다.

반짝이는 크리스털 제품을 극도로 예찬하고 색깔이 들어간

---

1) 옛날 프랑스의 화폐. 1수는 5상팀으로, 20분의 1프랑.

물에 찬사를 보내던 그녀는 이 표본병에 비친 그의 모습에 매혹되고 감동을 받아 넋을 잃고서 그를 더욱 사랑하게 되었습니다.

그녀는 이를 지울 수 없는 추억으로 간직했습니다. 다음 해 학교 뒤에서 친구들과 구슬놀이를 하고 있는 그를 발견했을 때, 그녀는 그에게 달려들어 자신의 품에 안고서는 격렬하게 키스했습니다. 겁이 난 그 소년이 크게 소리를 지르기 시작하자 진정시키기 위해 그녀는 3프랑 20상팀이라는 거금을 그에게 주었고, 두 눈이 휘둥그레진 그는 그 돈을 쳐다보고 있었습니다.

돈을 받은 그는 그녀가 원하는 대로 자신을 만지게 내버려 두었습니다.

그러고도 4년 동안 그녀는 자신이 모아 둔 돈을 죄다 그에게 쏟아부었고, 암묵적인 동의로 이루어진 키스의 대가로 소년은 그 돈을 가져갔습니다. 돈은 어떤 때는 30수, 어떤 때는 2프랑, 또 어떤 때는 12수(그녀는 수치심에 눈물을 흘렸지만, 그 해에는 돈벌이가 잘 되지 않았습니다)였고, 마지막에는 둥글고 커다란 5프랑짜리, 그것을 보고는 소년은 만족스럽게 웃었습니다.

그녀는 오로지 그에 대한 생각밖에 없었습니다. 또한 그 역시 그녀가 돌아오기를 초조하게 기다렸고, 그녀가 보이면 그녀 앞으로 달려오게 되었습니다. 이런 소년의 행동이 소녀의 마음을 뛰게 했습니다.

그 후 소년의 모습을 볼 수가 없었습니다. 중학교에 진학을 했던 것이지요. 그녀는 교묘하고 끈질긴 조사로 이 사실을 알게 되었지요. 그래서 그녀는 예정되었던 제 부모의 여정을 바꾸게 하려고 끝없이 시도했으며, 방학에 맞추어 이 지역을 지나가게 끔 하려고 노력했습니다. 결국 그녀의 계획은 성공을 거두었지만, 이미 1년이 지난 후였습니다. 결과적으로 2년 동안이나 그를 보지 못했던 것이지요. 금단추가 달린 교복을 입은 그 소년이 얼마나 변했고, 성장했는지, 또 얼마나 위엄을 갖추고 멋있어졌는지 그녀는 알아볼 수 있었습니다. 그러나 소년은 그녀를 알아보지 못한 체하며 그저 그녀 곁을 거만한 표정으로 지나갔습니다.

그녀는 이틀 동안을 울었습니다. 그리고 그때부터 그녀의 끝없는 고통이 시작되었습니다.

해마다 그녀는 이 지역으로 돌아와 그에게 감히 인사할 엄두도 내지 못한 채 그의 앞을 그냥 지나쳤고, 그 소년 역시 그녀 쪽으로는 눈길조차 주지 않았습니다. 그녀는 그를 미친 듯이 사랑하고 있었습니다. 그녀가 제게 이렇게 말하더군요.

'의사 선생님, 그는 제가 이 세상에서 보았던 유일한 남자입니다. 저는 다른 남자들이 존재하고 있는지 어떤지조차도 모릅니다.'

그녀의 부모가 세상을 떠나자 그녀는 부모의 직업을 이어받았고, 한 마리 대신에 그 누구도 감히 맞설 마음을 갖지 못할 만큼 무서운 개 두 마리를 키우기 시작했습니다.

어느 날, 제 마음을 두고 온 이 마을에 돌아온 그녀는 자신이 사랑하는 바로 그 남자의 팔짱을 끼고서 슈케 약국에서 나오는 젊은 여인을 보게 되었습니다. 그 젊은 여인은 그 남자의 부인이었습니다. 그 남자는 결혼을 했던 것입니다.

그날 저녁 그녀는 면사무소 광장 옆에 있는 연못에 제 몸을 던졌습니다. 밤늦게 귀가하던 취객이 그녀를 구해 주었고, 그녀를 약국으로 데려갔습니다. 실내복을 입은 채로 슈케 일가의 아들이 그녀를 치료하기 위해 아래층으로 내려왔지만, 그는 그녀를 알아보는 것 같지는 않았습니다. 슈케네 아들은 그녀의 옷을 벗기고 온몸을 문질러 응급처치를 한 후에 준엄한 목소리로 그녀에게 이렇게 말했습니다.

'당신, 미친 거 아닙니까? 이렇게 바보 같은 짓을 하다니요!'

이 말만으로도 그녀가 쾌유되기에는 충분했습니다. 그가 그녀에게 말을 걸었던 것입니다! 이 단순한 사실만으로 그녀는 오랫동안 행복할 수 있었습니다.

그녀가 치료비를 내겠다고 고집을 부렸지만, 그는 아무것도 받으려고 하지 않았습니다.

그렇게 그녀의 인생은 흘러갔습니다. 그녀는 슈케를 생각하며 의자를 고쳤습니다. 해마다 그녀는 약국 유리창 너머로 그의 모습을 바라보았습니다. 그녀는 그 남자의 약국에서 자질구레한 비상 약품을 구입하는 습관을 갖게 되었습니다. 이렇게 해야만 그녀는 그를 가까이에서 볼 수 있었고, 그와 말을 나눌 수 있었으며, 예전과 마찬가지로 그에게 돈을 건넬 수 있었습니다.

처음에 제가 말했듯이 그녀는 올봄에 세상을 떠났습니다. 이 슬픈 이야기를 제게 모두 털어놓은 후에 그녀는 자신이 살아오면서 모은 돈을 전부 다 그녀가 그렇게나 끈질기게 사랑했던 그에게 전해 달라고 제게 부탁을 했습니다. 왜냐하면 그녀가 일을 했던 것은 모두 그를 위해서였고, 돈을 모으기 위해 심지어 굶기조차 했으며, 그렇게 함으로써 자신이 죽으면 적어도 한 번은 그가 자신을 생각해 주리라고 확신했기 때문이라고 그녀는 제게 말했습니다.

이렇게 해서 그녀는 제게 2327프랑을 맡겼습니다. 그 돈 중에서 저는 장례비로 27프랑을 신부님께 드렸고, 그녀가 마지막 숨을 거둔 후 그 나머지를 들고 장례식장에서 나왔습니다.

다음 날, 저는 슈케 씨 가족이 살고 있는 집으로 갔습니다. 뚱뚱하고 혈색이 좋은 슈케 부부는 마주 앉아 아침 식사를 막 끝낸 참이었는데, 온몸에 약 냄새를 풍기면서 거드름을 피우며 만족한 모습이었습니다.

그들은 앉으라고 제게 의자를 권하고는 버찌 술을 내왔고, 우리는 함께 그 술을 마셨습니다. 얼마 지나지 않아 저는 그들이 눈물을 흘리게 될 것이라고 확신하며 흥분된 목소리로 이야기하기 시작했습니다.

그 떠돌이 여자, 그 의자 고치는 여자, 그 뜨내기 여자가 자신을 사랑했다는 사실을 알게 되자 슈케 씨는 마치 그녀가 자신의 명성이나 점잖은 사람으로서의 평판, 자신의 개인적인 명예나 제 자신에게 생명보다 더욱 소중한 매우 민감한 어떤 것을 훔쳐내기라도 한 것처럼 화를 내면서 펄쩍펄쩍 뛰었습니다.

슈케 씨와 거의 비슷하게 흥분한 슈케 씨의 부인도 오직 이 말만을 되풀이했습니다.

'그 따위 가난뱅이 여자가! 그 거지 같은 여자가! 그놈의 비렁뱅이 여자가……!'

마치 이 말 외에 다른 말이라고는 구사하지 못하는 사람처럼 말입니다.

자리에서 일어나더니 그는 뒤집어진 그리스 모자를 한쪽 귀에 걸치게 비스듬히 쓰고 식탁 뒤쪽에서 성큼성큼 왔다 갔다 하는 것이었습니다. 이윽고 그는 더듬거리며 이렇게 말했습니다.

'의사 선생님은 이런 일을 이해할 수 있으세요? 한 남자에게는 정말이지 끔찍한 일이 아닐 수 없습니다! 그러니 어떻게 할까요? 아! 그 여자가 살아 있을 때 이 사실을 알았더라면 경찰서에 넘겨서 감옥에라도 처넣었을 텐데요. 그러면 그 여자는 거기에서 나오지 못했을 겁니다. 이 점만은 확신할 수 있습니다!'

저는 제 경건한 발걸음이 이런 비통한 결과를 맞을 줄 몰랐기에 어안이 벙벙했습니다. 무엇을 말해야 할지도, 무엇을 해야 할지도 더 이상 알 수가 없었습니다. 그렇지만 제겐 해야 할 임무가 있었지요. 그래서 계속해서 말했습니다.

'그녀가 슈케 씨에게 자신의 재산을 드리고 싶다고 제게 맡긴 돈이 있습니다. 전부 2300프랑입니다. 제 얘기를 듣고 나신 두 분의 반응을 보니 그다지 유쾌하지 않으신 듯하니, 이 돈은 가난한 사람들을 위해 쓰는 것이 좋을 듯하군요.'

그러자 슈케 부부는 갑작스럽게 감동을 받은 것처럼 표정을 지으며 어찌할 줄 모른 채 저를 쳐다보고 있었습니다.

저는 주머니에서 돈을 꺼냈습니다. 그 돈은 여러 나라의 돈이었고, 또한 매우 다양한 특색의 금화와 동전이 서로 섞여 있는, 몹시도 애처로운 돈이었습니다. 돈을 손에 들고서 저는 이 두 사람에게 물어보았습니다.

'자, 이제 어떻게 하시겠습니까?'

슈케 부인이 먼저 입을 열었습니다.

'그 여자의 유언이 정말 그랬다고 한다면…… 저희가 그 간곡한 부탁을 거절하는 건 매우 어려울 것 같네요.'

그러자 약간은 당황스러워하면서 남편이 말했습니다.

'그 돈으로 우리 아이들에게 무언가를 사 줄 수도 있겠군요.'

이 대답을 듣고 저는 냉담한 표정으로 말했습니다.

'그럼 두 분이 원하시는 대로.'

슈케 씨가 다시 말했습니다.

'어쨌든 주십시오. 그 여자가 그러라고 당신에게 맡긴 것이니까요. 그 돈을 좋은 일에 쓸 수 있는 방법을 찾을 수 있겠지요.'

저는 돈을 건네주고는 인사를 하고서 그 집을 나왔습니다.

다음 날 슈케 씨가 저를 만나러 와서는 불쑥 말했습니다.

'그런데 그녀, 음…… 그 여인이 여기에다가 마차도 남겨 놓았겠지요. 그 마차는 어떻게 하실 생각이십니까?'

'전 아무 생각이 없는데, 아무쪼록 원하시면 가져가세요.'

'잘됐군요. 다행입니다. 그걸로 제 채소밭에다가 오두막집을 만들어야겠습니다.'

이렇게 말하고는 그는 밖으로 나갔습니다. 저는 그를 다시 불러 세웠습니다.

'그녀는 늙은 말 한 필과 또 다른 말 두 필도 남겨 놓았는데요. 그럼 그것도 가져가시렵니까?'

그는 놀라서 걸음을 멈추었습니다.

'아, 아닙니다. 정말로, 그런 걸로 무얼 할 수 있겠습니까? 원하시는 대로 처분하시지요.'

이렇게 말하고는 그는 웃음을 터트렸습니다. 그리고는 악수를 청해 왔고, 우리는 서로 악수를 나누었습니다. 별 도리가 있습니까? 한 지역에서 의사와 약사란 서로 적대 관계에 있으면 서로에게 좋을 게 없는 것을요. 그녀가 남긴 개 두 마리는 저희 집으로 데려왔습니다. 넓은 마당을 갖고 있는 신부님이 말을 데려가셨고요. 마차는 지금 슈케 씨네 오두막으로 사용되고 있습니다. 그리고 그는 그 돈으로 철도 채권을 다섯 주나 구입하였습니다.

이것이 제 생애에서 알고 있는 유일하다고 할 심오한 사랑입니다.”

이렇게 말하고는 의사는 입을 꾹 다물었다.

그러자 눈에 눈물이 한가득 고인 후작 부인이 옆에서 한숨을 쉬었다.

"확실히, 사랑할 줄 아는 사람은 여자들밖에 없다니까요!"

(1882)

숯쟁이의 연기
炭焼の煙

江見水蔭

에미 스이인 지음 | 권일영 옮김

에미 스이인 江見水蔭 | 일본의 소설가·번역가·탐험가(1869~1934). 본명은 에미 다다카쓰(江見忠功). 탐정소설로도 인기를 모았으며, 탐험소설·아동소설·기행문도 많이 썼다. 1906년에는 우리나라 장승포에 머물며 고래잡이 포경선에 탑승한 경험을 바탕으로 《실지탐험 포경선》이란 책을 쓰기도 했다.

✢

1

 겹겹이 에워싼 높은 산에 둘러싸여 사발 바닥처럼 움푹 팬 평지가 있었다. 그 한복판을 가로질러 강이 흐른다. 강가에는 크고 작은 흰 돌들이 깔려 있고, 그 가운데로 쪽빛 강물이 흐른다. 강물은 어디로 가는 걸까? 언젠가는 이곳을 떠나 바다를 향해 계속 흘러갈 테지만 사방이 산이다. 아주 높고 험한 산들로 둘러싸여 있으니 이곳을 어찌 빠져나갈지, 강물의 앞길이 걱정스럽다.
 그 강 한가운데 섬이 있다. 사방은 온통 흰색 돌인데 그 섬만 유난히 새카만 바위로 되어 있다. 섬은 나뭇가지며 뿌리를 한껏 펼친 나이 든 소나무들로 둘러싸였다. 그 안쪽에는 벚나무가 여러 그루 자란다.
 이렇게 깊은 산속, 강 한가운데 있는 섬의 소나무에 둘러싸인 벚나무. 이 벚나무에 봄이면 꽃이 피고 가을이면 단풍이 드는데 그런 기막힌 경치는 그림으로도 본 적이 없고, 이야기로도 들은 적 없고, 글로도 읽은 적이 없다. 경치 좋은 곳을 찾아 즐기는 이들에게 이 섬의 꽃을 보여 주고 싶다.

그러나 이 천하의 절경을 찾아오는 것이 기껏해야 꽃잎을 휘날리고 잎사귀를 떨어뜨리기나 하는 사나운 바람뿐이라니 실로 안타까운 노릇이다. 사람들이 이곳 경치를 모르기 때문이다. 모르는 까닭은 길이 없기 때문이다. 사람이 다닐 길이 없는 것이다.

이곳에 한 남자가 살았다. 그 남자는 강물에 놓인 징검돌을 껑충껑충 건너뛰어 검은 바위로 된 섬에 오는데, 그건 벚꽃을 구경하기 위해서가 아니라 가지를 꺾어 땔감을 마련하고, 나무를 베어 숯을 굽기 위해서였다. 이미 일고여덟 그루를 무참하게 베어 넘겼다.

하지만 베어 낸 것은 모두 어린 나무들이었기 때문에 한두 아름이나 되는 큰 나무는 탈 없이 남아 있다. 그렇게 큰 나무는 숯을 굽기에 마땅치 않기 때문이다.

남아 있는 벚나무가 지금 한창 꽃을 피우고 있다. 마을의 꽃은 거의 졌을 무렵이지만 이곳은 한창 피어 있다. 푸르른 소나무와 흰 돌에 둘러싸여 마치 눈이나 구름처럼 아름다운 꽃 아래, 그 남자는 자기가 베어 낸 나무 그루터기에 걸터앉아 초라한 나무 그릇에 담긴 밥을 떨어지는 꽃잎과 함께 긁어모아 먹어 치우고 뚜껑에 떠 온 강물을 벌컥벌컥 마신 뒤 솔잎을 주워 가지런하지 못한 잇바디를 열심히 쑤시고 있었다. 벌써 나온 산개미가 무릎 위를 기어가고 있다는 것도, 이름은 모르지만 어여쁜 새가 바로 앞에 와서 지저귀는 것도, 맞은편 바위 위에 개가 서서 꼬리를 흔드는 것도, 바지를 걷어 올리지 않고 징검돌을 건너뛰어 물을 건너려는 한 남자가 있다는 사실도 전혀 모르는 모양이다.

산개미에게 허벅다리를 세게 물려 깜짝 놀라 펄쩍 뛰어오르자 새는 날아가고 대신 개가 훌쩍 뛰어내렸다. 바로 그때 간격이 제일 넓은 징검돌 사이를 무사히 건너뛴 한 노인의 얼굴을 발견하고 남자는 다시 깜짝 놀랐다.

"사쿠 영감님?"

"여기 있었구나, 신지(眞次). 오두막에 가 보았더니 네가 곤(權)이라고 부르는 원숭이만 있지 어디 갔는지 도무지 보이지 않아서. 그 녀석이 인간이라면 가르쳐 달라고 했을 텐데 사람이 아니다 보니 깩깩거리며 이빨만 드러내 도무지 방법이 없더구나. 산속을 찾아 헤매야 하는 게 아닌가 걱정하고 있는데, 그때 이 녀석이."

그러면서 사쿠 영감은 누런 무명 누더기 바지 사이로 빠져나와 앞에 선 개의 머리를 잡고 이마의 털을 거꾸로 쓰다듬어 올리며 말을 이었다.

"이 녀석이 이쪽을 향해 계속 짖었지. 토끼라도 본 거 아닌가 싶어서 잡아 오라고 채근하면서 이쪽을 보니 네가 이 섬에 있는 모습이 보이더라. 덕분에 헛걸음하지 않고 중요한 이야기를 전할 수 있게 되었지. 이 그루터기에 그렇게 걸터앉아 있다니, 괜찮은가? 뭐, 하기야 수건을 깔았으니 아프진 않겠구나."

"어지간한 일이 아니면 오지 않는 영감님이 내게 볼일이 있다는 듯이 찾아오다니, 무슨 일인지 걱정되는군요. 지난번 가마는 숯감을 잘 쌓지 못했고, 불길이 밖으로 빠져나가지 못하게 막는 진흙을 너무 얇게 발랐는지 냉과리[1]가 나오고 말았죠. 분명히 그 숯은 제대로 타지 않고 연기가 났을 겁니다. 그 일 때문에 오신 거라면 미리 사과하겠습니다."

"신지, 그런 이야기가 아니야. 이 사쿠제이무(作左衛門)가 일부러 여기까지 온 까닭은 그게 아니고."

"그게 아니라면 무슨 일인가요?"

"네가 아무리 궁리해 봐야 알 수 없을 거야. 그래, 속 시원하게 내가 바로 이야기해 주마. 사실은 이 산의 주인인 후지와라(藤原) 나리가 자기 산에 그토록 좋은 곳이 있다니, 길이 좀 나쁘더라도 어떻게든 한번 구경하고 싶다고 하셨어. 그러자 꽃놀이라면 알록달록한 그림에서 보는 모습으로만 여기는 마님과 아가씨가 꼭 함께 가고 싶다고 나섰지. 나리께선 바보 같은 소리다, 아무리 산이 많은 고장에서 자란 여자라 해도 나무가 우거지고 험한 바위투성이인 산이다, 높디높은 고개를 넘어야 하는데다가 길도 변변히 나지 않은 곳인데 어떻게 가겠다는 거냐며 말리셨지. 나도 만류하려고 했는데, 전에도 고사리를 캐거나 버섯을 따려고 아주 험한 산을 오른 적도 있으니 전혀 상관없다며 자꾸 고집을 부리시는 거야. 하긴 가만히 생각해 보면 무리도 아니지. 이 벚나무 골짜기에서 보자면 노노무라(野々村)라는 마을은 큰 곳이지만, 진짜 큰 도시에서 보면 노노무라 역시 별 수 없는 시골이니. 그런 곳에 사는 시골 부자의 마님과 따님이라 기회만 있다면 구경 삼아 나들이를 하고 싶은 건 당연한 노릇이겠

---

1) 잘 구워지지 않아 불을 붙여도 잘 타지 않거나 연기가 많이 나는 숯.

지. 그렇지만 갈 곳이 없어 어쩌나 하시던 참이었던 거야. 그래서 도무지 말릴 수가 없었어. 결국 나리는 식구들을 한 명 남기지 않고 모두 꽃놀이에 데리고 나서기로 한 거지. 잘 걷지 못하는 사람은 대나무로 얽은 가마를 타고, 술과 안주는 말에 실어 갈 수 있는 곳까지 옮기고 그 다음부터는 걷기로 했네. 그리 정했으니 벚꽃이 지기 전에 나서는 것이 낫겠다고 하시기에 그 소식을 알려 주려고 자네에게 온 거지."

"아니, 어디로 꽃구경을 가신다는 건가요?"

신지가 진지한 표정으로 물었다. 신지의 얼굴이 너무 진지해 사쿠제이무는 농담하는 줄 알고 재미없다는 투로 대꾸했다.

"어디는 어디겠어? 뻔히 눈치챘으면서 얼버무리지 마. 자, 그런 소리는 그만하고. 내일 출발하신다니 정리하고 청소를 해 둬야지. 나도 거들 테니 서둘자. 자, 어서."

신지는 더할 나위 없이 진지한 표정으로 말을 받았다.

"영감님, 정말 전혀 모르겠어요. 나리가 대체 어디로 꽃구경을 가신다는 거죠?"

"아니, 정말 몰라서 그러나? 어처구니가 없군. 이 부근에 꽃구경을 하러 갈 만한 벚꽃이 어디 있겠나? 바로 여기지. 이곳 벚꽃이라니까."

신지는 도무지 이해가 되지 않는다는 듯이 말했다.

"호오, 여기가 일부러 찾아올 만큼 그렇게 경치가 좋은 곳인가요?"

2

 신지는 사쿠 영감의 독촉을 받으며 준비를 시작했다. 흙을 파서 돌을 깔고, 불을 피울 부뚜막을 만들었다. 징검돌을 딛고 건너는 냇물에 소나무며 삼나무를 가져다 통나무다리를 얹었다.
 부뚜막은 필요하다. 밥을 짓고, 물을 끓이고, 안주를 삶아야 한다. 술을 데우기 위해서도 필요하다. 이런 건 다 이해가 갔다. 하지만 왜 폴짝 건너뛰면 그만일 징검돌이 있는데 다리까지 놓아야 한다는 건지, 신지는 도무지 이해할 수 없었다.
 "영감님, 다리까지 놓을 건 없잖아요? 누구나 쉽게 건너뛸 수 있는데. 영감님도 징검돌을 건너왔죠? 이 개도 함께 오지 않았어요?"
 "이봐, 그야 남자들이라면 문제가 전혀 없겠지. 하지만 마님이나 아가씨는 그게 안 되잖아."
 "징검돌을 건너뛰지 못하나요? 곤란하네. 그렇다면 오지 않는 게 나을 텐데."
 "이 사람아, 그렇게 이야기하면 곤란하지······. 아 참, 그리고 쓰루스베리 언덕 있지? 거기 억새며 민바랭이새[2]가 작년에 말라죽은 채로 그냥 쌓여 있어 아무래도 지나가기 힘들 거야. 적어도 마님 소맷자락이 걸리지 않을 만큼만 베거나 태워 없애."
 "어······, 거참. 번거롭군."

---
2) 외떡잎식물 벼목 화본과의 한해살이풀. 우리나라에서도 가장 흔하게 볼 수 있는 잡초 가운데 하나.

"너무 그러지 말고⋯⋯. 아, 그 하나나시 골짜기 중턱쯤에 절벽이 무너질 때 함께 밀려 내려온 커다란 소나무가 있더군. 그게 쓰러져 있는데, 아가씨가 그 아래를 지날 때 위로 틀어 올린 머리가 망가지면 안 되니 그것도 좀 처리해 두게. 에휴, 번거롭기야 하지만 이게 다 남의 밑에서 일하는 신세이니 어쩔 수 없는 노릇 아닌가? 그러니 그만 투덜거리게. 대신 내일은 그만한 수고비가 나올 거야. 어라? 그런 건 필요 없나? 좋아, 그럼 그건 내가 받아 쓰지, 허허허."

사쿠 영감은 혼자 웃고 혼자 지껄였다.

"갈 길이 머니 해가 지기 전에 나도 돌아가야겠군. 자, 내일이야. 부탁하네. 흰둥아, 가자. 이 녀석, 신지가 먹은 도시락 냄새는 맡아서 뭐 하겠냐? 그보다 가서 꿩이나 두세 마리 물고 오거라. 살은 내가 다 발라 먹고 네겐 뼈를 주마, 하하하."

영감은 또 웃으며 훌쩍 뛰어 징검돌에 발을 디디려다 말했다.

"아 참, 이미 번듯한 다리가 놓였지."

신지는 멀어져 가는 사쿠 영감과 흰둥이를 지켜보고 나서 혼자 중얼거렸다.

"이게 무슨 일이람."

하지만 신지는 더 이상 입을 열지 않았다. 이야기할 상대가 아무도 없기 때문이었다. 신지는 바로 이 섬을 떠나야 할 시간이라 베어 낸 나무를 정돈하고, 도끼와 톱을 허리에 찬 뒤 도시락통을 도끼자루에 걸치고 옷소매 안에 두 손을 찔러 넣은 채로 느릿느릿 걷기 시작했다.

쓰루스베리 언덕과 하나나시 골짜기를 사쿠 영감이 시킨 대로 정리하고, 특별히 지시하지 않은 곳은 그냥 둔 채 자기가 사는 오두막으로 돌아갔다.

오두막은 절반 위로는 빽빽한 소나무 숲이 있고, 그 아래로는 완전히 민둥민둥한 산의 기슭에 있다. 그 앞으로는 시냇물이 흐르고, 그 양 옆으로는 흰 돌이 깔려 있다. 오두막 옆에는 숯 굽는 가마 세 개가 듬성듬성 떨어져 있었다. 신지가 사는 오두막보다 숲이나 장작을 쌓아 두는 곳이 더 크고 번듯하며 넓었다.

소나무에 그대로 새끼줄이나 등나무 덩굴을 엮고 그 위에 삼나무 껍질을 대충 얹은 다음 사방을 마른 억새와 마른 잔디로 막아 둔 오두막이다. 출입구는 하나뿐이라 바람이나 빛은 이곳으로 드나든다. 안에는 두두룩하게 북돋아 올린 건지 깎아 낸 건지, 살짝 높게 다져 놓은 적토 위에 멍석 세 장이 깔려 있다. 그 밖에는 아무것도 없다. 다만 이로리[3] 위에 청죽(靑竹)을 세 개 얽어 거기에 냄비를 걸어 두었다. 냄비 뚜껑에는 약간 큰 밥그릇을 덮었고, 그 위에는 대젓가락이 놓여 있다. 구석 쪽에 돗자리 병풍이 있는데, 그 뒤에는 칡에서 실을 뽑아 짠 베로 지은 이부자리가 있다.

이 오두막에 사는 사람은 신지 혼자뿐이다. 그 밖에는 원숭이가 한 마리 있을 뿐이다. 이름은 곤. 신지는 곤을 사람처럼 여겼다. 원숭이를 동물이라고 생각하지 않았다. 자기가 부리는 하인

---

3) 囲炉裏. 방바닥 일부를 네모나게 잘라 내 그곳에 재를 깔아 취사용이나 난방용으로 불을 피우는 장치.

이라고 생각했다. 신지가 거드름을 피울 수 있는 상대는 이 원숭이뿐이다.

신지가 오두막으로 들어서자 곤이 반가워하며 묶여 있는 기둥을 마구 오르락내리락하더니, 묶인 사슬이 허락하는 만큼 신지 앞으로 다가와 두 발로 서서 비파 열매 같은 눈을 이리저리 굴리며 이상한 손짓으로 뭔가 달라는 시늉을 했다.

"에이, 없어. 오늘은 바빴다니까."

숯가루가 쌓여 새카만 마당을 지나 가마 쪽으로 갔다. 불길이 새나가지 않게 흙을 발라 막아 둔 부분의 상태를 확인하고 바깥쪽 온도를 살폈다. 꽂을대를 쥐고 연기 빼는 구멍에 힘껏 찔러 넣자 백사(白蛇)가 승천하듯 연기가 솟아올랐다.

얼른 그 구멍을 진흙으로 발라 막고 나머지 두 번째 숯가마에도 꽂을대를 찔러 넣었다. 이번에는 연기가 오르지 않았다. 신지는 바로 진흙을 발라 막았던 곳을 허문 다음 그리로 참숯을 꺼내기 시작했다. 신지의 맨손은 마치 두꺼운 장갑을 낀 듯했다. 거리낌 없이 숯을 대충 끄집어냈다. 꺼낸 숯은 우선 마당에 늘어놓는다. 섬에 꾸리는 일은 그 다음이다.

준비는 오늘 오두막을 나설 때 이미 해 둔 상태였다. 세 번째 숯가마에 불을 붙였을 때, 해는 벌써 산 너머로 넘어가 있었다. 저녁 안개인지 아니면 가마에서 피어오르는 연기인지 모를 것이 주변 산들을 감싸 버렸다.

가마 안에 불길이 충분히 퍼졌을 때는 오두막 이로리에도 장작을 넣어 불을 지폈다. 그 불은 저녁밥을 짓는 데 쓰기도 하고,

오두막을 밝히는 조명이 되기도 한다.
 그제야 비로소 신지는 곤에게 부드러운 목소리로 말을 건넸다.
 "곤아, 내일도 무척 바쁠 거야. 마을에서 성가신 사람들이 몰려온다는구나. 그러니 오늘밤은 푹 자 두어야지. 세 번째 가마에 흙을 발라 막은 다음에는 바로 잘 거야. 한밤중에 울어 대서 내 잠을 깨우면 안 돼."
 실제로 이날 밤은 신지가 고민 없이 잠들 수 있었던 마지막 밤이었다. 늘 그랬듯 꿈도 꾸지 않았고, 동이 틀 때까지 푹 잤다.

3

 매에게 쫓기는지 작은 새 수십 마리가 마치 비라도 쏟아지듯 신지의 오두막 주위에 내려앉았다. 그 소리에 잠에서 깬 신지는 "아, 잘 잤다. 정말 푹 잤네."하며 일어났다. 어제 옷 입은 채로 잤기 때문에 벌떡 일어나 세수도 않고 바로 밥부터 먹었다. 남은 음식을 곤에게 주고 바로 두 번째 숯가마를 열었다. 창고에서 섬을 꺼내 숯을 채운 뒤 주둥이를 여미 어깨에 메어다 들여놓았다. 손과 발, 얼굴에 숯검정이 잔뜩 묻었다. 신지가 집에 있을 때만 사슬이 풀리는 곤은 신지가 애써 내온 섬을 다시 창고로 부지런히 옮겼다. 신지가 힘들여 내놓은 것을 숯도 채우지 않았는데 도로 창고로 옮기는 것이었다. 곤은 결국 신지에게 호되게 야단맞고, 다시 사슬에 묶이고 말았다.
 이렇게 해서 점심때가 되었을 때, 누가 신지의 등을 탁 때렸다. 깜짝 놀라 돌아보니 사쿠제이무였다. 신지는 그제야 생각났다. 오늘 성가신 사람들이 오기로 되어 있었던 것이다.

"아니, 왜 나오지 않았나? 기야마(木山) 산 고갯마루까지 마중 나왔으면 좋았을 텐데. 나리는 벌써 섬에 가 계셔."

사쿠 영감의 입에서는 벌써 술 냄새가 심하게 났다.

신지는 말없이 눈동자만 이리저리 움직이며 일어섰다.

"자, 나리와 다른 분들에게 인사를 드리러 가세. 나랑 같이 가자고. 이 산 주인이시잖아?"

마구 몰아세우는 바람에 어쩔 수 없이 숯에 그을린 얼굴과 진흙 묻은 손도 씻지 않고, 때가 타 번들거리는 옷도 갈아입지 않은 채로 마치 덴구4에게 끌려가는 심정으로 사쿠 영감의 뒤를 따랐다. 하지만 영감은 이내 술기운 때문에 제대로 걷지 못해 신지가 데리고 가는 꼴이 되고 말았다.

검은 바위로 된 섬이 눈에 들어오기 시작하면서 노랫소리가 들려왔다. 사쿠 영감이 통나무다리를 제대로 건너기 힘들 것 같아 부축해서 건네주고, 벚나무 숲 안으로 들어가 보니 술에 취한 사람은 사쿠 영감만이 아니었다. 산의 주인인 후지와 나리는 물론이고 친구들, 데리고 온 짐꾼까지 다들 취해 있었다. 그들은 모전5 위에서 손뼉을 치며 노래했다. 이들과 떨어져 여자 대여섯 명이 술래잡기를 하고 있었다. 빨간 속옷과 빨간 속치마 차림이라 벚꽃 말고도 다른 꽃이 핀 듯했다. '뭐야, 꽃놀이를 온

---

4) 天狗. 하늘을 날고 신통력이 있다는 상상 속 괴물.
5) 毛氈. 짐승의 털로 색을 맞추고 무늬를 놓아 두툼하게 짠 부드러운 깔개.

것이 아니라 소란을 떨러 온 거로군.' 하고 신지는 생각했다.

신지는 인사를 하러 왔을 뿐이니 볼일을 마치면 바로 돌아갈 작정이었다. 하지만 그렇게 되지 않았다. 엉겁결에 술 데우는 일을 떠맡게 되었다. 어제 자기가 쌓은 부뚜막에 걸어 놓은 냄비에서 계속 도쿠리[6]에 술을 담아 건져 올려 갖다 주어야만 했다.

사람들은 계속 마셔 대고, 한껏 취했다. 마시고 또 마셨고, 취하고 또 취했다. 언제까지 이렇게 술을 데우고 있어야 하는 걸까? 신지는 아주 불쾌했다. 여기 이렇게 잡혀 있는 것은 마치 곤이 기둥에 묶인 것과 같은 꼴이다.

술래잡기에 정신이 팔려 있던 여자들이 문득 이쪽을 보았다. 그리고 신지의 얼굴을 보더니 한 사람이 킥킥 웃기 시작했다. 두 사람, 세 사람, 나중에는 모두 함께 웃음을 터뜨렸다. 신지는 여자들이 왜 웃는지 이해할 수 없었다. 하지만 싱글벙글 미소를 지으며 받아들였다. 여자들 웃음소리가 너무 커서 남자들도 이쪽을 바라보았다. 그리고 여자들과 마찬가지로 웃음을 터뜨렸다. 산 주인인 후지와라가 비틀거리며 다가왔다.

"아, 신지. 고생이 많구나. 너도 이리 와서 한 잔 하거라. 오늘은 꽃놀이야. 마음껏 취해."

하지만 신지는 고개만 꾸벅꾸벅 숙일 뿐이었다. 웃음소리는 더욱 커졌다.

비틀거리며 또 한 명이 다가왔다. 사쿠 영감이었다. 그가 신지를 대신해 이렇게 대답했다.

---

6) 德利. 주둥이와 크기가 작은 술병.

"신지는 안 됩니다. 술도 마시지 않고, 담배도 피우지 않죠."

"그렇다면 대단히 성실한 사람이로군. 당장이라도 창고를 여럿 짓는 부자가 되겠어."

후지와라가 말했다.

"창고라면 이미 대여섯 개 있습죠. 하지만 그건 숯을 보관하는 창고이고, 게다가 나리 소유니까요."

사쿠 영감이 웃었다.

"요즘 젊은이가 이렇게 산속에 들어와 혼자 지내는 것도 기특한데 술도 전혀 마시지 않고 담배도 피우지 않는다니, 놀랍군. 다들 들어라. 이 젊은이를 보고 본받아라. 게다가 새카맣게 되어 일 년 내내 숯을 굽고 있다니 얼마나 감탄스러운 일이냐. 으음, 참으로 기특하구나."

후지와라가 잔뜩 칭찬했다. 그러자 신지도 조금 우쭐해졌다. 사쿠 영감이 덩달아 입을 열었다.

"나리 마님, 이 녀석 아버지가 가르친 겁니다. 죽은 다에몬(多右衛門)이 나리로부터 받은 은혜는 손자 대까지 잊지 않게 할 거라고 입버릇처럼 말했죠. 다에몬이 버린 담배꽁초 때문에 산을 세 개나 태워 먹어 나리께서 엄청난 손실을 입었는데도 크게 꾸짖지 않고 계속 일을 할 수 있도록 해주셨으니까요. 그래서 다에몬은 잘 때도 나리가 계신 쪽으로는 발을 뻗지 않았고, 아침에 일어나면 해님 다음으로는 나리가 계신 쪽을 향해 절을 했습니다. 신지는 바로 그 다에몬의 아들입니다. 이렇게 산속에서 지내면서도 참고 지내는 건 당연한 노릇이죠."

"그런가? 아, 정말 기특하군. 신지야, 넌 정말 성실하구나."

후지와라는 연방 칭찬했다. 그때 옆에 있던 부인이 끼어들었다.

"술도 마시지 않고, 담배도 피우지 않고, 게다가 이렇게 깊은 산속에서 무슨 재미로 살지?"

사쿠 영감이 또 대신 대답했다.

"신지는 말이죠, 자기가 마시거나 먹기보다 원숭이에게 뭔가를 주는 걸 좋아하죠. 그게 재미입니다."

신지는 여전히 말없이 히죽히죽 웃기만 할 뿐이다. 잠시라도 웃고 있지 않으면 잘못인 걸로 알고 있는 게 아닐까 하는 생각이 들 정도로.

***

그 원숭이를 데리고 오라는 바람에 신지는 어쩔 수 없이 곤을 끌고 왔다. 신지가 낯을 가리듯 원숭이 곤도 사람들을 보곤 허둥댔다. 그 모습이 재미있다며 사람들이 우르르 몰려들었다. 곤은 필사적으로 신지에게 매달렸다. 그러면서도 사람들이 먹을 것을 주면 얼른 손을 내밀어 잽싸게 입에 집어넣었다. 그게 또 재미있다면서 사람들이 더 몰려들어, 나중에는 짓궂은 장난을 치기 시작했다. 머리를 쥐어박는 사람, 엉덩이를 꼬집는 사람, 으름장을 놓는 사람, 쓸데없이 집적거리는 사람. 다들 취했기 때문인지 곤을 끈덕지게 괴롭혔다. 너무 집요해서 곤보다 신지가 더 화가 났다. 하지만 그만두라고 말을 하지 못했다. 그렇다고 해서 이 자리를 떠날 수도 없다. 수많은 적에게 둘러싸여 어째해야 할지 갈피를 잡지 못하고 있을 때 유일한 구원병이 있었다.

참으로 부드러운 목소리였다.

"불쌍하니까 그만해. 원숭이라고 그렇게 괴롭히면 측은하잖아."

그 유일한 아군은 바로 후지와라 나리의 따님이었다.

4

이 산이 생긴 이래 이 벚나무 골짜기에 처음으로 꽃놀이를 하러 찾아온 시끌시끌한 사람들도 찬합을 챙기고 모전을 거두며 각자 정돈하여 해가 저물기 전에 돌아갈 채비를 했다. 해가 저물기 전에 돌아갈 수 있을지는 좀 의문스럽지만 집에 도착할 때까지 술은 깨지 않으리라. 무겁지도 않은 짐을 짊어진 걸음걸이가 다들 술에 취한 탓에 위태로웠다. 특히 걱정스러운 사람들은 산길에 익숙하지 않은 여자들이었다. 고갯마루에 가마와 말이 기다리고 있다는데 거기까지 가기 힘들어 보였다. 특히 후지와라 아가씨는 산길이 익숙하지 않아서인지 발에 물집이 잡혀 아파 걷지 못했다.

이 아가씨는 아주 좋은 곳인 줄 알았는데 재미없는 곳이라며 따라온 걸 후회하고 있었다. 하지만 아가씨보다 재미없게 된 사람은 신지였다. 술에 취하지 않았기 때문에 힘을 쓸 수 있을 것 같았고, 게다가 튼튼해 보인다는 이유로 발이 아픈 아가씨를 업고 고갯마루까지 가게 되었다. 힘으로 따지면 숯섬을 지고 오르내리던 길이라 상관없지만, 성가시기로 따지면 아주 골치 아픈 일이었다. 하지만 산 주인의 딸이고, 곤을 측은하게 여겨 걱정해 주었다는 고마움 때문에 어쩔 수 없이 떠맡게 되었다. 신지는 먼저 원숭이를 집으로 데리고 가, 헛간에서 지게를 들고 나왔다. 숯섬을 옮기는 일도 아닌데 그런 걸 어떻게 쓰느냐고 해서 아가씨를 직접 업게 되었다. 그러자 이번에는 아가씨가 싫다고 했다. 직접 업히기에는 지저분하다고 했다.

그러자 여자 하인이 걸치고 있던 겉옷을 벗겨 신지에게 입힌 뒤 업기로 했다. 신지가 시키는 대로 여자 겉옷을 걸치자 마치 도바에[7] 속의 한 장면 같았다.

어쨌든 이렇게 해서 일행은 길을 떠났다. 사람들이 비틀거리며 계류를 따라 가는 위태로운 모습에 절로 식은땀이 났다. 신지는 더운 땀을 뻘뻘 흘렸다. 자칫 아가씨를 떨어뜨리기라도 한다면, 하는 생각에 걱정이 되었다. 걱정되는 만큼 성가시고, 이렇게 난처한 일은 없다. 몇 십 관[8]이나 나가는 숯섬을 진 것보다 훨씬 무겁다. 도중에 그냥 내버리고 싶다는 생각이 들었다. 걸음을 서둘러 조금이라도 빨리 고갯마루에 올라 가마건 말이건 태워 넘겨주고 싶었다. 그럴 작정으로 성큼성큼 걸었다. 익숙한 길이라 쉽게 걷는다. 뒤따르는 사람들은 술에 취한데다가 길이

---

7) 鳥羽絵. 에도시대부터 메이지시대에 걸쳐 유행한 우스꽝스러운 그림.
8) 貫. 1관은 3.75킬로그램.

아닌 곳을 걸으니 계속 뒤로 처졌다. 하지만 등에 업힌 아가씨가 불안해했다. 아가씨가 뒤따라오는 사람을 기다리라고 했다. 어쩔 수 없이 멈춰 서는데 그때마다 무슨 꽃향기인지 모르지만 아주 좋은 냄새가 코끝을 간질이며 지나갔다. 그 향기 덕분에 기운이 났다.

하나나시 골짜기를 지나 쓰루스베리 언덕을 올라 드디어 기야마 산 고갯마루에 이르렀다. 그리고 우바스테야마[9]에 늙은 어머니를 내다 버리듯 등에 업은 아가씨를 내려놓았다. 신지는 성가신 짐을 간신히 털어 냈다는 생각에 기뻤다. 땀을 닦으며 어느새 가마에 올라가 앉은 아가씨의 얼굴을 흘끔 보았다. 저 사람이 이번 꽃놀이에 따라온 사람이었단 말인가? 원숭이인 곤을 염려해 주던 사람인가? 그때는 정신이 없어 전혀 깨닫지 못했는데, 저 사람이 후지와라 아가씨라니. 참으로 아름다운 사람이라고 감탄했다. 저리도 아름다운 사람을 내가 여태 등에 업고 있었다니. 그 무겁게 느껴지던 사람이 바로 저 사람이었던가, 그 따스한 살갗도 저 사람이었던가⋯⋯ 하는 생각만 들뿐이었다. 정말 아름다운 아가씨로구나. 참으로 아름다워.

"허어, 신지가 수고했구나."

술이 조금 깬 나리가 말했다. 술이 아직 덜 깬 다른 사람들도 덩달아 수고했다는 말을 건넸다. 산속에 "수고했다"는 소리가 울려 퍼졌다.

이윽고 가마에 탄 사람, 말을 탄 사람, 걷는 사람, 짐을 어깨에

---

9) 姥捨山. 나이 든 노인을 내다버린다는 전설이 남아 있는 나가노 현의 산.

둘러멘 사람들이 한꺼번에 고개를 내려가기 시작했다. 신지는 방금 올라온 길을 다시 내려가기 시작했다. 해가 기울어 밤과 낮이 갈릴 무렵이었다.

예닐곱 걸음 내려가던 신지는 무슨 생각인지 다시 고갯마루로 뛰어올라 갔다. 아직 내려가는 사람들의 모습이 보였다. 말 안장 뒤에 매단 방울이 요란하게 울렸다. 그 모습을 지켜보는 신지는 사람들 모습이 전혀 보이지 않게 된 뒤에도 한동안 거기 서 있었다. 그리고 잠시 후, 신지는 원숭이 곤 이외에는 친구 한 명 없는 벚나무 골짜기의 오두막으로 터덜터덜 돌아갔다.

5

이날 밤, 신지는 드물게 잠을 이루지 못했다. 어깨가 아프고 온몸이 나른한 것이 아직도 아가씨가 등에 업혀 있는 기분이 들어 견딜 수 없었다.

쓸쓸한 벚나무 골짜기에 날이 밝았다. 신지의 발길은 저도 모르게 검은 바위로 된 섬으로 향했다. 오늘 통나무다리를 건너는 이는 아무도 없다. 부뚜막 앞으로 가 보았지만 차갑게 식은 재만 남았다.

어제는 모두 성가신 사람들로 여겨지던 꽃놀이 패거리도 이제는 그리웠다. 다시 오면 좋겠다는 생각이 들었다. 특히 성가셨던 아가씨가 유난히 그리웠다. 올 가을 단풍철에는 올까? 내년 이맘때까지 기다려야만 오려나? 아니면 이제 산에 넌더리가 나서 오지 않으려나? 그러면 안 되는데, 하는 생각이 들었다. 신지는 이곳에 있는 벚나무는 절대 베지 않기로 마음먹었다.

　어제 모전을 깔았던 곳, 그곳으로 가서 잠시 서 보았다. 그리고 여자들이 술래잡기를 하던 쪽으로 자리를 옮겼다. 그때 문득 눈에 들어온 물건이 있었다. 흩날리는 벚꽃 속에 좀 이상한 것이 보였다. 집어 들고 들여다보니 벚꽃 모양을 한 하나칸자시[10]였다. 거기서 나는 향기는 어제 맡았던 바로 그 꽃향기였다.

　신지는 새카만 손에 하나칸자시를 들고 싱글벙글 웃으며 오두막으로 돌아갔다. 오늘은 숯감을 베러 가지 않고, 서둘러 가마에 불을 지핀 뒤 여느 때보다 약간 일찍 불길이 새지 않도록 흙으로 막았다.

　늘 아끼던 곤에게는 눈길도 주지 않고 돗자리병풍 끄트머리에 꽂아 놓은 하나칸자시를 보며 좋아하는 모습은 흡사 어린애가 머리맡에 장난감을 두고 기뻐하는 모습과 다를 바 없다.

　그 이튿날도 다시 검은 바위섬에 있는 벚나무 아래로 갔다. 바람에 지는 꽃잎은 진짜 벚꽃이라 향기가 없다. 그리고 이날도 신지는 숯감을 베지 않았다. 가마 쪽 일도 게으름을 피웠다. 원숭이에게도 전혀 신경 써 주지 않았다.

　요즘 들어 나른함이 가시지 않고, 점점 기운이 빠져 견딜 수 없었다.

　숯가마 일은 쉬고, 숯감 베는 일도 접었다. 가끔 그 섬에 가기는 했지만, 이미 벚꽃도 다 지고 파란 잎사귀가 나왔다. 버찌가

---

10) 花簪. 조화로 꾸민 머리장식. 하나칸자시는 열두 달 꽃이 모두 다른데, 벚꽃은 4월이다.

익었다. 비만 내리는 계절이 왔다.

활짝 핀 벚꽃은 오직 신지의 돗자리병풍에만 있다. 신지는 밖에 전혀 나가지도 않고 그 하나칸자시만 마치 목숨 줄처럼 바라보며 지냈다. 그런데 곤이 말썽을 일으켰다. 어느 날 잠깐 빈 틈을 보인 사이에 하나칸자시를 완전히 망가뜨리고 말았다.

신지는 처음으로 곤에게 화를 내며 아주 심하게 두들겨 팼다. 이삼일이나 밥도 주지 않았다. 그리고 자기 스스로도 밥을 먹지 않았다.

이렇게 지내서는 안 된다고 생각해 밥도 먹고 숯가마에 불도 지피고 숯감도 베리고 마음을 고쳐먹었지만, 곤에 대한 사랑은 되찾지 못했다.

내가 왜 이리 게을러지기 시작한 걸까? 아버지 유언도 있어 어떻게든 후지와라 나리를 위해 부지런히 일을 해야 할 처지인데, 왜 이렇게 게으름을 피우고 있는 걸까? 이러면 돌이킬 수 없다. 무슨 병인지는 모르지만 감기 같았다. 몸에 열이 올랐다. 꽃놀이를 하러 왔던 사람들을 한 번 더 보고 싶다, 아가씨를 다시 업어 보고 싶다는 생각이 들었다. 하지만 어리석은 짓이다. 나는 숯이나 굽고 있으면 그만이다. 일 년 내내 산속에서 지내야 한다. 아버지가 불을 내 후지와라 나리에게 큰 손해를 끼쳤다. 그러니 열심히 일을 해 갚아야 한다. 신지는 마음을 다잡았다. 그런데 왜 하나칸자시를 망가뜨린 곤은 예전처럼 대할 수 없는 걸까?

비가 개자 산은 온통 녹색으로 물들었다. 매미가 울고 개구리가 울었다. 헛간에는 숯섬이 가득 채워졌다.

그래서 신지는 숯이 가득 찼다는 사실을 알리려고 노노무라 마을을 향해 출발했다. 이삼 일 뒤면 사쿠 영감이 올 테지만 기다리지 않고 산을 내려갔다.

선물로 산에서 나는 참마를 가지고 후지와라 나리의 집으로 갔다. 나리와 마님, 아가씨까지 모두 나와 성실한 일꾼이 왔다, 산에서 부지런히 일하는 젊은이가 왔다며 크게 반겼다. 차도 마시고 과자도 먹고 밥도 먹었다.

봄에는 참으로 크게 신세를 졌다, 정말 재미있었다, 특히 딸이 신세를 졌다, 아직 담배를 피우지 않는가, 술도 마시지 않는가, 참으로 기특하다, 우리 집 양자로 들이면 좋겠다, 라며 나리는 농담을 했다.

신지는 얼굴이 화끈거려 고개를 돌렸기 때문에 이때 아가씨가 웃었는지 어떤지 전혀 모르고 그저 고마운 말씀이라는 생각만 들었다.

올 가을 단풍도 아름다울 것이다, 그걸 보러 갈지도 모르겠다, 그때는 또 신세를 지게 될 것 같다, 고 나리가 말했다. 신지는 꼭 오십시오, 길을 잘 내놓을 테니까, 라고 대답하고 작별을 고했다.

떠날 때, 나리가 겨울에 입으라고 자신이 입던 하오리[11] 한 벌과 곤에게 주라며 콩과자를 내왔다. 그걸 들고 돌아온 산속. 너무 싫다. 산속이 싫은 게 아니라 산속에서는 아가씨를 볼 수 없기 때문에 싫은 것이다.

---

11) 羽織. 일본 옷 위에 입는 짧은 겉옷.

6

 이튿날부터 숯을 옮기러 사쿠 영감을 비롯한 대여섯 명이 올라왔다. 대엿새쯤 오가며 신지가 구운 숯을 운반했다. 그리고 마지막 날에는 가을까지 쓸 쌀과 소금, 그 밖에 먹을 것들을 가지고 왔다.
 신지는 단풍철에 꼭 와 달라고 했다. 그 말이 전달되고 안 되고야 신지가 알 수 없는 노릇이고, 또 혼자서 여름을 이곳에서 보내는 생활은 그야말로 정신이 아득해질 정도로 오래전부터 해 왔지만, 머릿속에 자리 잡은 한 가지 생각 때문에 이전에 느끼던 쓸쓸함은 없었다. 왠지 즐겁게 가을을 기다릴 수 있게 되었다. 비유하자면 아득한 뱃길 저 멀리 바다 위에서 섬인지 산인지 가물가물 보이면 거기까지 노를 저어 가는 일은 그리 고되지 않고, 여름 더위도 그다지 심하게 느껴지지 않는 것이나 마찬가지다.
 강가에 서면 이 물이 저 노노무라 마을을 지나갈 텐데 아가씨도 때론 이 강물을 마실까 하는 생각이 들고, 숯을 구울 때 연기가 하늘로 솟아오르면 이 연기가 마을에서도 보일까, 아가씨는 내가 피워 올리는 연기라는 걸 아실까, 하는 생각이 들었다. 내가 굽는 숯 가운데 하나가 겨울이 되면 아가씨의 손을 따뜻하게 데워 주는 불이 될 거라는 공상도 했다.
 그러는 사이에 여름이 지났다. 꽃은 늦게 피고 단풍은 일찍 드는 산속이라 검은 바위섬 벚나무 잎이 붉게 물들었다. 틈이 날 때마다 손질해 기야마 산 고갯마루까지 이럭저럭 길이 생겼다. 전에는 성가시다고 느꼈던 사람들, 지금은 기다려지는 후지와라 집안 사람들이 언제 올지 기다릴 뿐.

다시 사쿠 영감이 대여섯 명을 데리고 와 숯섬을 옮기기 시작했다. 마지막 날에는 쌀과 소금을 가지고 왔다. 사쿠 영감의 말에 따르면 올 가을에는 올 수 없게 되었고 내년 봄에나 올 거라는 이야기였다. 희망이 약간 멀어졌다. 바다 위에서 보이던 목표가 멀어졌다.

겨우내 산속에 틀어박혀 지냈다. 눈 속에서 숯을 구우며 오두막에서 혼자 지내는 신지의 사랑은 그 사이에 무섭게 커져 갔다. 한 번만 와 주면 좋겠다고 생각하던 후지와라의 딸을 자기 아내로 삼는다면 어떻게 될까 하는 상태까지 나아갔다. 그렇게 아름다운 여자가 이런 오두막에서 얌전히 지낼 수 있을까? 분명히 싫다고 할 것이다. 오두막이 싫어서 나까지 싫다고 하지나 않을까? 그렇다면 그 검은 바위로 된 섬에 있는 벚나무 숲 한가운데 집을 짓고, 그곳에서 살며 내가 돈을 벌자. 그 사람은 집에 가만히 있으면 된다. 일하지 않아도 된다. 부처님처럼 소중하게 모셔 둘 것이다. 이 산속에는 단둘뿐이라 누가 빼앗아 갈 염려도 없다. 마음이 놓인다. 하지만 이런 산속에서 사는 것은 싫다고 하지 않을까? 그게 걱정이다. 그토록 아름다운 사람이니 반한 남자가 나 혼자만은 아니리라. 마을 총각들도 마찬가지일 것이다. 마을 사람 가운데 나보다 좋은 남자가 아가씨에게 반한다면 그쪽으로 마음이 쏠릴 것이다. 그러고 보면 나는 안 되겠다,

하는 생각이 들었을 때는 너무 슬퍼 울었다.
 어차피 안 된다. 나 같은 놈은 도저히 그 사람을 아내로 삼을 수 없을 것이다. 하지만 아내로 맞이한 걸로 혼자 생각하며 지내는 거야 아무런 문제가 없다. 그렇다면 그걸 즐기자. 아가씨가 이 오두막에 시집와서 사는 걸로 생각하고 지낸다면 누구도 뭐라고 하지 못할 것이라고 마음을 먹고 한껏 공상에 빠졌다. 신지는 그렇게 하루하루를 보냈다.
 이루지 못할 사랑이라고 포기하고, 때로는 슬퍼서 울 때도 있지만 대개 이런 공상 덕분에 즐겁게 겨울을 났다.

7

 다시 봄이 와 검은 바위로 된 섬에 벚꽃이 피었지만 아무도 찾아올 기색이 없었다. 이삼 일 지나면 꽃이 다 지고 말 텐데. 신지는 애가 탔다.
 오늘도 오지 않으려나, 하는 생각을 하며 오두막을 나서려는데 흰둥이가 다가왔다. 그 뒤를 따라 나타난 사람은 사쿠 영감. 그를 보자 신지는 가슴이 두근거렸다.
 "아, 신지. 기쁜 일이 있어. 네게 기쁜 소식을 전하려고 내가 일부러 왔지. 지금 당장 나하고 갈 곳이 있네. 어서 준비해. 어, 정말이라니까. 자네가 진짜 기뻐할 일이야."
 연기에 둘러싸여 멍하니 서 있는 신지의 손을 잡아끌지는 않았지만, 사쿠 영감은 말로 재촉했다.

"빨리 가, 빨리!"

"뭔데요? 대체 어딜 가자는 겁니까?"

"노노무라 마을에. 나리 댁에 가자고. 아니, 뭘 그리 꾸물대고 있어?"

"나리 댁에 무엇 하러 가요?"

"거참, 따지기는. 난 급해."

"그래도 무슨 일인지 모르겠군요."

"몰라? 나리가 사위를 본다고."

"예엣?"

"몰랐나? 사위를 맞이한다니까."

"누구를……?"

신지의 목소리가 커졌다. 사쿠 영감은 깜짝 놀라는 표정을 짓더니 바로 대답했다.

"누구를이 아니야, 자네지. 자네를 성실한 사람이라고 보고 나리가 아가씨 신랑으로 삼으려는 거지."

"말도 안 되는 소리를. 어, 어떻게 그런 일이. 그런, 말도 안 되는 일이 어, 어디 있습니까?"

"말도 안 된다고 해도 좋아. 가 보면 알 거 아니야? 그래, 됐어. 난 자네를 데리고 오라는 나리 명령을 받고 일부러 온 거야. 자네를 데려가기만 하면 내가 맡은 일은 끝이지."

"영감님, 거짓말하면 못써요."

"거짓말? 그래, 좋아. 거짓말이라고 하세. 어쨌든 가 보면 알 수 있잖아."

"그럼 가겠는데……."

신지는 뜻밖에 허둥대며 오두막을 드나들며 다시 확인했다.

"영감님, 날 속이는 거 아니에요?"

"대체 뭘 속인다는 거야? 가 보면 알 거 아닌가. 나리가 자넬 꼭 데리고 오라고 단단히 일렀다니까."

"거 참 성가시네. 정말이에요?"

"정말이라니까. 네가 성가시게 구는구나."

"그럼 잠깐 기다리세요."

신지는 이미 눈빛이 바뀌었다. 이건 꿈이리라. 분명 꿈일 것이다. 틀림없이 꿈이다. 그런 생각이 그만 입 밖으로 나왔다.

"이건 틀림없이 꿈이야."

"왜 그래? 꿈꾸었냐?"

사쿠 영감이 빈정거렸다.

"하긴 꿈같은 이야기지. 그래서 내가 기뻐할 거라고 했잖아."

"정말이라면 진짜 기쁜 일이죠."

앞에 있는 냇물에서 손에 묻은 진흙을 씻고, 얼굴에 묻은 숯을 닦은 뒤 싱글벙글 웃으며 때에 전 쓰쓰소데[12] 위에 나리가 준 하오리를 걸치더니 사쿠 영감은 아랑곳하지 않고 성큼성큼 걷기 시작했다.

어디를 어떻게 지났는지 모른다. 후지와라 나리의 집에 도착했을 때는 이미 많은 사람들이 모여 있었다. 정신을 차리고 보니 사쿠 영감보다 먼저 휜둥이와 함께 도착한 상태였다.

---

12) 筒袖. 소맷자락이 없는 옷

꿈이 아니라면 이런 일은 있을 수 없다. 나를 사위로 삼는다는 소리가 거짓말 아닐까? 거짓말일까? 분명히 거짓말이리라. 그럼 거짓말이라고 생각하자. 하지만 정말이라면 그야말로 기쁜 일이다. 당장 산으로 데리고 돌아가자. 아가씨를 등에 업고 고개를 넘는 거다. 신지는 그런 생각을 했다.

"아, 신지로구나. 잘 왔다. 기다렸어. 어서 이리 들어오너라."

후지와라 나리에게 이끌려 들어간 거실에는 사람들이 가득하고, 번듯한 상에 술이 올라 있었다.

신지는 당황했다. 맨 아래쪽에 가서 자리를 잡자 나리는 거기가 아니라며 자기 바로 앞자리로 안내했다. 나리가 사람들에게 말했다.

"내가 늘 이야기하던 벚나무 골짜기에 있는 부지런한 젊은이, 다에몬의 아들 신지요. 나이는 어리지만 아주 기특한 젊은이라서 오늘은 내 앞에 앉히겠소. 여러분도 부디 신지를 보고 배워 열심히 일해 주시면 좋겠구려."

그렇게 말하더니 신지를 바라보며 말을 이었다.

"이 사람들은 모두 내 땅에서 소작을 하거나 내 산에서 일하는 사람들이다. 자자, 어려워하지 말고 마시거라. 아참, 너는 술을 못하지? 그래, 요리를 먹어라."

신지는 여러 사람 앞에 서는 일이 익숙하지 않아 나리의 그런 말들이 귀에 제대로 들어오지 않았다.

"자, 이제 준비가 다 되었으니 소개를 할까?"

나리가 말했다. 그리고 잠시 수런거리는 소리가 들리다가 조용해진 순간 장지문이 열리고 무늬가 있는 하카마[13]와 하오리를 제대로 차려입은 잘 생긴 젊은 남자가, 그리고 그 뒤를 이어 아가씨가 옷자락에 무늬를 새긴 후리소데[14] 차림을 하고 발그레한 얼굴을 내밀었다.

  그 모습을 보고 신지는 수천 길 계곡 아래로 떨어지는 기분이 들었다. 몸이 한없이 바닥으로 떨어져 가는 것만 같은데, 마음은 풍선처럼 구름 위로 떠오르는 느낌이 들었다. 도저히 견딜 수 없었다. 벌떡 일어났다. 음식 서중을 들던 여자와 부딪혔지만 아랑곳하지 않고 뛰쳐나갔다. 벚나무 골짜기를 향해 숨도 쉬지 않고 정신없이 달렸다.

8

  오두막으로 돌아온 신지는 마치 죽은 사람처럼 쓰러져 있었다. 잠시 후 일어났을 때는 두 눈이 퉁퉁 부어올랐다.

  전에 곤이 하나칸자시를 산산조각 냈듯이 입고 있던 하오리를 벗어 갈기갈기 찢어 버렸다.

  화들짝 놀란 얼굴을 하는 곤을 붙들고 신지는 눈물을 뚝뚝 흘리며 큰 소리로 말했다.

  "이 녀석, 곤아. 세상에 오직 너뿐이로구나. 내 친구는 너뿐이야. 그런데 아무것도 아닌 일로 너를 그리 매몰차게 대했다니,

---

13) 袴. 겉옷 아래 입는 일본 옷.
14) 振袖. 미혼 여성의 성장용 전통 복장.

모두 내 잘못이다. 이렇게 사과하마. 용서해다오, 응? 용서해 줘. 너하고 단둘이 이렇게 산속에서 지냈으면 마음이 편했을 텐데, 뜻하지 않은 일로 내 마음이 흔들려 이런 어처구니없는 꼴을 당했구나. 네가 말을 할 줄 안다면 분명히 웃으며 나를 놀렸을 거야. 이제 와서 생각해 보니 세수를 하고 손에 묻은 진흙을 닦아낸 뒤 크게 기뻐하며 달려간 내 모습이 참으로 어처구니없구나. 그래도 바보 같은 녀석이라고 업신여기지는 말아다오. 너마저 나를 버린다면 난 어쩔 방법이 없단다. 죽고 싶어도 죽을 수가 없어. 내 아버지가 후지와 나리에게 큰 손해를 끼친 걸 어떻게든 갚아야 해. 받은 은혜만은 갚아 드려야 하지. 지금 내가 목을 매고 죽기라도 한다면 누가 또 이 산속에서 혼자 숯을 만들며 지낼 사람이 있겠니? 그걸 생각하면 난 도저히 죽을 수도 없구나."

신지는 흐느끼며 말을 이었다.

"나 같은 놈이 그토록 아름다운 아가씨의 신랑이 되려고 해서는 안 되는 일이라고 생각하기도 했어. 그런데 정신이 오락가락하다 보니 어디선가 잘못된 거지. 그냥 마음속으로만 아가씨를 내 아내로 여기며 지내면 되는 거였는데. 내 마음속 아가씨라면 다른 남자와 부부가 되지도 않을 테고, 무슨 일이 있어도 나를 버리지 않을 테니까. 나 같은 놈이라도 버리지 않고 내 말에 따르며 어떻게든 즐겁게 지낼 수 있었을 거야. 그래, 내 자유지. 내가 죽을 때까지 아가씨도 죽지 않을 테고, 내가 잠이 들면 아가씨도 잠자고, 내가 잠에서 깨면 아가씨도 눈을 떠. 내가 죽으면 그때 아가씨도 죽는 거야. 그렇게 생각하며 평생 이 산속에서 살 거야. 그래, 곤아. 난 말이야, 남들이 보기엔 불행한 사람일 거야. 하지만 지금 이야기했잖아. 아무리 산속에서 혼자 살더라도 불쌍하다고 생각하지 않아. 불행하다고 생각하지 않아. 난 마음 편해. 그래, 난 행복해. 그래, 뭐……, 아무렇지도 않아. 아무렇지도 않다고."

캄캄한 가운데 원숭이를 껴안고 절규하는데 횃불을 들고 달려온 사람은 바로 사쿠 영감이었다.

"신지야, 용서해다오. 내가 잘못했다. 널 속이려고 한 건 아니야. 별생각 없이 그런 소리를 한 건데. 용서해다오. 네가 뛰쳐나가 산을 넘어가 버리니 걱정이 되어 견딜 수 없어서 바로 뒤따라왔다. 내가 이렇게 사과하니 다시 마을로 나가지 않겠니? 나리께 너무 미안해서 그런다."

"싫소."

"당연히 싫을 테지. 하지만 이번만큼은 네가 좀 용서해다오."

"싫소……."

"정말 도저히 안 되겠니?"

"싫소. 이제 무슨 일이 있어도 이 산에서 나가지 않을 거요. 평생 이곳에서 살 겁니다. 영감님이 잘못한 것도 아니고 아무것도 아니오. 내가 산에서 나간 게 잘못이지. ……난 이미 내 얼굴에 진흙을 칠했습니다. 가마에서 불길이 새나가지 않도록 막듯이. 이제 연기는 가마 밖으로 나가지 않을 겁니다. 절대로 새 나가지 않을 테니 걱정 말고 돌아가세요. 난 절대로 산에서 나가지 않을 겁니다. 앞으로 절대 나가지 않을 거요."

신지가 그렇게 잘라 말했을 때, 흰둥이가 곤에게 덤벼들려고 했다. 그걸 본 신지는 흰둥이의 목덜미를 잡고 마구 두들겨 팼다.

* * *

검은 바위 섬 소나무 숲 안쪽에 있는 벚나무는 어린 나무 늙은 나무 가리지 않고, 숯감으로 쓸 수 있는지 없는지 가리지 않고 한 그루도 남김없이 베어 버렸다. 그리고 그 뿌리까지 완전해 캐내 버렸다. 신지는 자기가 쌓았던 부뚜막을 부수고, 건너오는 통나무다리도 뜯어냈다. 그해 봄 꽃 피던 무렵의 모습은 완전히 사라져 버렸다. 흰 돌 사이를 흐르는 물소리. 늙은 소나무가 바람에 우는 소리만은 여전했지만, 그 뒤로 작은 새들이 지저귀는 아름다운 소리는 들리지 않게 되었다.

신지는 손에 진흙을 묻히고, 얼굴에는 숯검정을 칠한 채로 숯 굽는 일에 몰두했다.

그로부터 몇 차례인지 모를 봄과 가을이 지나 이곳을 찾는 사람은 더 줄어들었다. 오직 숯섬을 옮길 때만 예외였다.

그렇게 세월이 흐르다 보니 흰둥이도 오지 않게 되었다. 그 일이 있은 뒤로 몹쓸 짓을 했다고 후회하며 농담 한마디 입에 올리지 않게 된 사쿠 영감은 전보다 더 자주 경단이며 수타 메밀국수를 비롯해 이런저런 것을 만들었다고 한 달에 한 번씩은 꼭 찾아왔지만 그마저도 이제 찾아오지 않는다. 흰둥이도 사쿠 영감도 죽었을 것이다. 그리고 신지의 하나뿐인 친구 곤도 세상을 떠나고 말았다.

  신지의 나이가 사쿠 영감이 이곳에 오지 않게 되었을 무렵의 나이에 이르렀다. 숯가루는 얼굴을 물들이지만 강가의 흰 돌과 머리의 백발을 검게 만들지는 못했다. 신지는 주름투성이 손에 꽂을대를 들고 여전히 숯가마에서 연기를 피워 올리고 있다. 그가 남몰래 머릿속에 그리는 아내는 몇 살이 되었을까? 역시 후지와라의 딸로 꽃놀이를 왔던 때의 그 젊음일까?

개를 데리고 다니는 부인
Дама с собачкой

Anton Pavlovich Chekhov

제호프 지음 | 이나미 옮김

체호프 Anton Pavlovich Chekhov | 제정 러시아의 소설가·극작가(1860~1904). 간결체의 대가로, 인간의 속물근성을 비판하고 휴머니즘을 추구하는 단편소설을 주로 썼다. 〈초원〉, 〈황혼〉, 〈우수〉, 〈귀여운 여인〉 등 600여 편의 단편 소설을 남겨 러시아 사실주의와 20세기 초 모더니즘의 가교 역할을 했다.

✟

1

 해변에 새로운 얼굴, 개를 데리고 산책하는 부인이 등장했다는 소문이 돌았다. 드미트리 드미트리치 구로프는 얄타 해변에 온 지 이미 2주일이나 돼 그곳 사정에 익숙해 있던 터라 새로운 얼굴에 흥미를 느꼈다. 베르네 찻집에 앉아 있는데, 옅은 금발머리에 베레모를 쓴 아담한 키의 젊은 부인이 해변을 걷고 그 뒤를 하얀 스피츠 강아지가 따라가는 게 보였다.

 그 후에도 그는 하루에 몇 번씩 시내의 정원이나 사거리 공원에서 그녀와 마주쳤다. 그녀는 항상 베레모를 쓴 채 하얀 스피츠를 데리고 홀로 산책했다. 그녀가 누군지 아는 사람은 아무도 없고, 그저 개를 데리고 다니는 부인이라고 불렀다.

 '만일 저 여자가 남편이나 아는 사람 없이 왔다면…….'

 구로프는 상상했다.

 '그녀랑 알고 지내는 것도 좋겠군.'

 그는 아직 마흔이 채 안 됐지만 이미 중학생인 두 아들과 열두 살 먹은 딸을 두고 있었다. 그는 일찍이 대학 2학년 때 결혼했기 때문에 지금은 아내가 훨씬 더 나이 들어 보였다. 아내는 키가 크고 검은 눈썹에 고집 세고 거만하지만 성실한 편으로 자칭 사색가라고 불렀다. 아내는 독서를 많이 하고 편지에 개정된 철자를 사용하며 남편을 드미트리가 아닌, 데미트리라고 불렀다. 그러나 구로프는 내심 아내가 어리석고 도량이 좁으며 우아함이 없는 여자라고 생각해 집에 들어가길 싫어했다. 그는 이미 오래전부터 바람을 피웠으며 상대도 자주 바꾸었는데, 여자들에 대해선 항상 나쁘게 평가했고 자신이 배석한 자리에서 여자들 이야기가 나오면 이렇게 표현했다.

"저급한 종자!"

그가 여자를 어떻게 평가하든 쓰디쓴 경험을 한 탓에 그렇게 부를 만한 이유가 충분하다고 생각했지만, 이 '저급한 종자' 없이는 이틀도 살지 못했다. 남자들 속에 있을 때 그는 지루하고 말이 없어지며 냉담하기까지 한데 여자들 속에 있으면 자유롭고, 무슨 말을 꺼내고 어떻게 행동해야 하는지 잘 알 뿐더러 여자와 함께라면 입을 다물고 있어도 즐거웠다. 그의 외모나 성격에는 뭐랄까 타고난 매력이 있어서 여성들의 마음을 잡아끌었으며 그 또한 이 사실을 의식하고 있었고, 어떤 알 수 없는 힘에 의해 여성들에게 끌렸다.

거듭되는 경험, 그것도 쓰디쓴 경험에 의해 그는 오래전 깨달았다. 이를테면 남녀 간의 관계란 처음에는 생활에 다양한 변화를 주는, 기분 좋으면서도 가벼운 사건으로 보이지만 진실한 사람들 특히 동작이 둔해서 꾸물대는 모스크바 출신인 경우 관계는 필연적으로 복잡하게 전개되어 결국에는 헤어날 수 없는 상황에 빠지고 말았다. 그러나 다시 흥미를 끄는 여성을 만나게 되면 쓰디쓴 경험은 어느새 기억 속에서 까마득히 사라지고 그저 인생을 즐기고 싶어지며 모든 게 단순하고 재미있게 생각되기 마련이었다.

어느 날 저녁, 그가 정원에 앉아 식사를 하고 있는데, 한가로이 거닐던 베레모를 쓴 부인이 다가와서 옆 테이블에 앉았다. 그녀의 표정이나 걸음걸이, 옷차림, 머리 모양은 양갓집의 유부녀가 휴양지 얄타에 혼자 게다가 처음 와서 적적하다고 말하는 듯했다. 이 지방이 풍기문란하다는 말은 근거 없는 소문이라서 그는 경멸했고, 또 그런 소리의 대부분은 기회만 있으면 자신도 그러고 싶어 하는 남자들이 지어낸 말이라는 것을 알고 있었다. 그러나 부인이 서너 걸음 떨어진 옆 좌석에 와서 앉자, 여자를 쉽게 유혹해 산속으로 여행을 떠났다는 어떤 남자의 사연이 생각나면서 휴양지에서의 신속하고도 찰나적인 관계라든가 이름도 성도 모르는 초면의 여자와 로맨스도 좋겠다는 유혹적인 상념에 사로잡혔다.

그는 상냥하게 스피츠를 손짓해서 부르고 개가 다가오자 손가락으로 위협을 했다. 스피츠가 으르렁댔다. 구로프가 다시 위협했다.

부인은 그를 쳐다보더니 곧 눈을 내리깔았다.

"이 개는 물지 않아요."

그녀가 말하고 나서 얼굴을 붉혔다.

"뼈다귀를 줘도 될까요?"

그녀가 괜찮다고 고개를 끄덕이자 그가 예의를 갖춰 물었다.

"얄타에 오신 지 오래됐습니까?"

"닷새쯤 됐어요."

"전 그럭저럭 벌써 2주나 됐습니다."

잠시 침묵이 흘렀다.

"시간이 빨리 흐르는 편인데 여기선 어찌된 셈인지 지루하군요."

그녀가 남자를 보지 않은 채 말했다.

"여기 오면 다들 지루하다고 말하나 봅니다. 벨료프나 지즈드라 같은 지방에 살면서도 지루한 줄 모르던 사람들이 여기 오면 '아, 심심해! 아, 먼지투성이군!' 하거든요. 마치 그라나다에서 온 것처럼 말예요."

그녀가 웃었다. 그리고 두 사람 다 마치 서로 모르는 사람처럼 잠자코 식사만 했다. 식사 후 나란히 걷기 시작하면서 그들은 행선지나 화제에 구애받지 않고 자유롭게 농담을 하거나 가벼운 대화를 나누기 시작했다. 산책하던 그들은 바다가 이상한 빛을 띠고 있다는 말에 동감했다. 부드러우면서 따뜻한 보랏빛의 바다 위로 달이 금빛 띠를 드리우고 있었다.

날이 더워서 해가 진 뒤에도 덥다는 말에 또한 동감했다. 구로프는 자신은 모스크바 출신으로 대학은 문과를 전공했지만 은행에서 근무하고 있다고 말했다. 한때는 사립 오페라단에서 가수를 꿈꾸다가 접었으며, 모스크바에 집이 두 채 있다는 말도 했다. 한편 그는 여자로부터 페테르부르크에서 성장했으며, S시로 시집간 지 2년 됐고, 얄타에서 한 달 정도 더 머물 예정이며,

남편도 휴양을 원해서 곧 얄타에 올 것이라는 사실을 알아냈다. 그녀는 남편이 어디에 근무하는지, 현청(縣廳)인지 현의 자치회인지 설명할 수 없자 스스로도 우스워했다. 이어 구로프는 그녀의 이름이 안나 세르게예브나라는 것을 알아냈다.

그 후 자기 방으로 돌아온 그는 여전히 그녀에 대해 골몰하면서 내일도 그녀와 만나게 될 것이라고 생각했다. 반드시 만나야 했다. 잠자리에 들면서 그는 그녀가 얼마 전까지 대학생이었으며, 자기 딸이 지금 배우고 있는 것과 같은 것을 배웠을 것이라는 생각과 함께 그녀의 웃는 모습, 낯선 남자와 대화할 때 아직도 어쩐지 굳어 있고 어색해하던 태도를 떠올리면서 그 여인은 어쩌면 난생 처음 이런 환경, 이를테면 남자들이 엉큼한 속셈으로 자신의 몸을 훑어보고 말을 거는 상황에 놓였을 거란 생각이 들었다. 그는 그녀의 가늘고 연약한 목덜미와 아름다운 잿빛 눈동자를 떠올렸다.

'어쨌거나 그녀에겐 뭔가 애달픈 구석이 있어.'

그런 생각을 하면서 잠에 빠져들었다.

2

서로 알게 된 지 일주일이 흘렀다. 축제일이었다. 방안은 무더웠고 거리는 온통 먼지 섞인 회리바람이 불어 모자가 날아갈 지경이었다. 구로프는 하루 종일 갈증이 나서 수시로 찻집에 앉아 안나에게 시럽을 탄 생수나 아이스크림을 권했다. 어디에도 몸을 둘 곳이 없었다.

저녁 무렵, 바람이 좀 잠잠해지자 그들은 배가 들어오는 것을 구경하기 위해 항구로 나갔다. 이미 많은 사람들이 서성이고 있었는데 누군가를 마중 나온 듯 저마다 꽃다발을 들고 있었다. 여기에서도 근사하게 성장(盛裝)한 얄타 사람들의 두 가지 특징이 눈길을 끌었는데, 젊게 차려입은 중년 부인들과 장군들이 많다는 점이었다.

바다가 풍랑이 거센 탓에 배는 해가 지고 난 늦은 시각에 들어왔다. 항구에 들어오기 전에 방향을 바꾸느라 시간이 더 오래 걸렸다. 안나 세르게예브나는 마치 아는 사람이라도 찾는 듯 오페라글라스로 배와 배에서 내리는 승객들을 바라보다가 구로프를 돌아볼 때면 눈이 빛났다. 그녀는 단속적으로 많은 말을 했는데, 어떤 때는 방금 자신이 무엇을 물어봤는지조차 잊어버리더니 급기야 혼잡한 인파 속에서 오페라글라스를 잃어버리고 말았다.

잘 차려입은 군중들도 점차 흩어져 보이지 않고 바람도 완전히 잠잠해졌지만 구로프와 안나는 배에서 아직 내리지 않은 승객이 있는지 기다리기라도 하는 듯 계속 그 자리에 서 있었다. 안나 세르게예브나는 입을 다문 채 구로프를 외면하고 꽃향기만 맡고 있었다.

"저녁이 되니 날씨가 좋아지는군요."

그가 말했다.

"이제 어디로 간다? 어디 멀리 나가 볼까요?"

그녀는 아무 대답도 하지 않았다.

여자를 유심히 바라보던 그는 갑자기 껴안고 키스를 했는데 꽃향기와 촉촉함이 전해졌다. 그러자 안나는 혹시 누가 보지 않을까 두려운 마음에 주변을 둘러보았다.

"당신 호텔방으로 갑시다."

그가 나지막이 속삭였다.

두 사람은 빠른 속도로 걷기 시작했다.

그녀의 방은 무더웠고 일본 상점에서 산 향수 냄새로 가득했다. 구로프는 새삼 그녀를 바라보며 생각했다.

'살다 보니 이젠 별 여자를 다 만나는군!'

지금까지 살아오면서 기억 속에 간직된 여인들 중에는 사랑을 하면서 기분이 즐거워져 비록 짧은 순간이나마 행복을 느끼게 해준 그에게 감사하는 착한 여자들이 있었다. 그런가 하면 자신의 아내처럼 사랑을 나누는 데 성의가 없고, 지나치게 말이 많은데다 일부러 꾸민 듯 부자연스럽고 신경질적이면서 정욕이나 사랑이 아닌 뭐랄까 훨씬 의미 있는 다른 게 뭐 없냐고 표현하는 여자도 있었다. 그들 중 두세 명은 매우 아름답지만 차가운 성격에 인생이 줄 수 있는 범위를 넘어 더 많이 받으려고 탐욕스러운 표정으로 덤빈 경우도 있었다. 그들은 이미 젊지도 않고 변덕스러운데다 분별없고 교만하고 멍청한 여자들로, 그녀들에 대한 사랑이 식으면 미모는 오히려 혐오감을 불러일으켜서 속옷 레이스가 마치 고기비늘처럼 징그럽게 여겨지는 것이었다.

그러나 이번 경우는 대담하기는커녕 어색해하고 경험도 없는 여자가 겸연쩍은 기분으로 곤혹스러워하는 것을 보니, 마치 누군가 방문을 두드리기라도 한 듯 구로프는 어찌할 바를 몰랐다. 안나 세르게예브나, 개를 데리고 다니는 부인은 지금 일어나고 있는 일을 아주 특별하고 중요하게 여겨 마치 자신이 타락이라도 한 듯 평소와 어울리지 않게 이상했다. 낙심한 듯한 얼굴에 슬픈 듯 드리워진 긴 머리, 한껏 위축돼 생각에 잠긴 모습은 마치 옛날 그림에 나오는 죄 많은 여인과 흡사했다.

"나빠요."

그녀가 말했다.

"이제 당신은 처음처럼 저를 존중해 주지 않아요."

탁자에 수박이 놓여 있었다. 구로프는 한 조각 잘라서 천천히 먹었다. 침묵한 가운데 적어도 30분가량 흘렀다.

안나 세르게예브나는 애처로워 보였으며, 가정교육을 잘 받았고 순진하며 세상 경험이 많지 않은 청순함이 느껴졌다. 촛불 하나가 외롭게 탁자 위에서 그녀의 얼굴을 희미하게 비추고 있었는데, 보지 않아도 그녀가 고뇌하고 있음을 충분히 알 수 있었다.

"어째서 내가 당신을 더 이상 존중하지 않는다고 생각하오?"

구로프가 물었다.

"당신도 스스로 무슨 말을 하고 있는지 모르는 것 같소."

"하느님, 저를 용서해 주세요!"

말을 하고 난 그녀의 눈에 눈물이 그렁그렁했다.

"끔찍해요."

"당신은 마치 자신을 변명이라도 하는 것 같소."

"제가 어떻게 변명할 수 있겠어요? 저는 천박하고 어리석은 여자라서 제 자신을 경멸할망정 변명할 생각은 추호도 없어요. 전 남편을 기만한 게 아니라 내 자신을 기만했어요. 그건 지금 이 순간뿐만 아니라 이미 오래전에 남편을 속였던 거죠. 제 남편은 정직하고 좋은 사람일지 몰라도 하인에 불과해요! 근무지에서 남편이 어떤 일을 하는지는 몰라도 전 그가 하인이라는 사실만큼은 확실히 알아요. 제가 시집을 간 건 스무 살 때였는데 그때 전 호기심이 충만해 무슨 일이든 해서 좀 더 나은 삶을 살고 싶었어요. 그래서 자신에게 말했죠. 다른 인생이 있을 거야. 다른 삶도 살아 보고 싶어. 더 나은 또 다른 삶을 살아 보고 싶어. ……호기심에 불타올랐어요. 당신은 제 심정을 이해 못하겠지만 하느님께 맹세하건대 난 나 자신을 주체할 수 없었고, 나한테 무슨 일이 벌어진 건지 도무지 정신을 차릴 수 없었어요. 그래서 남편에게 몸이 안 좋다고 말하고 여기 온 거예요. 여기 와서도 열에 들뜬 것처럼 아무 생각 없이 여기저기 쏘다녔죠. 결국 누구나 경멸하는 쓸모없는 여자가 되고 말았어요."

구로프는 진즉부터 듣고 있기가 지루했다. 그녀의 순진한 어조나 때와 장소에 맞지 않는 참회의 말이 그를 초조하게 만들었으며, 만일 그녀의 눈에 눈물이 그렁그렁하게 맺혀 있지 않았더라면 그녀가 농담하거나 연극한다고 생각했을 것이다.

"난 도무지 이해할 수가 없구려."

그가 나지막하게 말했다.

"대체 당신은 뭘 원하오?"

그녀는 그의 가슴에 얼굴을 파묻고 안겼다.

"믿어 줘요. 나를 믿어 달라고요. 부탁이에요."

그녀가 말했다.

"난 정직함을 사랑하고 또 정직하게 살아왔기 때문에 죄짓긴 싫은데 어떻게 하면 좋을지 정말 모르겠어요. 평범한 사람들은 흔히 귀신한테 홀렸다고 말할 테죠. 그리고 나 역시 지금 스스로 귀신한테 홀렸다고 말할 밖에요."

"됐소. 충분해."

그가 중얼거렸다.

그가 겁먹어 놀란 눈동자로 멍하니 쳐다보는 안나에게 키스해 준 후 조용하고 상냥하게 속삭여 주자 여자는 조금씩 안정을 찾았다. 곧 그녀의 기분이 즐겁게 돌아오자 두 사람은 비로소 소리 내어 웃었다.

잠시 후 밖으로 나오자 해안가에는 사람 그림자 하나 없고 삼나무로 둘러싸인 마을은 쥐죽은 듯 고요한데, 바다는 여전히 파도를 실어 오고 배 한 척이 파도에 흔들리면서 배 위의 등불 하나가 졸린 듯 깜박이고 있었다.

그들은 마차를 잡아타고 오레안다로 떠났다.

"금방 나는 아래층에서 당신의 성을 알아냈소. 칠판에 폰 디데리츠라고 써 있더군."

구로프가 말했다.

"당신 남편은 독일인이오?"

"아니오. 시할아버지가 독일 사람이고, 남편은 러시아 정교 신자인 걸요."

오레안다에서 두 사람은 교회에서 멀지 않은 벤치에 앉아 말없이 바다를 내려다보고 있었다. 얄타는 멀리 아침 안개 사이로 희미하게 보이고 하얀 구름이 산봉우리에 걸려 꼼짝도 하지 않았다. 나뭇잎들은 속삭임조차 없고 매미가 울었다. 저 아래서 들려오는 단조롭고 둔한 해조음은 인간의 앞날에 기다리고 있을 안식과 영면을 말해 주는 듯했다. 파도 소리는 아직 이곳에 얄타나 오레안다가 생겨나기도 훨씬 전인 오랜 옛날에도 들려왔을 테고 지금도 들리고 있을 뿐더러 우리가 죽고 없어도 여전히 무심하게 계속될 터였다. 그래서 지금도 변함없는 소리, 무심한 그 소리 가운데는 우리들의 삶과 죽음에 영원한 구원과 지구상에서 인생행로의 완성을 위한 끊임없고 연속적인 움직임이 숨어 있는지도 모른다. 새벽빛을 받아 더욱 아름다운 젊은 여성과 나란히 앉아 바다와 산과 구름과 드넓은 하늘이 베풀어 주는, 동화 속의 한 장면처럼 아름답고 편안하고 매혹적인 장면을 바라보며 구로프는 생각했다. 이 세상의 모든 것은 하나같이 다 아름답다. 인생의 고귀한 목적, 인간으로서의 본래의 가치를 잊고 스스로 생각하고 행동하는 것 이외의 것은 다 본질적으로 아름다운 것이다.

그때 어떤 남자가 다가왔다. 아마도 경비원인 듯했는데 두 사람을 보더니 되돌아갔다. 이런 소소한 일조차 그에겐 신기하고 아름답게 생각됐다. 아침 햇살이 비치자 등불을 꺼 버린 기선 한 척이 페오도시야에서 들어오는 것이 보였다.

"풀잎에 이슬이 맺혔어요."

침묵 끝에 안나 세르게예브나가 말했다.

"그렇군요. 이제 돌아갈 시간이오."

그들은 도시로 돌아왔다.

그 후로 매일 정오 무렵이면 두 사람은 해안가에서 만나 함께 점심을 먹고 저녁 식사도 하고 산책하거나 황홀하게 바다를 바라보곤 했다. 그녀는 잠을 푹 자지 못해 심장이 불안하게 뛴다고 고통을 호소하거나 질투나 두려움 때문에 불안해져서 그가 자신을 충분히 존중해 주지 않는 것 같다는, 예의 그 질문을 퍼붓곤 했다.

그는 자주 사거리 공원이나 정원에서 아무도 없는 틈을 타서 갑자기 그녀를 껴안고 열정적인 키스를 퍼부었다. 완전히 무위도식하면서 백주 대낮에 행여 누구한테 들킬세라 조마조마한 키스, 무더위, 바다의 비릿한 냄새, 언제나 눈앞에 얼쩡대는 게으른 멋쟁이 뚱뚱보들, 이 모든 것이 그를 변화시켜 다른 사람이 된 것처럼 보이게 했다. 그는 안나 세르게예브나에게 그녀가 얼마나 아름답고 매력적인지 말해 주었으며, 타오르는 열정을 주체하지 못해 한 발짝도 그녀에게서 떨어지지 않았다. 그러나 그녀는 자주 깊은 생각에 사로잡혀서 그가 자신을 존중하지 않을 뿐만 아니라 조금도 사랑하지 않고, 저속한 여자로 보고 있다고 솔직하게 고백하라며 채근했다. 거의 매일 밤 늦은 시각에 두 사람은 교외나 오레안다 혹은 폭포 쪽으로 마차를 타고 갔는데, 그때마다 산책은 성공적이어서 근사하고 웅장한 인상을 받았다.

조만간 안나의 남편이 올 것이라 예상하고 있었다. 그러나 남편으로부터 눈이 아프니 아내가 하루속히 집으로 돌아오길 바란다는 내용의 편지가 날아왔다. 안나 세르게예브나는 서두르기 시작했다.

"내가 떠나는 게 상책이에요."

그녀가 구로프에게 말했다.

"이게 바로 우리의 운명이겠죠."

그녀는 마차를 타고 떠났는데, 그도 배웅하기 위해 함께 기차역으로 나갔다. 기차 정거장까지 하루가 꼬박 걸렸다. 급행열차의 좌석에 앉아 출발을 알리는 두 번째 종이 울리자 그녀가 말했다.

"당신 얼굴을 한 번 더 보여줘요. 한 번 더. 그래요, 그렇게……."

그녀는 울지 않았지만 우울한 표정이 마치 환자 같았고, 얼굴 근육이 바르르 떨렸다.

"당신을 생각하고…… 추억할 거예요."

그녀가 말했다.

"하느님이 당신과 함께 하시길 빌고, 잘 지내세요. 저에 대해 나쁜 기억 갖지 않길 바라요. 우리 영원히 작별하는 겁니다. 그래야만 해요. 다신 만나면 안 돼요. 아, 그럼 하느님의 은총이 함께 하시길."

 기차는 빠르게 달려갔고 불빛도 이내 사라져서 1분 뒤에는 경적 소리마저 들리지 않았다. 모든 게 이 달콤한 꿈과 광기를 한시라도 빨리 떨쳐 내도록 일부러 공모한 것 같았다. 홀로 플랫폼에 서서 멀리 어둠 속을 응시하면서, 마치 지금 막 잠에서 깨어난 듯 귀뚜라미의 울음소리와 전깃줄이 윙윙대는 소리에 귀 기울였다. 그러면서 그는 이제 인생에서 또 하나의 편력이랄까 모험이랄까, 사건이 벌어졌지만 다 끝났고 지금은 추억만 남았구나 생각했다. 그는 감격과 동시에 우울한 기분마저 들었고 가벼운 회한도 느껴졌다. 두 번 다시 만날 수 없는 그녀도 자신과 함께 하면서 결코 행복했다고 말할 순 없을 터였다. 그는 여자를 진심으로 대하긴 했지만 어쨌거나 그녀를 대하는 태도나 어조, 애무 속에는 경박한 농담과 자신보다 스무 살 가까이 어린 여자를 유혹한 남자의 우쭐대는 오만함이 그림자처럼 비치곤 했었다. 반면에 안나는 항상 그를 친절하고 훌륭하며 고상한 사람이라고 불렀으니, 그녀의 눈에는 그가 실제와 다르게 보였고, 결국 그는 본의 아니게 여자를 속인 셈이 됐다.

 이곳 정거장에는 벌써 가을 냄새가 풍겼으며 바람도 서늘했다.

 '나도 이제 북쪽으로 돌아갈 때가 됐군.'

 구로프는 플랫폼을 나서면서 생각했다.

 '돌아갈 때가 됐어!'

3

모스크바의 구로프 집은 이미 겨울 날 채비를 하고 있었다. 아침마다 아이들이 등교할 준비를 마치고 차를 마시는 동안에도 창밖은 어두워 유모가 등불을 밝혀야 했다. 이미 추위가 시작됐다. 첫눈이 내린 날 썰매를 타고 가면서 하얀 땅과 하얀 지붕을 보는 것은 유쾌한 일이고, 숨 쉬는 것도 부드럽고 기분이 좋아서 이맘때가 되면 소년 시절이 떠오르곤 했다. 서리를 맞아 하얗게 된 보리수와 자작나무는 친밀감이 들어 삼나무나 종려나무보다 더욱 마음이 끌렸고, 나무들과 가까이 있으면 산이나 바다는 생각도 하기 싫었다.

원래 모스크바 출신인 구로프는 어느 맑고 추운 날에 모스크바로 돌아와 털외투를 입고 따뜻한 장갑을 낀 후 페트로브카 거리를 한 바퀴 돌았고, 토요일 저녁에는 교회 종소리를 들으며 최근의 여행과 자신이 다녀온 고장에 대한 매력이 빛을 잃는 것을 느꼈다. 차차 모스크바 생활에 익숙해진 그는 하루에 세 종류의 신문을 읽으면서도 말로는 모스크바 신문은 읽지 않는 원칙을 갖고 있다고 공언했다. 그는 이미 레스토랑이나 클럽에 가는 일에 마음이 끌렸고, 만찬이나 축하 파티가 기다려지곤 했으며, 자신의 집에 유명한 변호사나 예술가가 출입하고 의사클럽에서 교수들과 더불어 카드놀이하는 것을 매우 영광스럽게 생각했다. 그는 이제 냄비에 든 고기와 생선 수프 1인분을 거뜬히 먹어 치울 수 있을 정도가 됐다.

이제 한 달 정도 지나면 안나 세르게예브나는 기억 속에서 안개에 휩싸인 채 사라지고 여태까지 경험했던 다른 여자들과 마찬가지로 이따금 꿈속에 애잔한 미소를 띤 채 나타날 것이라고 생각했다. 그러나 한 달이 훨씬 더 지나고 한겨울 혹한이 닥쳤어도 안나 세르게예브나와 헤어진 것이 바로 어제 일인 양 기억 속에 생생하게 남아 있었다. 추억은 더욱 강렬하게 타올랐다. 저녁 무렵의 고요 속에서 아이들이 예습하는 소리가 서재까지 들려오거나 레스토랑에서 달콤한 로망스나 오르간 연주가 들려오거나 벽난로 속에서 눈보라 치는 소리가 들려와도 불현듯 모든 기억이 선명하게 되살아났다. 항구에서 있었던 일, 산에 안개가 자욱했던 이른 새벽, 페오도시야에서 온 기선, 그리고 키스들. 그는 오랫동안 방 안을 서성이며 추억을 되새기고 미소 짓노라면 추억은 차츰 공상으로 바뀌고 과거는 상상 속에서 미래와 뒤섞이곤 했다. 안나 세르게예브나는 꿈속에 나타나진 않았지만 어딜 가나 그림자처럼 그를 따라다녔다. 눈을 감아도 그녀가 생생하게 보였는데, 예전보다 더욱 아름답고 젊고 친절해진 것 같았으며, 구로프 자신도 얄타에 있을 때보다 더욱 젊어진 듯했다. 밤마다 그녀는 책장이나 벽난로, 방 한쪽 구석에서 그를 바라보았고, 그녀의 숨소리나 부드럽게 옷자락 끌리는 소리가 들려왔다. 거리에 나서면 그는 그녀와 닮은 여자가 없나 지나가는 여자들을 유심히 살펴보곤 했다.

　마침내 그는 자신의 추억을 누군가에게 말하고 싶은 강한 욕구에 시달리기 시작했다. 그러나 자기 집에서 연애에 대해 말할 수 없을뿐더러 집 밖에서도 역시 말할 상대가 없었다. 세든 사람도 안 되고, 은행에도 말할 만한 상대가 없었다. 그리고 또 무슨 말을 할 것인가? 과연 그는 그때 사랑을 하긴 했던 걸까? 안나 세르게예브나와의 관계에 어떤 아름답거나 시적이거나 또는 유익한 것이 있긴 있었던가? 하다못해 단순한 재미라도 있었던가? 그래서 그는 사랑이나 여자에 대해 그저 막연한 이야기만 꺼냈고 그런 만큼 누구도 그가 무슨 말을 하고 싶어 하는지 알아차리지 못했다. 그의 아내만 짙은 눈썹을 찡그리며 말했다.

"이봐요, 드리트리, 당신한텐 그런 말이 진짜 안 어울려요."

어느 날 밤, 의사클럽에서 나오면서 자신의 카드놀이 친구인 한 관리에게 불쑥 참지 못하고 말을 꺼냈다.

"사실은 내가 얄타에서 아주 매력적인 여인을 한 명 사귀었다네."

관리는 썰매를 타고 달리다가 돌아보며 소리쳤다.

"드미트리 드미트리치!"

"왜?"

"아까 자네 말이 옳아. 철갑상어에서 썩은 냄새가 나더군."

아무것도 아닌, 평범한 이 말이 어찌된 일인지 불현듯 구로프의 심기를 건드렸고 나아가 추하고 불결한 기분이 들게 만들었다.

'이 얼마나 야만적인 풍습이고 천박한 종족들인가! 얼마나 무의미한 밤이 이어지고 시시한 나날들인가! 반쯤 정신 나간 카드놀이와 폭식과 폭음, 늘 반복되는 똑같은 이야기들. 쓸데없는 일과 반복되는 뻔한 이야기들에 자신의 비싼 시간과 정력을 쏟

다가 종국에 가선 꼬리 잘리고 날개도 없어 움치고 뛸 수 없는, 시시하고 비참한 인생으로 정신병동이나 혹은 감옥에 앉아 있는 것과 무엇이 다를 것인가!'

구로프는 밤새 잠들지 못하고 뒤척이며 괴로워했고, 다음 날은 하루 종일 두통에 시달렸다.

그 다음 날 밤도 잠을 설치고 침대에 걸터앉아 생각에 사로잡히거나 방안을 이 구석 저 구석 거닐었다. 아이들도 싫증나고, 은행 일도 지긋지긋했으며, 아무 데도 가고 싶지 않고 아무 말도 하고 싶지 않았다.

12월에 휴가 시즌이 오자 그는 여행 채비를 한 후 아내에게 어느 청년을 돌봐 줘야 할 일이 있어 페테르부르크에 다녀오겠다고 말한 후 S시로 떠났다. 왜, 무엇 때문에? 그 자신도 이유는 알지 못했다. 그저 안나 세르게예브나와 만나 대화를 나누고 가능하다면 관계를 갖고 싶었다.

아침에 S시에 도착한 그는 호텔의 가장 좋은 방을 잡았다. 바닥에는 온통 회색 군복용 천이 깔려 있고, 테이블에는 먼지가 앉아 회색이 된 검은 잉크병이 놓여 있었다. 잉크병에는 한 손으로 모자를 높이 쳐든 기마상이 붙어 있는데 그나마 목은 떨어져 나가고 없었다.

호텔 수위가 그에게 필요한 정보를 알려 주었는데, 폰 디데리츠는 스타로곤차르나야 거리의 주택에 살고 있으며 매우 부자라서 마차도 소유하고 있고 온 도시에서 모르는 사람이 없다고 했다. 수위는 디데리츠를 드리뒤리츠라고 발음했다.

구로프는 천천히 스타로곤차르나야 거리로 나가 그 집을 찾았다. 마침 집 앞에는 담장에 못을 박은, 회색의 긴 울타리가 둘러져 있었다.

'이 정도 울타리는 뛰어넘을 수 있겠는데.'

구로프는 창문과 울타리를 번갈아 쳐다보며 생각했다.

그는 오늘은 관청이 쉬는 날이니 남편이 아마도 집에 있을 것이라고 판단했다. 설령 그렇지 않더라도 불쑥 집에 뛰어드는 것은 분란을 일으킬 소지가 있었다. 만일 쪽지를 보낸다 쳐도 남편의 손에 들어가면 만사 끝장이었다. 기회를 기다리는 편이 나았다. 그래서 그는 울타리 근처를 따라 거리를 배회하며 기회가 오기만 기다렸다. 거지 한 명이 대문으로 들어가자 곧 개가 짖어 댔다. 한 시간 쯤 지났을까, 피아노 치는 소리와 함께 희미하게 음악 소리가 들려왔다. 안나 세르게예브나가 피아노를 치고 있는 게 분명했다. 그때 갑자기 문이 열리면서 한 노파가 나오더니 뒤따라 눈에 익은 하얀 스피츠가 달려 나왔다. 구로프는 개를 부르려고 했지만 갑자기 심장이 뛰고 흥분돼서 개의 이름이 생각나지 않았다.

서성이다보니 회색 울타리가 점점 더 원망스러워졌다. 그리고 안나 세르게예브나가 이미 자신을 잊고 다른 남자와 가까워졌을지도 모른다는 생각에 초조해졌으며, 젊은 여자가 아침부터 밤까지 이 저주받을 놈의 울타리만 쳐다보고 있으면 당연한 일인지도 모른다고 생각했다. 그는 호텔방으로 돌아와 무엇을 해야 좋을지 몰라 소파에 앉아 있다가 점심 식사를 한 후 오랫동안 잠에 빠져들었다.

'얼마나 어리석고 위험한 짓인가.'

잠에서 깨어 어두운 창문을 바라보며 생각했다. 이미 밤이었다.

'어쩌자고 오래 잤을까? 이제 한밤중에 뭘 한담?'

그는 병원과 같은 싸구려 회색 담요가 덮인 침대에 앉아 있다가 일어서면서 분노에 차 자신을 비웃었다.

'그래, 이게 그 개를 데리고 있던 부인인가……. 고작 이런 게 그녀와의 정사냐고…… 쳇, 이렇게 앉아서 말이지.'

다음 날 아침, 도착한 날 기차역에서 아주 커다란 글씨로 씌어진 〈게이샤〉 연극의 첫 회 공연을 알리는 포스터를 봤던 기억이 났다. 그는 부지런히 극장으로 달려갔다.

'첫 회 공연이라면 그녀가 보러 올 가능성이 충분하단 말씀이지.'

그는 생각했다.

극장은 만원이었다. 시골 극장이 어디나 그렇듯이 여기도 샹들리에 위로 담배 연기가 자욱하고, 대중석의 관객들은 시끄럽게 떠들었으며, 객석 제일 앞줄에는 이 지방 멋쟁이들이 공연 시작을 기다리며 뒷짐을 지고 있었다. 그리고 현(縣) 지사만 앉는 좌석 박스의 맨 앞줄에는 지사의 딸이 모피를 두른 채 앉아 있고 지사는 커튼 뒤편에 점잖게 앉아 있어 손만 보였다. 무대 커튼이 흔들리고 오케스트라는 오랫동안 음을 골랐다. 관객들이 들어와 자리를 잡는 내내 구로프는 열심히 눈으로 그녀를 찾았다.

드디어 안나 세르게예브나가 들어왔다. 그녀는 세 번째 줄에 앉았는데 그녀를 보는 순간 구로프의 심장이 조여들면서 지금 이 세상에서 그녀보다 더 자신에게 가깝고 귀하고 중요한 사람은 없다는 사실을 확연히 깨달았다. 시골 군중들 속에 섞여 있는 자그마한 여인, 눈길을 끄는 구석도 없고, 싸구려 오페라글라스를 손에 들고 있는 저 여인이 이젠 온통 그의 삶에 충만해서 슬픔이자 기쁨이고 지금 진정으로 갈망하는 유일한 행복이었다. 그는 저급한 오케스트라의 시시하고 보잘것없는 바이올린 소리를 들으며 그녀가 얼마나 아름다운지에 대해 생각했다. 거듭 생각하며 상상에 빠져들었다.

안나 세르게예브나는 키가 매우 크고 구부정하며 수염을 기른 젊은 남자와 함께 들어와 좌석에 앉았다. 남자는 걸음을 옮길 때마다 고개를 끄덕여서 마치 계속 인사를 하는 것처럼 보였다. 아마도 그녀가 그때 얄타에서 씁쓸한 나머지 하인이라고 지칭했던 남편인 듯했다. 그리고 실제로도 큰 키와 수염, 약간 벗어진 머리는 어딘지 모르게 겸손한 하인처럼 보였다. 유쾌하게 웃는 그의 옷, 단춧구멍에는 마치 하인의 번호인 듯 학술 배지가 반짝이고 있었다.

1막이 끝나고 휴식 시간에 남편이 담배를 피우러 나가고 그녀만 객석에 남아 있었다. 일반 객석에 앉아 있던 구로프는 그녀 곁으로 다가가 억지웃음을 지으며 떨리는 목소리로 말했다.

"잘 지냈소."

그를 알아본 여자는 충격을 받은 듯 창백해져서 자기 눈이 의심스러운 듯 다시 한 번 구로프를 올려다보면서 부채와 오페라글라스를 두 손으로 꽉 움켜쥐었다. 그 모습은 마치 정신을 잃지 않으려고 자신을 상대로 싸우고 있는 듯했다. 두 사람은 침묵했다. 그녀는 앉아 있고, 그는 여자가 당황한 것에 놀라 곁에 앉을 엄두조차 못 내고 서 있었다. 바이올린과 플루트가 음을 고르기 시작하자 모든 좌석의 사람들이 자신을 쳐다보는 것 같아 그는 두려워졌다. 그녀가 일어나 입구 쪽으로 빠르게 걸어가자 그도 뒤따랐다. 두 사람은 뚜렷한 목적도 없이 현관과 계단 오르내리기를 반복했다. 눈앞에 재판관이나 교사, 그리고 영지 관리인의 제복을 입고 배지를 단 사람들이 어른거렸고, 옷걸이에 걸린 여인들의 모피 코트를 봤는가 하면 담배 냄새가 실린 바람이 불어오기도 했다. 가슴에 심한 통증을 느끼면서 구로프는 생각했다.

'아, 하느님! 이 사람들은 또 뭐고, 오케스트라는 다 뭐란 말입니까?'

그 순간 문득 정거장에서 안나 세르게예브나를 배웅하면서 자신에게 했던 말, 모든 게 다 끝났고 두 번 다시 만날 일이 없을 거라던 말이 떠올랐다. 하지만 끝까지 가려면 얼마나 더 남았는가!

'입석 입구'라고 쓰여 있는 어둡고 좁은 계단 앞에서 그녀가 멈춰 섰다.

"얼마나 놀란 줄 알아요!"

그녀가 여전히 창백하고 당황한 얼굴로 숨을 헐떡이면서 말했다.

"그렇게 절 놀라게 하시다니요! 겨우 한숨 돌렸어요. 근데 여긴 어떻게 오셨죠? 대체 왜요?"

"내 마음 좀 알아줘요, 안나, 내 맘을 좀⋯⋯."

그는 낮은 음성으로 빠르게 말했다.

"부탁이오만 내 맘을 좀 알아줘요⋯⋯."

그녀는 공포와 애원과 사랑이 섞인 눈으로 그를 바라보았고 그의 모습을 기억 속에 확실히 각인시켜 두려는 듯 자세히 들여다보았다.

"저 역시 괴로워요!"

그의 말은 듣지 않고 그녀가 계속 말했다.

"그동안 온통 당신만 생각하고 그리워하며 살았어요. 그래도 잊어야지, 잊어야지 다짐했는데 왜 당신은 여길 왔지요?"

층계 위에서 두 명의 남학생이 담배를 피우며 아래를 내려다보고 있었지만, 구로프는 상관하지 않고 안나 세르게예브나에게 다가가 얼굴과 목, 팔에 키스하기 시작했다.

"당신, 뭐 하는 거예요, 지금 뭐하시는 거냐고요!"

그녀가 남자를 밀쳐 내며 겁에 질려 말했다.

"우리 둘 다 분별력을 잃었어요. 오늘 여길 떠나세요. 지금 당장 떠나시라구요⋯⋯. 제발 부탁이에요. 제발⋯⋯ 누가 오고 있어요!"

계단 아래에서 누군가 위로 올라오고 있었다.

"당신, 반드시 떠나세요."

안나 세르게예브나가 계속해서 속삭였다.

"듣고 있어요, 드미트리 드미트리치? 당신을 만나러 제가 모스크바로 갈게요. 난 한 번도 행복했던 적이 없고, 앞으로도 행복할 리가 없어요. 한 번도! 더 이상 절 괴롭히지 마세요! 제가 모스크바로 간다고 약속할게요. 그러니 지금은 헤어져요! 아, 내 사랑, 사랑해요, 하지만 헤어져야 해요."

그녀는 손을 한 번 잡더니 빠른 속도로 계단을 내려가면서도 자꾸만 뒤돌아보았다. 그녀의 눈을 보니 실제로 그녀가 결코 행복하지 않음을 알 수 있었다. 구로프는 잠시 가만히 서서 귀를 기울이다가 사위가 조용해지자 외투를 찾아 들고 극장을 나섰다.

4

안나 세르게예브나가 그를 만나기 위해 모스크바에 오기 시작했다. 남편에게는 부인병 치료를 위해 전문의와 상담하러 간다고 말하고 한 달에 두세 차례 S시를 떠나왔다. 남편은 믿는 것도 같았고 믿지 않는 것 같기도 했다. 모스크바에 도착해 슬라반스키 바자르 호텔에 여장을 푼 안나는 즉시 빨간 모자를 쓴 심부름꾼을 구로프에게 보냈다. 구로프는 곧장 그녀에게로 달려왔고, 모스크바에서 이 사실을 아는 사람은 아무도 없었다.

어느 겨울 아침에 그는 여느 때와 마찬가지로 그녀에게 가고 있었다(심부름꾼이 전날 밤에 왔지만 그가 집에 없었다). 중학교에 다니는 딸을 바래다 줄 겸 딸과 함께 걷고 있었다. 굵은 함박눈이 펑펑 내리고 있었다.

"지금 영상 3도인데 눈이 오네."

구로프가 딸에게 말했다.

"지상의 온도는 따뜻하지만 위로 올라갈수록 공기층의 온도가 완전히 다르지."

"아빠, 근데 왜 겨울에는 천둥이 안 칠까요?"

그는 딸에게 그 이유를 설명해 주었다. 말을 하면서도 그는 지금 밀회를 하러 가지만 이 사실을 아는 사람은 아무도 없고, 아마 앞으로도 아는 이가 없을 거라고 생각했다. 그에겐 두 개의 인생이 있었다. 하나는 누구나 알고 싶고 보고 싶으면 볼 수 있는 공공연하고 명백한 생활, 조건부 진실과 조건부 허위로 가득 찬, 그의 지인이나 친구들과 꼭 닮은 인생이고, 다른 하나는 비밀스럽게 영위되는 생활이다. 여러 가지 정황이 우연처럼 딱딱 맞아 떨어졌다 해도 어쨌든 그에겐 중요하고 흥미 있고 꼭 필요한 것인데, 스스로를 속이지 않은 솔직한 생활이 은밀하게 지속되고 있다는 것, 그것이 인생에서 중요한 핵심이었다. 반면에 진실을 숨기기 위해 뒤집어쓰고 있는 거짓과 불성실, 껍데기, 예를 들면 직장인 은행 근무나 클럽에서의 논쟁, '저급한 종자'라는 말, 아내를 동반한 연회 참석 같은 것은 공공연하고 명백한 생활에 속했다. 그래서 그는 자신의 기준으로 남을 판단했기 때문에 겉으로 보이는 것은 아무것도 믿지 않았으며, 사람은 누구나 밤의 장막 같은 비밀 속에서 영위되는, 자신에겐 가장 흥미 있는 인생이 따로 있다고 생각했다. 개인의 사생활은 비밀 속에서 유지되게 마련이고, 그래서 아마도 문화인들이 개인의 비밀은 존중해야 된다고 신경질적으로 떠드는 모양이었다.

딸을 학교에 데려다 주고 구로프는 슬라반스키 바자르 호텔로 향했다. 그는 아래층에서 외투를 벗어 들고 위층으로 올라가 방문을 조용히 두드렸다. 안나 세르게예브나는 그가 좋아하는 회색 옷을 입은 채 여행의 피로와 기다림에 지쳐 그를 기다리고 있었다. 그녀는 창백해진 안색으로 그를 보고도 웃지 않더니 그가 방 안으로 들어서자 가슴에 안겼다. 마치 2년 동안 만나지 못한 사람들처럼 오랫동안 긴 키스를 나눴다.

"그래, 어떻게 지냈소?"

그가 물었다.

"뭐 새로운 소식은 없고?"

"기다려요. 이제 말할게…… 아, 말 못하겠어요."

그녀는 우느라 말을 할 수가 없었다. 돌아서서 손수건을 눈가로 가져갔다.

'뭐, 울고 싶다면 울어야지. 난 좀 앉아야겠군.'

그런 생각을 하며 그는 안락의자에 앉았다.

그가 종을 울려 차를 시키고, 차를 마시는 동안에도 그녀는 창가에 내내 서 있었다. 그녀는 흥분 때문에 울기도 했지만 자신들의 삶이 어쩌다가 이토록 애처로운 처지에 놓였을까 절망한 때문도 있었다. 사람들 눈을 피해 비밀스레 만나는 것이 마치 도둑 같지 않은가! 과연 이런 삶이 파멸이 아니라고 말할 수 있는가?

"아, 그만!"

그가 말했다.

그가 보기에 둘의 사랑이 언제 끝날지 알 순 없지만 아직 아니란 건 알고 있었다. 안나 세르게예브나는 그에게 더욱 강하게 애착을 느꼈으며 그를 숭배하고 있는데, 그런 그녀에게 언젠간 이 사랑도 끝날 거라는 말은 차마 할 수 없었으며, 그녀도 이 사실을 믿지 않을 터였다.

그는 그녀에게 다가가 어깨에 손을 얹고 어루만져 주면서 농담이라도 할 생각이었으나 그때 문득 거울에 비친 자신의 모습을 보았다.

머리칼은 이미 희어지기 시작했다. 스스로 생각해도 이상할 정도로 최근 몇 년 새 부쩍 늙었다. 그의 두 손이 얹어진 그녀의 어깨는 따뜻한데도 떨고 있었다. 지금은 이렇게 따뜻하고 아름답지만 이 생명도 그와 마찬가지로 머잖아 퇴색하고 시들 터였다. 대체 무엇 때문에 그녀는 그를 이토록 사랑하는 것일까? 그는 언제나 여자들에게 실제와 다른 모습으로 비춰졌고, 여자들 역시 실제의 그를 사랑한 게 아니라 스스로 공상에서 만들어 낸 남자나 자신의 인생에서 열렬하게 찾아 헤매던 남자를 사랑했던 것이며, 훗날 자신들의 실수를 깨달아도 어쨌거나 계속 사랑했다. 그와 함께 해서 행복했던 여인은 한 명도 없었다. 그 역시 시간이 흐르는 동안 여자들과 사귀고 친하고 헤어졌지만 사랑한 적은 한 번도 없었다. 무엇이든 편한 대로 상상한다 쳐도 결코 사랑은 아니었다. 그런데 머리가 하얗게 세어진 지금에서야 난생 처음으로 진실한 사랑을 하게 된 것이다.

안나 세르게예브나와 그는 서로 아주 가까운 사람처럼, 혈육처럼, 부부처럼, 다정한 친구처럼 사랑했다. 두 사람은 서로가 서로를 위해 운명으로 맺어진 것처럼 여겨 남자에게 아내가, 여자에게 남편이 있다는 사실을 이해하기 힘들었다. 그것은 철새 암수 한 쌍이 서로 다른 새장에 갇혀 있는 형상이었다. 그들은 서로 과거의 부끄러운 일을 용서했으며, 현재의 다른 모든 일도 용서했고, 사랑이 그들 두 사람을 변화시킨 것 같았다.

옛날의 그였다면 우울한 순간마다 머리에 떠오르는 판단대로 자신을 진정시켰겠지만 이제는 판단에 의존하지 않고 깊은 연민과 함께 마음속 깊은 곳에서 진심으로 더욱 부드러워지기를 소망했다.

"그만 그쳐요. 내 사랑, 그만큼 울었으면 됐소."

그가 말했다.

"자, 이제…… 무언가에 대해 생각해 보고 이야기를 나눕시다."

두 사람은 어떻게 하면 남의 눈을 피하거나 속이면서, 또 다른 도시에 떨어져 살면서 오랫동안 만나지 못하는 처지에서 벗어날 수 있는지에 대해 오랫동안 상의했다. 어떻게 하면 이 참기 힘든 굴레에서 벗어날 수 있는가?"

"어떻게? 어떻게 말야?"

그는 자신의 머리를 감싸 쥐며 물었다.

"어떻게 하면 좋단 말인가?"

머잖아 해결책을 찾으면 그때는 새롭고 근사한 인생이 시작되리란 생각이 들었다. 그리고 두 사람 다 확실히 알고 있었다. 끝은 아직 멀고도 멀었다는 것과 이제 막 가장 복잡하고 어려운 고민이 시작됐다는 사실을.

실수의 비극
A Tragedy of Errors

Henry James

헨리 제임스 지음 | 홍은택 옮김

헨리 제임스 Henry James | 미국의 소설가·비평가(1843~1916). 심리적 사실주의의 선구자로 꼽힌다. '영어로 쓴 가장 뛰어난 소설' 중의 하나로 평가받은 장편 《어느 부인의 초상》을 비롯하여 《비둘기의 날개》, 《나사의 회전》, 《데이지 밀러》 등이 있다. 그 밖에 자신의 작품 해설을 모은 《소설의 기교》는 소설 이론의 명저로 알려졌다.

✞

I

   느리게 달리던 영국제 사륜마차가 프랑스 어느 항구 도시의 우체국 앞에 멈춰 섰다. 마차 안에는 베일을 쓴 여인이 얼굴을 양산으로 바짝 가린 채 앉아 있었다. 이 이야기는 한 신사가 우체국에서 나와 그녀에게 편지를 건네주는 데서 시작된다.

   신사는 마차에 오르기 전 잠시 마차 옆에 서 있었다. 여인은 신사에게 양산을 받쳐 들게 하고는 베일을 걷어 올렸는데, 얼굴이 매우 아름다웠다. 행인들은 두 사람을 퍽 흥미롭게 여기는 듯했고, 대부분 그들을 빤히 쳐다보며 의미심장한 곁눈질을 주고받았다. 행인들은 여인의 눈길이 편지로 향하는 순간, 그녀의 안색이 매우 창백해지는 것을 보았다. 신사도 그것을 알아채고는 바로 그녀의 옆자리에 올라앉아 말고삐를 잡고 시내 중심가를 달려서 항구를 지나 바다를 끼고 도는 해안도로까지 서둘러 마차를 몰았다. 여기서 그는 속도를 늦추었다. 여인은 다시 베일을 내린 채 등을 기대고 있었고, 편지는 개봉된 채로 무릎에 놓여 있었다. 태도로 봐서 그녀는 거의 정신이 나간 것 같았고, 그녀가 눈을 감고 있는 것을 보고 안심한 신사는 재빨리 편지를 집어 들고 읽어 내려갔다. 다음과 같은 내용이었다.

18**년 7월 16일 사우샘프턴에서

내 사랑 오르탕스에게

당신은 내가 지난번 편지를 썼을 때보다 수천 리나 더 집 가까운 곳에 있다는 걸 이 편지에 찍힌 우체국 소인을 보면 알게 될 거요. 하지만 내게 생긴 그 변화를 설명할 시간이 없구려. M.P.는 내게 예기치 못한 이별을 가져다주었던 거요. 몇 달만 더 떨어져 있으면 몇 주를 함께 지낼 수 있을 거요. 주님의 은총으로! 우린 오늘 아침 뉴욕에서 이곳으로 왔고, 운 좋게도 아르모리크 호라는 배를 타게 됐는데 H로 직행한다는구려. 우편물은 바로 보냈지만, 아마도 조류 때문에 몇 시간 지체될 거요. 그래서 이 편지는 내가 도착하기 하루 전에 들어갈 듯하오. 선장은 우리가 목요일 아침 일찍 도착할 거라 예상하고 있소. 아, 오르탕스! 시간이란 게 얼마나 더디 가는지! 꼬박 사흘 남았소. 내가 뉴욕에서 편지를 쓰지 않은 건 당신에게 기다림의 고통을 주고 싶지 않아서요. 벌써 당신은 기다림이 너무 길다고 생각할 것 같소. 안녕. 따스한 마음을 보내며!

당신의 사랑하는 C.B.가

편지를 그녀 무릎에 다시 놓았을 때, 신사의 얼굴은 거의 그녀만큼 창백했다. 잠시 그는 멍한 표정으로 앞만 뚫어지게 바라보았다. 입술에서 반쯤 짓눌린 저주의 말이 새어 나왔다. 그러고는 시선을 그녀에게 돌렸다. 한동안 망설이다가 그는 말이 천천히 걷도록 고삐를 늦추고 그녀의 어깨를 부드럽게 어루만졌다.

"이봐요, 오르탕스. 무슨 일인가요? 잠이 드셨나?"

그가 매우 쾌활한 목소리로 말했다. 오르탕스는 천천히 눈을 떴다. 그리고 그들이 시내를 빠져나왔다는 것을 알고는 베일을 걷어 올렸다. 그녀의 얼굴은 두려움으로 굳어 있었다.

"읽어 보세요."

개봉된 편지를 내밀며 그녀가 말했다. 신사는 편지를 받아들고 다시 읽는 체했다.

"아! 베르니에가 돌아오는군. 반가운 일이야!"

그는 소리쳤다.

"반갑다고요?"

오르탕스가 물었다.

"이보세요, 상황이 이토록 심각한데 농담하지 마세요."

"틀림없이 귀중한 만남일 테지. 이 년 동안의 부재란 참 큰 거거든."

상대방이 말했다.

"오, 하나님! 그이를 마주 대할 용기가 없어요."

오르탕스는 울음을 터뜨리며 소리쳤다.

그녀는 한 손으로 얼굴을 가리고 다른 한 손을 그에게 내밀었다. 그러나 그는 깊은 공상에 빠져 있어 그녀가 움직이는 것을 알아채지 못했다. 그러다 갑자기 정신을 차린 그는 그녀가 흐느끼는 소리를 듣고 일어섰다.

"진정해요, 진정해."

그가 말했다. 스스로도 안전하다고 느끼지 않으면서, 위험하지 않다고 구슬리려는 말투였다. 하지만 그 자신도 베르니에가 그 일에 대해 무관심하다는 것을 확인하기 전에는 안심할 수 없을 것이다.

"그가 온다고 어떻게 되겠소? 아무것도 모를 텐데. 그저 잠시 머물다가 의심 없이 다시 항해를 떠날 거요."

"아무것도 모를 거라고요! 저를 놀리시는군요. 그저 안부 인사만 한다면서도 그를 맞이하는 사람들 모두가 남의 불륜에 대해 온통 수다를 떨 거예요."

"흥! 사람들은 당신이 상상하는 만큼 우리 사이를 알지 못할 거요. 당신과 나에 대해서 말이오. 그렇지 않소? 우린 이웃 사람들의 단점에 대해 관심을 가질 겨를이 없소. 좋든 싫든 다른 사람들도 마찬가지일 거요. 바다에서 배가 암초에 부딪혀 산산조각 났을 때, 떠다니는 통나무 위에 올라타려고 안간힘을 쓰는 불쌍한 사람들은 그 옆에서 파도와 싸우는 다른 사람들에게 눈길을 주지 않는 법이오. 해안가를 뚫어지게 쳐다보며 자신들의 안전에만 관심을 가질 뿐이라오. 인생의 여로에서 우린 모두가 사나운 바다 위에 떠 있는 부초일 뿐이오. 부나 사랑이나 휴식의 해안으로 가기 위해 몸부림치는 거요. 우리가 헤쳐 나온 파도의 굉음과 우리 눈에 뿌려지는 물보라가 옆 사람들의 말과 행동에 대해 귀먹고 눈멀게 하는 거란 말이오. 그래서 우리가 높고 마른 뭍으로 올라가게 된다면 그들에 대해 무슨 관심을 갖겠소?"

"아아, 하지만 뭍으로 올라갈 수 없다면요? 우리 자신이 희망을 잃었을 때, 우린 다른 사람도 물에 빠지길 바라죠. 그들의 목에 무거운 것을 매달아 가장 더러운 웅덩이에 가라앉게 하고는 그들에게 돌을 던질 거예요. 이보세요, 돌팔매가 겨냥한 게 당신이 아니라서 당신은 그걸 느끼지 못해요. 마을 사람들이 수군거리는 건 당신이 아니라 바로 저예요. 어떤 친절한 손길이 말릴 틈도 없이 한 가엾은 여인은 부두 저편에서 몸을 던져 익사하고, 그녀의 시체는 물 위에 떠올라 온 세상 사람이 다 보게 되겠지요. 사람들이 왜 모여 있는지 그녀 남편이 알아보러 왔을 때, 그의 아내가 죽었다는 희소식을 전해 줄 친절한 친구가 없을 거라고 생각하시나요?"

"물에 뜰만큼 충분히 가볍다면, 오르탕스, 그녀는 익사했다고 할 수 없소. 사람들이 그녀를 건져 올리기를 포기하는 건 오직 그녀가 사람들 시야를 벗어난 먼 바다에 빠졌을 때뿐이오."

오르탕스는 부은 눈으로 바다를 바라보며 잠시 침묵했다.

"루이!"

그녀가 마침내 입을 열었다.

"지금까지 우리는 빗대서 말을 하고 있었어요. 하지만 말 그대로 저는 물에 빠져 죽고 싶은 심정이에요."

"터무니없는 소리!"

루이가 대꾸했다.

"피고가 자신이 무죄라 주장하며 감옥에서 목을 매오. 그러면 신문은 뭐라고 쓸까? 사람들은 얼마나 떠들어 댈까? 사람들이 하는 만큼 당신이 말할 수는 없을까? 여자란 입을 다물고 싸움을 거부하는 그 순간부터 잘못에 빠지는 거요. 그리고 당신이 자주 그러듯이 손수건을 꺼내 눈물을 닦는 건 언제나 싸움을 그만두겠다는 바로 그런 표시가 되는 거란 말이오."

"잘 모르겠어요."

오르탕스는 냉담하게 말했다.

"아마 그럴지도 모르죠."

고통의 원인들이 그 고통과는 완전히 이질적인 것들이어서 서로 상관없어 보일 때 슬퍼지는 법이다. 그녀의 시선은 여전히 바다에 붙박여 있었다. 그녀는 다시 침묵했다.

"오, 가엾은 샤를! 도대체 당신이 돌아오려는 집에 어떤 일이 생긴 건지!"

마침내 그녀가 나지막이 중얼거렸다.

"오르탕스!"

신사는 마치 그녀의 말을 못 들은 것처럼 말했다. 하지만 제삼자에게도 그가 그렇게 말한 것은 정말로 못 들었기 때문이었던 것으로 보였을 것이다.

"말할 필요도 없이 우리 비밀을 내가 누설하는 일은 결코 생기지 않을 거요. 하지만 베르니에가 집에 머무는 동안 어느 누구도 그 일에 대해 한마디도 하지 않을 거라 믿겠소."

"그게 무슨 말이에요?"

오르탕스는 한숨을 내쉬었다.

"그이는 나와 십 분만 같이 있어도 눈치챌 거예요."

"오, 그건 당신이 알아서 할 일이오."

신사가 냉담하게 말했다.

"메이로!"

여인이 소리쳤다.

"그렇게 확언하는 게 내가 할 일이오."

신사는 계속했다.

"그게 당신이 할 일이라고요!"

오르탕스는 흐느끼며 말했다.

메이로는 대답하지 않았으나 길을 따라 달리는 말에게 세차게 채찍질을 해 댔다. 그리고 더는 아무런 말도 하지 않았다. 오르탕스는 손수건에 얼굴을 묻은 채 흐느끼며 마차에 등을 기대었다. 신사는 이마를 찌푸리고 입을 꽉 다문 채 앞만 뚫어지게 바라보며 꼿꼿이 앉아 있었다. 그리고 이따금씩 호된 채찍질로 말이 무서운 속도로 달리게 했다. 나그네들은 그를 저항하다 지쳐 버린 피해자를 데리고 도망치는 강간범으로 여겼을지도 모른다. 그들을 아는 행인들은 아마 이 사건의 깊은 속내를 우연히 눈치챘을지도 모른다. 거기에 생각이 미치자 그들은 다른 길로 돌아서 마을로 돌아왔다.

오르탕스가 집에 돌아왔을 때, 그녀는 곧바로 이층에 있는 작은 침실로 올라가 문을 잠가 버렸다. 그 방은 집 뒤편에 있었다. 바로 그때, 하녀가 작은 배들이 정박하고 있는 바닷가로 길게 뻗어 내려간 정원을 걷고 있다가 오르탕스가 아직도 외투를 입고 모자를 쓴 채 창문의 블라인드를 내려 방을 어둡게 하고 있는 것을 보았다. 그렇게 그녀는 두어 시간 동안 혼자 있었다. 보통 이브닝드레스를 안주인에게 입혀 주기 위해 호출되는 시간이 조금 지난 다섯 시경에 하녀는 오르탕스의 방문을 두드리고 시중을 들었다. 안주인이 편두통이 있을 때는 방 안에서 큰 소리로 불렀고, 그런 때는 옷도 입지 않고 있었다.

"뭘 좀 드릴까요?"

조세핀이 물었다.

"허브 차, 따뜻한 음료, 아니면 다른 걸 드릴까요?"

"아니, 필요 없어."

"식사는 하실 건가요?"

"아니."

"뭘 좀 드시고 나가시는 게 좋겠어요."

"와인 한 병 갖다 줘. 아니 브랜디로."

조세핀은 시키는 대로 했다. 그녀가 브랜디를 가지고 돌아왔을 때, 오르탕스는 문간에 서 있었다. 열린 문틈으로 보니 모자는 소파에 던져져 있었으나 외투는 그대로 있었고, 오르탕스의 얼굴이 몹시 창백했다. 조세핀은 위로를 하거나 질문을 하지 말아야 한다고 느꼈다.

"마님, 더 시키실 일이 없으신가요?"

쟁반을 건네주며 용기를 내어 물었다.

안주인은 고개를 저으며 문을 닫고 잠가 버렸다.

조세핀은 순간 난처해져서 엉거주춤 귀를 기울이며 서 있었다. 아무 소리도 들리지 않았다. 마침내 그녀는 찬찬히 허리를 구부려 열쇠 구멍에 눈을 갖다 댔다.

그녀가 목격한 것은 이렇다.

안주인은 열린 창문 쪽으로 가서 문을 등지고 선 채 바다를 바라보았다. 그녀 옆구리께로 맥이 풀려 덜렁거리는 한 손엔 술병이 들려 있었고, 다른 한 손엔 반쯤 찬 물 잔이 들려 있었으며, 그 옆 탁자에는 개봉된 편지가 놓여 있었다. 조세핀이 기다리는 데 지치기 시작할 때까지 그녀는 이 자세로 서 있었다. 그러나 조세핀이 호기심을 채울 수 없어 포기하고 막 일어서려 할 때, 그녀는 술병과 잔을 들어 잔을 가득 채웠다. 조세핀은 더 보고 싶은 마음이 간절해졌다. 그녀는 한순간 불빛에 잔을 들어 올렸다가 쭉 들이켰다.

조세핀은 무의식중에 휘파람을 불었다. 그러나 안주인이 두 번째 잔을 채우자 놀라움은 경악으로 바뀌었다. 그러나 오르탕스는 술잔을 절반도 비우기 전에 갑작스레 생각이 떠올랐다는 듯 잔을 내려놓고 서둘러 방을 가로질러 갔다. 캐비닛 앞에서 허리를 구부리고 오페라용 작은 쌍안경을 꺼냈다. 쌍안경을 가지고 창가로 돌아온 그녀는 쌍안경을 눈에 대고 다시 바다 쪽을 바라보며 잠시 시간을 보냈다. 조세핀은 안주인의 이런 행동을 이해할 수 없었다. 그녀가 볼 수 있었던 것은 안주인이 갑자기 쌍안경을 탁자 위에 내려놓고, 얼굴을 손으로 감싼 채 안락의자에 주저앉아 있는 모습이 전부였다. 조세핀은 놀라움에 더 이상 견딜 수 없었다. 서둘러 부엌으로 내려갔다.

"바랑틴!"

요리사를 불렀다.

"도대체 마님에게 무슨 일이 생긴 걸까? 저녁도 안 드시고 브랜디를 잔째로 마시고는 조금 전까지 쌍안경으로 바다를 내다보시더니 지금은 무릎에다 개봉된 편지를 놓고 겁에 질린 듯이 울고 계셔."

요리사는 감자 껍질을 벗기다가 의미 있는 윙크를 하며 그녀를 올려다보았다.

"주인님이 돌아오시는 것 말고 뭐가 있겠어?"

그녀가 말했다.

∥

여섯 시까지 조세핀과 바랑틴은 바랑틴이 넌지시 비추었던 사건에 대해 시시콜콜 얘기를 나누며 같이 앉아 있었다. 갑자기 베르니에 부인이 벨을 울렸다. 조세핀은 벨소리가 반갑다는 듯이 대답했다. 그녀는 머리를 빗고, 외투를 입고, 베일을 쓰고 계단을 내려오는 안주인을 만났다. 안주인은 동요의 흔적은 없었지만 얼굴이 매우 창백했다.

"외출할 거야,"

베르니에 부인이 말했다.

"비콩트 씨가 오시면, 시어머니댁에 갔으니 돌아올 때까지 기다리셨으면 좋겠다고 말씀드려."

조세핀은 문을 열고 안주인이 지나가도록 비켜섰다. 그리고 그녀가 안마당을 가로질러 걸어가는 것을 바라보며 서 있었다.

"시어머니댁은 무슨, 뻔뻔스럽기는!"

하녀는 중얼거렸다.

오르탕스는 큰길로 나오자 시내를 통과해서 남편의 어머니, 노부인이 사는 고풍스런 거리로 가는 길이 아닌 아주 다른 방향으로 길을 잡았다. 그녀는 주로 어부와 뱃사공들이 거주하는, 붐비는 지역으로 들어설 때까지 항구 옆으로 난 부둣가 길을 따라 걸어갔다. 그녀는 베일을 걷어 올렸다. 땅거미가 지고 있었다. 사람들 눈에 띄지 않게 걸었지만 사람들이 자신을 바라보고 있다는 것을 눈치챌 수 있었다. 옷차림이 너무 평범해서 시선을 끌 정도는 결코 아니었으나 어쨌든 지나가는 사람이 그녀를 알아본다면, 만나는 사람마다 그녀가 조심스러운 눈초리로 뚫어지게 쳐다보았기 때문일 것이다. 그녀의 태도는 잃어버린지 오랜 친구를, 아니면 아마도 오랫동안 행방불명되었던 적을 군중 속에서 찾으려 애쓰는 것 같았다. 마침내 그녀는 층계참 사이의 계단 앞에 멈춰 섰다. 그 계단이 끝나는 곳에 항구의 두 해안을 오가며 승객을 실어 나르는 여섯 척의 소형 선박들이 정박해 있었고, 이따금씩 도개교가 선박의 통행을 위해서 들어 올려졌다. 거기 서 있는 동안 그녀는 다음과 같은 장면을 목격했다.

붉은 모직으로 된 어부 모자를 쓴 한 사내가 얼굴을 바다 쪽으로 향한 채 담배꽁초를 피우며 계단의 맨 꼭대기에 앉아 있었다. 사내는 뒤를 돌아보다가 팔에 물병을 끼고 가까운 곳에 있는 우중충한 공동주택을 향해 부두를 따라 서둘러 걷고 있는 한 꼬마에게 눈길이 머물렀다.

"어이, 꼬마야! 그 안에 뭐가 들었니? 이리 와 봐!"

사내가 소리치자 꼬마는 뒤를 돌아보았다. 그러나 사내의 말을 듣지 않고 걸음을 재촉했다.

"악마가 붙잡아 간다. 이리 안 와!"

사내는 화가 나서 거듭 소리쳤다.

"안 오면 네 빌어먹을 모가지를 비틀어 버릴 테다. 아저씨 말 안 들을 거야, 응?"

아이는 멈춰 섰고, 사내와 맞설 수 있는 다른 힘에 애원하듯이 집 쪽을 몇 번씩 돌아보며 애처롭게 그 사내에게로 향했다.

"자, 빨리 와! 안 오면 잡으러 갈 테다. 서둘러!"

사내가 재촉했다.

아이는 여섯 계단을 올라와 멈춰 서서 물병을 꼭 끌어안고 조심스레 사내를 쳐다보았다.

"이리 와, 꼬마 거지야! 바싹 다가오라니까!"

꼬마는 아랑곳하지 않고 침묵을 지키며 꼼짝도 하지 않았다. 자칭 아저씨라는 사람은 갑자기 몸을 앞으로 구부리고 팔을 뻗어 햇볕에 탄 꼬마의 손목을 낚아채 자기 앞으로 홱 끌어당겼다.

"왜 부를 때 오지 않는 거야?"

사내는 그렇게 물으며 다른 한 손으로 어린아이의 지저분한 더벅머리에 손을 얹고는 아이가 비틀거릴 때까지 머리를 흔들어 댔다.

"왜 오지 않았냐? 이 버릇없는 꼬마 자식아, 응? 응? 응?"

하고 물을 때마다 흔들어 댔다.

아이는 대답하지 않았다. 사내가 손아귀로 아이의 목을 비트는 것은 아주 쓸모없는 일인 동시에 아이의 집으로 구조 요청을 보내는 것이나 다름없었다.

"자, 고개 똑바로 들어 날 쳐다보고 대답해. 물병 안에 뭐가 있지? 거짓말 하면 안 돼."

"우유요."

"누가 먹을 건데?"

"할머니요."

"할머니는 죽었잖아?"

그 사내는 아이에게서 손을 떼고 아이가 맥없이 움켜쥔 물병을 빼앗아 불빛에 기울여 보고는 뭐가 들었는지 살펴본 뒤 입에 대고 다 마셔 버렸다. 아이는 풀려나서도 돌아가지 않았다. 아저씨라는 사람이 우유를 다 들이키고 물병을 내려놓을 때까지 바라보고 서 있었다. 그리고 사내와 눈이 마주치자 이렇게 말했다.

"그 우유, 아기가 먹을 거였어요."

잠시 그 사내는 우물쭈물했다. 그러나 아이는 벌써 부모에게 야단맞을 걱정을 하는 것 같았다. 말없이 뒤에서 달려들어 물병을 낚아챈 뒤 꽁지가 빠져라 달아났기 때문이다. 아이가 시야에서 사라지자 사내는 다시 바다 쪽으로 얼굴을 돌리고 무섭게 찌푸린 표정으로 다시 이 사이에 파이프를 물고는 베르니에 부인에게 들으라는 듯이 중얼거렸다.

"저 놈의 목을 비틀어 버리는 건데."

오르탕스는 이 단막극의 말 없는 관객이었다. 극이 끝나자 돌아서서 머리에 손을 얹고는 20미터쯤 온 길을 되돌아갔다. 그런 뒤, 곧장 다시 돌아와 사내에게 말을 걸었다.

"여보세요, 당신이 이 배 주인인가요?"

그녀는 매우 명랑한 목소리로 말했다.

그는 그녀를 올려다보았다. 그 순간 파이프를 입에서 떼고 이를 드러내며 싱긋 웃었다. 그러고는 모자를 벗어들고 일어섰다.

"예, 부인. 분부만 하십시오."

"나를 저쪽까지 데려다 줄 수 있나요?"

"배를 타실 필요는 없지요. 다리가 놓여 있으니까요."

계단 끄트머리에 있던 그의 동료 중 한 사람이 그쪽을 바라보며 말했다.

"알아요. 하지만 나는 공동묘지까지 가고 싶은데 배로 가면 800미터는 덜 걷거든요."

베르니에 부인이 말했다.

"이 시간이면 공동묘지는 문을 닫아요."

"알롱, 부인을 내버려 둬."

처음 말을 건넸던 사내가 말했다.

"이쪽으로 오시죠, 부인."

오르탕스는 배의 고물에 앉았다. 사내가 노를 잡았다.

"곧장 건널까요?"

그가 물었다.

오르탕스는 주위를 둘러보았다.

"참 아름다운 저녁이에요."

그녀는 말했다.

"등대 밖까지 노를 저어 갔다가 돌아오는 길에 공동묘지 가장 가까운 곳에 나를 내려 주세요."

"좋아요, 15수[1] 내세요."

뱃사공은 대답하고 힘차게 노를 당기기 시작했다.

"자, 후하게 쳐드릴게요."

부인이 말했다.

"요금은 15수입니다요."

사내가 고집스럽게 대답했다.

"유쾌하게 노를 저어 주면 100수를 드릴게요."

오르탕스가 말했다.

사공은 아무 말도 하지 않았다. 분명히 그는 그녀의 말을 못 들은 것처럼 보이고 싶은 것 같았다. 침묵은 아마도 농담으로 여기기에는 너무나 후한 약속을 받아들이는 가장 위엄 있는 태도일 것이다.

한동안 이런 침묵은 계속되었고 가까운 해안과 선박들로부터 들려오는 소리와 노 젓는 물소리가 침묵을 깰 뿐이었다. 베르니에 부인은 사공의 용모를 곁눈질로 꼼꼼하게 뜯어보았다. 사공

---

[1] 옛날 프랑스의 화폐. 1수는 5상팀으로, 20분의 1프랑.

의 나이는 서른다섯쯤 돼 보였다. 얼굴은 고집 세고 사나우며 무뚝뚝해 보였다. 이런 표현은 아마 그의 무디고 단조로운 행동 때문에 과장되었을 것이다. 그가 열심히 노를 저을 때는 그의 눈에 나타났던 교활함이 보이지 않았다. 얼굴은 그보다 더 나은 편이었다. 그러니까 악덕이 무지보다 낫다면 말이다. 이른바 사람의 얼굴이란 미소만 지어도 '환하게 불이 켜진다.' 참으로 그 짧은 순간 반짝이는 빛이 어두운 방에다 촛불을 켜기도 하는 법이다. 그 촛불은 우리 영혼의 어두침침한 구석에 한 줄기 빛을 던진다. 보통 가난한 사람의 모습은 거의 변화가 없다. 운명은 많은 부류의 인간들에게 얼굴 표정을 그저 단조롭게 만들거나, 더 정확히 말하자면 단조로운 표정만 짓게 만든다. 아, 나 말인가! 벌거벗었거나 누더기를 걸친 얼굴이다. 그런 얼굴을 지닌 사람의 휴식은 침체가 되고, 행동은 악행이 된다. 그들이 가진 최악의 것은 무지이고, 최고는 기껏해야 악명이다!

"너무 힘들여 노를 젓지 말아요."

마침내 오르탕스가 말했다.

"잠깐 숨을 고르는 게 좋지 않겠어요?"

"부인은 아주 좋은 분이세요."

노 위에 몸을 기대며 그가 말했다.

"하지만 시간제로 고용하셨다면 저를 빈둥거리게 두시진 않았을 겁니다."

그는 심술궂게 히죽 웃으며 덧붙였다.

"너무 힘들게 일하고 있잖아요."

베르니에 부인이 말했다.

그가 하는 노동의 양을 파악하려는 어떤 추측도 적절치 않다고 넌지시 말하는 듯, 그 사내는 고개를 짧게 저었다.

"오늘 아침 네 시에 일어나 부두에서 내 작은 배로 왔다 갔다 하며 짐짝과 상자를 실어 날랐지요. 잠시 쉴 짬도 없이 땀을 흘렸습니다요. 그래서 땀을 식히기 위해 바닷물에 풍덩 뛰어들고 싶다고 가끔 동료에게 말하곤 하지요. 하! 하! 하!"

"그리고 물론 돈은 거의 못 벌고요."

베르니에 부인이 말했다.

"전혀 없는 것만도 못하죠. 그저 겨우 굶어죽지 않을 만큼 먹고 사니까요."

"뭐라고요? 끼닛거리도 없이 산다고요?"

"끼닛거리란 아주 듣기 좋은 말입죠, 부인. 간단히 말해서 아무것도 없는 상태에서는 그것도 사치라는 거죠. 때때로 제게 끼닛거리는 엷은 공기예요. 공기라도 마실 수밖에 없는 건, 그건 저로서도 어쩔 수 없기 때문입죠."

"그토록 비참한 일도 있나요?"

"제가 오늘 뭘 먹었는지 말씀드려 볼까요?"

"말해 봐요!"

베르니에 부인은 말했다.

"검은 빵 한 조각과 절인 청어 한 마리가 열두 시간 동안 제 입에 들어간 전부인걸요."

"좀 더 나은 일을 찾아보지 그래요?"

"오늘밤 제가 죽는다면……."

질문에는 관심이 없다는 듯, 사공은 자기 연민에 휩싸여 위험 수위를 넘어 버린 사람처럼 계속 말을 이어 갔다.

"저를 묻기 위해 남아 있는 게 뭐겠습니까? 제가 입고 있는 이 옷가지를 팔아 기다란 관을 살 수 있을지도 모르지요. 제가 입으면 열두 달을 못 갈 이 초라하고 낡은 옷을 팔아 천년 동안 닳지 않을 관을 살 수 있을 테지요. 아주 괜찮은 생각이지요!"

"돈벌이가 더 나은 일을 찾아보지 그래요?"

오르탕스는 되풀이했다.

사내는 노를 다시 물에 담갔다.

"돈벌이가 더 나은 일이요? 저는 일을 위해 일을 해야만 합니다. 또한 벌어야 먹고 살지요. 일을 해야 품삯을 받으니까요. 토요일 밤 돈벌이 가운데 최고는 다음 주 일거리 약속을 받는 거예요. 배에서 창고까지 쉰 개의 통을 굴린다는 건 두 가지 의미가 있는데요, 그 다음 날 통을 굴리고 30수를 버느냐 50수를 버느냐 하는 겁니다. 그러다 손이 뭉개지거나 어깨를 삐게 되면 약값으로 20프랑이 나가고 그럼 내 돈벌이는 끝장나는 거죠."

"결혼했어요?"

오르탕스는 물었다.

"아니오. 고맙게도 그런 축복으로 저주받지는 않았습지요. 하지만 저는 부양해야 할 늙은 어머니, 여동생 그리고 세 명의 조카들이 있는데다가요, 노파는 너무 늙어서 일을 못하고, 젊은 여자는 너무 게으르고, 꼬맹이들은 너무 어리거든요. 하지만 배가 고픈 건 늙거나 어리거나 다 마찬가지지요. 그들의 가장이 아니었다면 저는 목매달아 죽었을 겁니다."

잠시 말을 멈췄다가 사내는 다시 노를 젓기 시작했다. 베르니에 부인은 꼼짝 않고 앉아서 사공의 인상을 살폈다. 그의 얼굴 가득 불을 지르며 지는 해는 거의 타오르는 듯한 빛으로 그의 얼굴을 뒤덮고 있었다. 그녀의 얼굴은 서쪽 하늘을 배경으로 점점 어두워지고 있어서 사공이 볼 때 그녀의 얼굴 표정이 어떤지 거의 분간할 수가 없었다.

"이곳을 떠나는 건 어때요?"

마침내 그녀가 입을 열었다.

"떠나라고요! 어떻게요?"

사내는 그와 같은 부류의 사람들이 자신에게 이익이 되는 제안을 받아들일 때처럼 아주 탐욕스럽게 쳐다보며 대꾸했다. 그는 경험에서 배운 대로 흥정할 때 자신의 이익을 지키기 위해서 몹시 의심스러워하면서도 세상에서 가장 인정 많은 제안을 향해 손을 뻗었고, 그런 형태의 제안은 그녀가 그들에게 내민 최상의 것이었다.

"어디든 다른 곳으로 가세요!"

오르탕스는 말했다.

"예를 들면 어디로 말입니까?"

"미국같이 조금 새로운 나라로요."

사내는 껄껄거리며 웃었다. 베르니에 부인의 얼굴은 조롱을 의식해 당황하기보다는 사내의 처신에 더 관심을 드러냈다.

"그게 바로 부인의 계획이었군요! 만일 당신이 저를 위해 가구가 비치된 아파트를 계약하신다면 저는 더 이상 바랄 게 없지요. 하지만 어둠 속에서는 어떤 도약도 할 수 없습니다. 파이프에 담배를 쟁여 넣고 머리 둘레에 담배 연기를 맴돌게 하듯이 하릴없이 햇빛 아래에서 빈둥거릴 때는 미국과 알제리가 굶주린 배를 채울 수 있는 아주 훌륭한 말들이지요. 그렇지만 그런 말들은 한 병의 와인과 고기 앞에서 흔적도 없이 사라지지요. 지구가 평평해지고 공기가 맑아져서 당신이 부두 저편에서 미국 해안을 바라볼 수 있을 때, 그런 때가 온다면 저는 큰돈을 벌게 될 겁니다. 그 전까지는 아니지요."

"그렇다면 모험이 두렵나요?"

"아무것도 두렵지 않아요. 하지만 바보도 아니죠. 구두 한 켤레가 확실히 제 것이 될 때까지는 신고 있는 나막신을 멀리 차버리고 싶지 않습니다. 하물며 여기서는 맨발로 다닐 수도 있는데, 나무에서 물고기를 구하고 싶지는 않거든요. 미국이라면 그곳엔 이미 다녀왔지요."

"아! 그곳엘 다녀왔나요?"

"브라질, 멕시코, 캘리포니아 그리고 서인도제도에도 갔다 왔고요."

"네에!"

"아시아에도 다녀왔지요."

"아!"

"물론 중국과 인도도요. 그래요, 세상을 다 보았지요. 희망봉은 세 번을 돌았습니다."

"그때도 뱃사람이었나요?"

"네, 부인. 십사 년 동안이나요."

"어떤 배를 탔었나요?"

"글쎄요, 족히 쉰 척은 될 거예요."

"프랑스 배도요?"

"프랑스, 영국 그리고 스페인 배들이었는데, 주로 스페인 배를 탔었죠."

"아, 그래요?"

"네, 저는 정말 바보였어요."

"왜 그렇게 생각해요?"

"아, 그건 개 같은 삶이었거든요. 비열한 속임수를 조금이라도 쓰는 개 같은 놈들을 보게 되면 전부 물에 처넣었지요."

"그래서 당신 몫을 가져 본 적이 없었군요?"

"오히려 제가 얻은 걸 다 주었지요. 저는 누구 못지않게 착한 스페인 사람이었고, 누구 못지않게 대단한 악마였어요. 칼을 지니고 다니며 누구 못지않게 칼을 재빨리 빼서 깊게 찔렀지요. 결국 흉터만 남았습지요, 숙녀에게 할 말은 아니지만서두요. 하지만 스페인 사람들의 은신처를 열 곳 남짓 뒤져 보면 그런 부류의 인간들이 득시글거리는 걸 볼 수 있을 겁니다."

그는 기억 속에서 다시 싱싱해진 활력을 끌어내는 듯했다. 짧은 침묵이 흘렀다.

"그렇다면……."

잠시 후 베르니에 부인이 말했다.

"기억해 봐요. 당신은 사람을 죽인 적이 있나요?"

순간, 사공은 노 젓는 속도를 늦추고 그녀의 얼굴 표정을 날카롭게 훔쳐보았다. 하지만 그녀의 얼굴 표정은 그늘이 져 있어 알아보기 어려웠고, 질문하는 말투도 그저 단순하고 한가로운 호기심을 드러낼 뿐이었다.

그는 잠시 머뭇거리다가 의식적이고 조심스러우면서도 모호한 미소를 지었다. 그 미소에는 범죄를 인정하거나 범죄를 부인하는 태도가 다 포함되어 있었다.

"맙소사!"

그는 어깨를 크게 으쓱대며 말했다.

"의심의 여지가 있지요! 하지만 아무 이유 없이 사람을 죽인 적은 없습니다."

"물론 없겠지요."

오르탕스는 말했다.

"남미에서는 사람을 죽일 만한 이유가 있었다 할지라도, 맹세코!"

사공은 덧붙였다.

"여기선 그게 이유가 될 수 없지요."

"그럴 거예요. 남미에서는 어떤 이유가 있었나요?"

"그러니까 만약 발파라이소에서 사람을 죽였다면, 제가 그랬다는 건 아니지만 제 칼이 생각보다 훨씬 더 깊이 들어갔기 때문일 거예요."

"하지만 왜 칼을 썼나요?"

"아니죠. 제가 칼을 썼다면, 그건 그가 칼을 뽑아 저를 공격했기 때문이죠."

"그럼 그는 왜 그랬을까요?"

"빌어먹을! 항구에 배가 많듯이 여러 가지 이유가 있겠지요."

"예를 들면요?"

"음, 그가 취직하려고 했던 선박회사 일자리를 제가 차지해 버려서 그랬겠지요."

"그런 일로? 그럴 수 있는 일인가요?"

"아, 더 사소한 일일 때도 있지요. 한 아가씨가 그에게 주마고 약속했던 오렌지 몇 개를 저에게 주려고 했던 일 같은 거요."

"이상한 일도 다 있네요!"

베르니에 부인은 새된 소리로 웃으며 말했다.

"그런 종류의 원한을 품었다고 해서 한 사내가 다가와 당신을 칼로 찌를 수 있나요, 아무렇지도 않게?"

"바로 그렇습지요. 악담을 퍼부으며 당신 등에 칼을 깊숙이 쑤셔 넣고는 5분 후엔 노래를 흥얼거리며 그 칼로 멜론을 자를 수도 있거든요."

"그래서 어떤 사람이 두렵거나 창피해서 아니면 어떤 식으로든 직접 복수를 할 수 없을 때, 그가 혹은 그게 여자일 수도 있으니, 그녀가 누군가에게 그 일을 시킬 수 있다는 건가요?"

"그렇고말고요! 그런 일을 찾느라 눈이 벌건 불쌍한 악마들은 이곳의 길모퉁이마다 서 있는 경비들처럼 남미 해안을 따라

널려 있어요."

 뱃사공은 요조숙녀 같아 보이는 사람이 이런 수치스러운 화제에 매력을 느끼는 데에 분명 놀라고 있었다. 그러나 그는 말주변이 좋았으므로 그녀에게 정보를 줄 수 있다는 사실과 자신의 말을 들어주는 것에 대한 기쁨이 훨씬 더 컸다. 사내는 계속했다.

 "게다가 거기 있는 그치들은 결코 원한을 잊지 않아요. 만약 그런 친구가 오늘 원한을 갚지 않는다면 내일은 그 일을 할 겁니다. 스페인 사람의 증오는 놓쳐 버린 잠과 같지요. 잠을 뒤로 미룰 수는 있지만 끝내는 잠이 사람을 괴롭힐 거거든요. 악당들은 항상 스스로와의 약속을 지키지요. …… 상대가 배에 타고 있을 때는 아주 쾌활합니다. 마치 들판에 매어 있는 황소들처럼요. 벽에 기대고 있을 때 말고는 한 순간도 그냥 서 있을 수 없을 겁니다. 친구가 되었을 때조차도 그가 베푸는 호의는 맛이 께름칙하지요. 그와 함께 식사를 한다는 건 장식용 백랍 잔으로 술을 마시는 것과 같아요. 그리고 그건 어디서나 그렇지요. 당신이 그림자라도 한 번 스페인의 어느 좁은 길을 가로질러 스쳐 가게 해 보세요. 그러면 그게 언제이든 그는 그 길에서 당신 그림자를 찾아낼 겁니다. 만약 당신이 모든 게 시계가 째깍거리듯 돌아가는 이 빌어먹을 유럽의 도시들 말고 다른 어디서도 살아본 적이 없다면, 당신은 남미 항구에서 벌어지는, 즉 사람들의 반쯤이 다른 반쯤의 사람들을 모퉁이 주변에서 기다리는 그런 일들은 상상도 할 수 없을 겁니다. 하지만 여기가 훨씬 더 낫다고 생각지는 않아요. 여기서는 모두가 서로에게 스파이 노릇을 하거든요. 거기선 어느 모퉁이든 살인자들이 득실거리지요. 여기선 순경들이 득실거리듯이……. 좌우간 삶은 무엇보다도 얕은 해협에서 항해하는 것이란 생각이 들게 합니다. 그 해협에는 우리를 좌초시킬지도 모르는 악마 같은 암초가 기다리고 있고요. 부인들도 단골 도붓장수가 있듯이 거기선 누구나 이웃과 지속적인 거래를 하지요. 그리고 맹세코 그들은 오직 이웃들과만 거래를 합니다. 산티아고 호의 선주는 우리가 떠날 때 그를 본받아 제가 쌓아 올린 사내다운 명성에 대해서 조만간 보상하겠지요. 하지만 결코 임금을 지불하지는 않을 거예요."

스페인 사람들의 특징에 대해 설명을 하고 나자 잠시 대화가 끊어졌다.

"그러면 당신은 결코 어느 누구도 저 세상으로 보낸 적이 없나요?"

오르탕스가 말을 계속했다.

"오, 만약에…… 겁이 나시나요?"

"전혀요. 그런 일은 종종 정당방위라는 걸 알아요."

놀랍다는 듯 사내는 잠시 말이 없었다. 이어서 그가 이렇게 물었다.

"부인은 스페인 사람이신가요?"

"아마도 어떤 점에서는 그렇죠."

오르탕스는 대답했다.

사공은 다시 침묵했다. 그 침묵은 길어졌다. 베르니에 부인이 같은 생각의 연장 선상에 있는 질문으로 그 침묵을 깼다.
"이 나라에서 사람을 죽이기에 충분한 이유는 무언가요?"
사공이 물 위로 웃음을 던졌다. 오르탕스는 외투를 바싹 끌어당겼다.
"아무런 이유가 없다는 게 유감이지요."
"자신을 방어할 권리는 없나요?"
"분명히 있지요. 그게 바로 저 같은 사람이 알고 있어야 할 것이랍니다. 하지만 그건 궁정의 신사들에게 더 간단한 일이지요."
"남미의 여러 나라들에서 어떤 사람이 당신의 삶을 견딜 수 없게 만들 때, 당신은 어떻게 하나요?"
"제기랄! 그를 죽여야죠."
"그럼 프랑스에서는요?"
"아마 자신을 죽이겠지요. 하! 하! 하!"
이 무렵 그들은 내항의 한쪽 경계인 커다란 방파제 끝에 다다랐고, 그 끝에는 등대가 있었다. 해가 졌다.
"등대까지 왔군요. 점점 어두워지는데 돌아갈까요?"
사내가 말했다.
오르탕스는 잠시 자리에서 일어나서 선 채로 바다를 바라보았다.
"그러죠."
마침내 그녀가 대답했다.
"돌아가도 좋아요, 천천히."

사공이 뱃머리를 돌릴 때, 그녀는 다시 제자리에 앉아서 한 손을 뱃전 위에 걸치고는 배가 움직일 때 물속에 손을 담가 잔물결이 길게 이는 것을 물끄러미 바라보았다.

마침내 그녀는 뱃사공을 건너다보았다. 그녀의 얼굴엔 미지근한 서녘 노을이 남아 있어 사공은 창백한 그녀의 얼굴을 볼 수 있었다.

"세상살이가 참 힘들 거예요. 내가 당신을 도울 수 있다면 좋을 텐데."

그녀가 말했다.

사내는 노를 젓기 시작하면서 잠시 그녀를 빤히 쳐다보았다. 이 말이 그가 그녀의 눈에서 어렴풋이 알아챌 수 있었던 표정과 어긋났기 때문이었을까? 다음 순간 그는 모자에 손을 얹었다.

"부인께선 아주 친절하세요. 무슨 일을 하시려는 건가요?"

베르니에 부인은 그에게 시선을 돌렸다.

"당신을 믿고 싶어요."

"예!"

"그리고 보답할 거예요."

"예? 제게 맡기실 일이 있으신 건가요?"

"있지요."

오르탕스는 고개를 끄덕였다.

사내는 명확히 설명해 줄 때를 기다리며 아무 말도 하지 않았다. 그의 얼굴은 천한 본성을 가진 사람들이 당황했을 때 나타나는 짜증으로 찌푸려져 있었다.

"당신은 대범한 사람인가요?"

이 질문으로 실마리가 잡히는 것처럼 보였다. 그에 대한 대답인 듯 그의 얼굴 표정이 확 펴졌다. 당신과 그를 갈라놓는 신분의 장벽을 없애려는 일이 아니라면 아랫사람과는 어떤 주제에 대해서라도 말을 해서는 안 된다. 그러다 보면 신분상의 모든 격차를 넘어서는 생각, 느낌, 어렴풋한 감지 그리고 예견 등이 생기기 마련이다.

"저는 아주 대범합니다."

사공이 말했다.

"부인께서 바라시는 어떤 일도 할 수 있을 만큼요."

"범죄를 저지를 만큼 대범한가요?"

"그건 아무것도 아니죠."

"만약 내가 당신 마음의 평화를 위태롭게 하고 당신 개인의 안전을 무릅써야 하는 일을 부탁한다면 그건 분명 호의는 아닐 거예요. 그래서 내가 부탁한 일을 하느라 당신의 양심이 더 무거워진다면 그 무게를 티끌 하나까지 모두 황금으로 쳐서 열 곱절로 보상할 거예요."

사내는 희미한 불빛 속에서 그녀를 오랫동안 면밀하게 살펴보았다.

"부인께서 제게 무슨 일을 시키시려는지 압니다."

마침내 그가 말했다.

"좋아요."

오르탕스가 말했다.

"할 거예요?"

계속해서 그는 빤히 쳐다보았다. 그녀는 더 이상 숨길 것이 없는 여인처럼 그의 눈과 마주쳤다.

"상황을 말씀해 주시지요."

"아르모리크 호라 불리는 증기선을 아나요?"

"알죠. 그 배는 사우샘프턴에서 오는 배죠."

"내일 아침 일찍 도착할 거예요. 그 배가 모래톱을 지날 수 있을까요?"

"아뇨. 정오까지는 안 되지요."

"나도 그렇게 생각해요. 그 배편으로 오는 사람을 하나 기다리고 있어요. 남자예요."

마치 비탄에 잠긴 듯 베르니에 부인은 말을 잇기가 힘들어 보였다.

"그렇군요, 그래요!"

사공이 말했다.

"그가 바로 그 사람이에요."

그녀는 다시 말을 멈췄다.

"그 사람이 누구…?"

"내가 없애기를 바라는 그 사람이요."

한동안 아무 말도 없었다. 사공이 먼저 다시 말을 꺼냈다.

"계획을 세워 보셨나요?"

오르탕스는 끄덕였다.

"들어 봅시다."

"문제의 그 사람은……."

베르니에 부인이 말을 꺼냈다.

"정오까지 배에서 기다리는 걸 못 참을 거예요. 당신 말대로 배가 닻을 내리면 자기 집이 배에서 보일 테죠. 만약 그가 보트를 구할 수 있다면 틀림없이 먼저 상륙하려 들 거예요. 내 말 알아듣겠지요?"

"아하! 제 보트, 이 보트 말인가요?"

"오, 하나님!"

베르니에 부인은 자리에서 벌떡 일어나 두 팔을 앞으로 뻗었다가 다시 주저앉아 얼굴을 무릎에 파묻었다. 사공은 서둘러 노를 거두고 그녀의 어깨 위에 손을 얹었다.

"자, 제발 울지 마세요."

그가 말했다.

"우린 서로 말이 통할 것 같군요."

사공은 뱃바닥에 무릎을 꿇고 꽉 잡아 부축해서 그녀가 스스로 일어나도록 했다. 하지만 고개는 여전히 떨어뜨리고 있었다.

"보트 안에서 그를 해치우길 바라시나요?"

아무 대답이 없었다.

"나이 든 사람인가요?"

오르탕스는 힘없이 고개를 가로 저었다.

"제 또래인가요?"

그녀는 고개를 끄덕였다.

"빌어먹을! 쉽지 않겠네."

"그이는 헤엄칠 줄 몰라요."

오르탕스는 쳐다보지도 않고 말했다.

"그이는…… 그이는 절름발이에요."

"빌어먹을!"

사공은 손을 놓았다. 오르탕스가 힐끗 쳐다보았다.

"수신호를 아세요?"

"개의치 마세요."

마침내 사내가 덧붙였다.

"그게 신호로 적합할 거예요."

"물론이죠. 게다가 그는 바다를 등지고 큰 부두에 붙어 있는 베르니에 씨 댁으로 데려다 달라고 부탁할 거예요. 자, 여기서 그 집이 거의 보일 거예요."

"그곳을 압니다."

사공은 스스로에게 질문하고 대답하듯이 하고 나서 침묵했다.

사공이 오르탕스의 생각을 앞지르려 하자, 그녀가 막 끼어들려던 참이었다.

"제가 맡은 일에 대해 어떻게 담보할 수 있지요?"

그가 물었다.

"보상 말인가요? 생각해 둔 게 있어요. 이 시계는 그 일을 한 후에 내가 줄 수 있는, 기꺼이 주고 싶은 보상에 대한 담보예요. 그 케이스 속에는 이천 프랑 가치의 진주가 들어 있어요."

"값을 정하시지요."

시계에는 손도 대지 않고 사내가 말했다.

"당신이 정해요."

"좋습니다. 아시다시피 내겐 높은 가격을 요구할 권리가 있지요."

"그럼요. 말해 봐요."

"제가 당신의 제안을 고려해 보는 건 단지 큰 목돈을 받게 된다는 가정에서지요. 생각해 보세요. 당신은 내게 살인을 부탁했어요."

"얼마죠? 얼마예요?"

"자!"

사내는 계속했다.

"밀렵은 늘 값이 비싸요. 그 시계 안에 있는 진주알들은 값이 나가지요. 그건 진주알들을 갖고 있는 사람의 생명이 값어치가 있기 때문이거든요. 부인은 제가 부인의 진주를 채취하는 잠수부가 되기를 원해요. 그렇지요. 부인은 저를 안전한 상속인으로 보장하셔야 합니다. 아시다시피 상속인 말이에요. 하! 제게 안전한 갑옷을 입히셔야만 합니다. 제가 일을 하는 동안 내내 숨쉴 수 있는 작은 틈, 이를테면 모자에 한가득 나폴레옹 얼굴이 새겨진 금화가 담겨 있다는 생각 같은 거 말입니다."

"이보세요! 당신과 말하고 싶지도 않거니와 당신의 농담을 듣고 싶지도 않아요. 단지 대가를 알고 싶을 뿐이에요. 나는 한 쌍의 닭을 사려고 흥정하는 게 아니거든요. 액수를 말해 보세요."

사공은 이때 자리로 돌아와 노를 젓기 시작했다. 노를 천천히 길게 당기기 위해 그는 상체를 앞으로 쭉 뻗어서 자신의 얼굴을 이 유혹하는 여인의 얼굴에 바싹 갖다 댔다. 그는 몸을 앞으로 숙이고 베르니에 부인의 얼굴을 뚫어지게 쳐다보는 이 자세로 잠시 머물렀다. 그 순간의 그런 행동은 오르탕스의 목적을 이루는 데에 다행스러운 것이었다. 그녀가 예쁜 여자라는 사실이 이전에도 그녀의 목적에 자주 도움이 되었던 적이 있었다. [제임스의 각주 : 그녀의 미소에는 저항할 수 없다고 들었다. 그리고 슬픈 순간에도 그녀는 자유자재로 절망스런 표정을 지어 거칠 대로 거칠어진 사람의 마음조차 연민으로 가득 채우는가 하면, 상대를 자신의 잔인한 목적에 봉사할 가장 친절한 사람이 되도록 회유한다고 들었다.] 얼굴이 못생겼다면 협상의 본래 성질이 몹시 혐오스러운 것이라는 사실을 깨닫게 할 수도 있는 법이다. 갑자기 빠르고 발작적으로 노를 젓던 사공이 노 젓기를 마쳤다.

"그렇게 어리석지는 않지요. 부인께서 한번 제안해 보세요."

"좋아요."

오르탕스는 말했다.

"당신이 그걸 바란다면요. 자, 내가 줄 수 있는 전부를 당신에게 주겠어요. 나는 일만 오천 프랑 가치의 보석을 가지고 있어요. 그걸 당신에게 줄게요. 만일 보석으로 받는 게 난처하다면 그만한 값어치의 돈으로 드릴 수도 있어요. 내 집 금고에 일천 프랑의 금화가 있어요. 당신은 그것도 가질 수 있어요. 미국으로 가는 뱃삯을 지불하고 여장을 꾸려 줄게요. 뉴욕에 내 친구들이 있거든요. 당신의 일자리를 구해 주라고 그 친구들에게 편지 쓸 겁니다."

"그리고 부인은 세탁물을 내 어머니와 누이에게 맡길 거고, 그렇지 않소? 하! 하! 일만 오천 프랑 가치의 보석, 일천 프랑의 금화를 더하면 일만 육천이 되는군. 미국행 뱃삯, 일등석으로 오백 프랑. 여장도 꾸려 주고. 그게 도대체 뭘 의미하는 겁니까?"

"그곳에서 당신의 성공을 위해 필요한 모든 것이지요."

"제가 살인자로 기록될 거라는 사실을 부인하시는 겁니까? 사실 그런 흔적은 지우지 않는 게 더 낫겠군요. 적어도 이곳에서는 그런 게 오히려 좋은 기회를 가져다줄 테니까요. 이만 오천 프랑 주시오."

"좋아요. 더 이상은 한 푼도 안 돼요."

"부인을 믿어도 됩니까?"

"내가 당신에게 미덥지 않아요? 내가 하려는 모험을 스스로 돌아보지 않도록 하는 게 당신에게 좋아요."

"아마도 우리는 그 점에서 같은 입장이겠군요. 우리들 중 누구도 확실성을 보장할 수는 없지요. 아직 저는 당신을 믿습니다. 이런!"

사공은 덧붙였다.

"부두에 다 왔네요."

그런 다음 조롱하듯 엄숙하게 자신의 모자에 손을 대며 말했다.

"부인께선 여전히 공동묘지를 방문하실 건가요?"

"빨리 나를 내려 줘요!"

베르니에 부인이 조바심치며 말했다.

"하기는 우린 죽은 사람들 가운데 있었지요."

사공은 그녀에게 손을 내밀며 고집스럽게 말했다.

III

베르니에 부인이 집에 도착했을 때는 여덟 시가 넘어 있었다.

"메이로 씨가 여기 왔었어?"

그녀는 조세핀에게 물었다.

"네, 마님. 마님께서 나가신 걸 알고는 편지를 남기셨어요."

오르탕스는 남편의 오래된 서재 탁자 위에서 밀봉된 편지를 발견했다. 거기엔 다음과 같이 쓰여 있었다.

나는 당신이 외출한 것을 알고는 쓸쓸해졌소. 당신에게 말할 게 있소. 생각건대 좋아 보이는 곳, C에서 저녁 식사를 하고 밤을 보내자는 초대를 받아들였소. 당신과 똑같은 이유로 나는 이 난관에 과감히 대처하기로 결심했소. 그리고 돌아올 때는 기선을 탈 거요. 베르니에의 귀가를 환영하기 위해서 오래된 친구의 특권으로 말이오. 아르모리크 호는 새벽녘에 모래톱 앞바다에 정박할 거라 들었소. 어떻게 생각하오? 하지만 나에게 연락하기에는 너무 늦었을 거요. 여하튼 마침내는 내 수완에 박수를 치게 될 거요. 당신은 그것이 얼마나 여러 가지 일들을 매끄럽게 만들 것인지를 알게 될 거요.

부인이 편지를 읽고는 "어쩌나! 어쩌나!" 소리를 내었다.

"신이시여, 저를 구해 주소서!"

그녀는 여러 차례 방을 서성거렸고, 마침내 사람들이 강렬한 감정에 사로잡혔을 때 자주 그러듯이 중얼거리기 시작했다.

"흥! 하지만 새벽까지 그는 절대 일어나지도 못할 거야. 특히 오늘 저녁 만찬 후엔 늦잠을 잘 텐데 뭘. 다른 사람들이 그보다 앞서 올 거야. ……오, 내 가엾은 머리여! 지나치게 고민하다가 끝내 일을 망치고 말았구나!"

조세핀이 여주인의 물건들을 치우려고 다시 나타났다. 오르탕스는 자신을 안심시키고 싶어서 그녀에게 떠오른 첫 번째 생각을 물어보았다.

"비콩트 씨가 혼자 왔었어?"

"아니오, 마님. 다른 신사분과 함께 왔었어요. 제 생각에 솔즈 씨 같았어요. 큰 여행 가방 두 개를 들고 전세 마차를 타고 왔었거든요."

종종 소설의 입장에 가까워야 한다는 과장된 두려움에서, 이 가엾은 여인이 생각했던 것이라기보다는 그녀가 행동하고 말했던 것을 독자 여러분에게 이야기하기 위해 지금까지 나는 최선의 판단을 해 왔지만, 이제는 그녀의 마음속에 오가는 것을 밝혀야 할지도 모르겠다.

"그가 겁쟁이인가요? 그가 나를 떠나려는 건가요? 아니면 그가 단순히 이 마지막 시간들을 놀고 마시며 보내려 하나요? 그가 나와 함께 머물렀을 수도 있었을 텐데. 아! 친구여, 당신은 나를 위해 한 일이 없군요. 누가 당신을 위해 그렇게 많은 일을 할까요? 누가 당신을 위해 살인을, 자살을 할까요. 하늘이시여, 저를 도우소서! 하지만 그가 가장 잘 알고 있을 테지요. 여하튼 그는 밤새도록 술을 마시며 놀 거예요."

그날 저녁 늦게 요리사가 왔을 때, 자지 않고 기다리던 조세핀이 말했다.

"너는 마님이 어떤 모습을 하고 있는지 모를 거야. 오늘 아침 이후로 십 년은 더 늙어 보여. 성모 마리아시여! 오늘 하루가 그녀에게 어떤 날이었는지!"

"내일까지 기다려 보시게."

바랑틴이 예언자처럼 말했다.

나중에 다락방으로 자러 올라갈 때, 그들은 오르탕스의 방문 아래로 새어 나오는 불빛을 보았다. 그날 밤, 부인의 방 위층에 있는 조세핀은 아래층에서 부인이 왔다 갔다 하는 소리를 듣느라 잠을 잘 수가 없었다. 그것은 부인이 그녀보다 훨씬 더 잠을 못 이루고 있었다는 사실을 말해 준다.

IV

다음 날 이른 새벽, 아르모리크 호가 H항구 밖에 정박했을 때, 그 선박의 주변은 상당히 소란스러웠다. 외투를 입고 지팡이를 짚고 여행용 손가방을 든 한 신사가 아르모리크 호에 승선하려고 작은 고깃배를 옆에 댔다.

"베르니에 씨가 여기 있나요?"

그는 첫 번째로 만난 승무원들 중 한 명에게 물었다.

"그분은 상륙하셨을 텐데요, 나리. 조금 전에 그분을 찾아온 사공이 있었거든요. 제 생각에는 그 사공이 그분을 모셔 갔을 겁니다."

잠시 메이로는 곰곰이 생각했다. 그리고 육지를 바라보며 선박의 다른 쪽으로 건너갔다. 방벽에 기댄 채로 그는 빈 보트 한 척이 선박의 측면으로 오르는 사다리에 밧줄을 잡아매는 것을 보았다.

"저게 이 마을 배지요? 그렇지 않소?"

그는 옆에 서 있던 선원들 중 한 명에게 물었다.

"맞습니다, 나리."

"주인은 어디 있소?"

"곧 이리로 올 겁니다. 방금 승무원 중 한 명과 얘기하는 걸 보았거든요."

메이로는 사다리를 내려가서 그 보트의 고물에 앉았다. 그가 말을 걸었던 선원이 그의 가방을 건네주고 있을 때, 붉은 모자를 쓴 얼굴 하나가 방벽 위로 나타났다.

"여보시오, 이게 당신 보트요?"

메이로는 소리쳤다.

"예. 분부만 하십시오, 나리."

사다리 꼭대기로 올라서며 붉은 모자가 대답했다. 그러고는 그 신사의 지팡이와 여행 가방을 뚫어지게 바라보았다.

"나를 마을까지, 새 부두 끝에 있는 베르니에 부인 댁까지 데려다 줄 수 있겠소?"

"물론입죠, 나리."

사공은 허둥지둥 사다리를 내려오며 말했다.

"나리가 제가 찾던 바로 그 신사분이시군요."

* * *

한 시간 후, 오르탕스 베르니에는 집 밖으로 나왔다. 그러고는 바다가 건너다보이는 테라스를 향해 정원 사이로 천천히 걷기 시작했다. 이른 시각 하인들이 아래층으로 내려왔을 때, 일어나 옷을 차려입은 게 아니 오히려 옷을 벗지 않은 게 분명한 그녀를 보았다. 그녀는 전날 저녁에 입었던 것과 똑같은 옷을 입고 있었다.

"어머나!"

조세핀은 그녀를 보고 나서 소리를 질렀다.

"마님은 어제 하루 동안 십 년은 더 늙으셨네요. 밤새 십 년은 더 늙으셨어요."

베르니에 부인이 정원 한가운데에 이르렀을 때 걸음을 멈췄고, 잠시 꼼짝도 않은 채 귀를 기울이며 서 있었다. 다음 순간, 그녀는 큰소리로 울음을 터트렸다. 테라스 아래에서 어떤 사람이 나타나 그녀를 향해 팔을 내민 채 절룩거리며 다가오는 것을 보았기 때문이다.

이녹 아든
Enoch Arden

Alfred Tennyson

테니슨 지음 | 김난령 옮김

테니슨 Alfred Tennyson | 영국의 시인(1809~1892). 애국적인 내용과 세련된 운율미를 갖춘 시를 썼다. 1850년에 출판된 《인 메모리엄In Memoriam》은 17년간을 생각하고 그리던 죽은 친구 핼럼에게 바치는 애가(哀歌)로, 그의 대표작이자 빅토리아 시대의 대표시이다. 이외에 〈아서 왕의 죽음〉, 〈이녹 아든〉, 〈국왕 가집〉 등이 있다.

✝

기나긴 벼랑이 끊기며 틈이 깊게 갈라지고
그 갈라진 틈으로 물거품과 황색 모래가 뒤엉킨 곳.
그 너머 좁다란 부두 주위로
빨간 지붕이 옹기종기 모여 있었지요.
그 뒤로 허물어져 가는 교회 한 채.
그 위로 난 기다란 오솔길을 따라 가면
방앗간이 탑처럼 우뚝 솟아 있고
그 너머 잿빛 하늘과 맞닿은 구릉에는
덴마크 인들의 무덤이 흩어져 있었고요.
또 그 아래 찻종처럼 우묵한 골짜기에는
가을이면 개암을 주우러 가는 사람들이 드나드는
개암나무 숲이 우거져 있었지요.
백 년도 더 되는 오랜 옛날
여기 이 바닷가에 세 아이가 살았어요.
그 포구에서 가장 어여쁜 소녀 애니 리와
방앗간 집 외아들 필립 레이,
그리고 어느 겨울 배가 난파되어 하루아침에 고아가 된
거친 뱃사람의 아들 이녹 아든이 그 아이들이지요.
해안으로 떠밀려온 쓰레기와 잡동사니,

둘둘 감긴 밧줄, 거뭇거뭇한 그물,
녹슨 미늘이 달린 닻, 그리고 정박해 있는 배들이
세 아이의 놀이터였지요.
세 아이는 모래로 성을 쌓아서
밀려오는 파도에 허물어지는 것을 지켜보거나
하얗게 부서지는 파도를 쫓아가며
파도에 씻겨 내려갈 작은 발자국을 남기며
하루하루를 보냈지요.

벼랑 아래로 조붓한 동굴이 있었는데
아이들은 거기서 소꿉놀이를 했어요.
이녹이 하루 신랑이 되면, 그 다음 날은 필립 차례.
애니는 언제나 색시였지요.
허나 때때로 이녹이 한 주 내내 신랑 노릇을 하기도 했어요.
이녹이 "여긴 내 집이고, 애니는 내 꼬마 색시야."라고 하면,
필립은 "내 색시이기도 해. 차례로 공평하게."라고 했지요.
그 둘이 다툼을 할 때면
이기는 쪽은 늘 힘센 이녹이었어요.
그러면 필립은 파란 눈동자에 분한 눈물을 글썽이며,
"이녹, 네가 미워!"라고 소리쳤지요.
그럴 때면 꼬마 색시도 따라 울며
제발 두 친구가 싸우지 않게 해 달라고 빌고
그 둘의 꼬마 색시가 될 거라고 말하곤 했어요.

허나 장밋빛 유년 시절은 지나고
떠오르는 해처럼 이글대는 열정이 이녹과 필립,
두 청년의 가슴에 타올랐고
둘 다 한 처녀에게 마음을 빼앗겼어요.
이녹은 제 사랑을 고백했지만
필립은 남모르게 사랑했어요.
그 처녀는 겉으로는 필립에게 더 다정히 대했으나
사랑한 건 이녹이었어요.
비록 저 자신은 그걸 몰랐고
누가 물어도 아니라고 했을 테지만요.
이녹은 장래의 목표를 세우고
알뜰살뜰 돈을 모았어요.
배도 사고, 애니를 위해 집도 마련하기 위해서요.
그리고 뜻대로 성공하여
마침내 바람 그칠 날 없는 그 해안 일대에서
이녹보다 더 운 좋거나 더 용감한 어부도 없고
폭풍우 속에서 그보다 더 침착한 사나이도 없었지요.
게다가 일 년 동안 상선에 승선하여 일한 끝에
어엿한 선원이 되었고,
큰 물결에 휩쓸린 생명을 세 번 구해 내어
모두가 그를 훌륭한 청년이라 칭송했어요.
이녹은 스물한 살이 되기 전에 배를 사고
애니를 위해 방앗간으로 오르는 오솔길 중턱에

아담한 새 둥지 같은 집 한 채도 마련했지요.

황금빛으로 물든 어느 가을 저녁
포구의 젊은이들이 일을 쉬고
손에 손에 크고 작은 자루며 부대며 바구니를 들고
개암 주우러 숲으로 갔어요.
필립은 몸져누운 아버지를 보살피느라
한 시간 정도 늦게 언덕을 올랐지요.
숲이 계곡으로 푹 꺼지기 시작하는
비탈길 언저리에 이르렀을 때
이녹과 애니가 손을 마주 잡고 앉아 있는 모습이 보였어요.
이녹의 커다란 잿빛 눈동자와 햇볕에 그을린 구릿빛 얼굴이
제단을 밝히는 평온하고도 신성한 불꽃처럼
활활 타올랐지요.
필립은 그 둘의 눈동자와 얼굴에서
자신의 운명을 읽었고,
두 사람이 볼과 볼을 마주하자
필립은 몹시 괴로워하며 슬그머니 곁길로 빠져
마치 상처 입은 생명체처럼
계곡으로 기어 내려갔어요.
거기서 다른 사람들이 흥겹게 떠드는 동안
암흑 같은 시간 속에서 번민하던 필립은
평생을 두고 지속될 갈망을 가슴에 품은 채

슬그머니 일어나 그 자리를 떠났어요.

마침내 이녹과 애니는 결혼했고
교회 종소리도 그 둘의 결혼을 축복하듯 널리 울려 퍼졌어요.
그리고 어느새 7년이란 세월이 훌쩍 흘렀어요.
건강하고 돈 걱정 없는 행복한 나날이었지요.
서로 아끼고 열심히 일한 덕택에
아이들도 태어났어요.
첫 아이는 공주님이었어요.
이녹이 첫 아이의 첫 울음소리를 듣고 잠에서 깨어났을 때
그의 가슴에는
열심히 벌어서 돈을 모아
제 자식은 자신들보다 더 좋은 환경에서 키우고 싶다는
숭고한 소망이 움텄어요.
2년 뒤, 사내아이 태어나자
그 소망이 다시 그의 가슴에 꿈틀거려
이녹은 거친 바다로 나가거나
종종 육지를 여행했고,
그러는 동안 그 아이는
애니의 고독을 달래 주는 홍안의 우상이 되었지요.
정말이지, 한길에서 벗어난 잎이 우거진 오솔길이며,
이녹이 대 주는 수산물로 금요일 식탁을 차리는
고즈넉한 대저택의

대문을 지키는 어린사자 조각상에서부터
뜰안의 공작새 날개 같은 주목나무에 이르기까지,
이녹의 흰말과
갯냄새 물씬 나는 버들광주리에 담긴 이녹의 바다 전리품과
겨울 폭풍으로 벌겋게 부르튼 그의 얼굴을
모르는 이가 없었지요.

그러다 인간 만사가 그렇듯
평온하던 나날에 풍파가 몰아쳤어요.
어느 날,
그 작은 포구에서 북쪽으로 10마일 떨어진 더 큰 항구
때때로 육로나 바닷길로 지나가곤 했던 그 항구에서
이녹이 배의 돛대에 오르다가
운 나쁘게도 발이 미끄러져 떨어지고 말았어요.
사람들이 그를 안아 일으켰을 때는
이미 한 다리가 부러져 있었지요.
이녹이 몸져누워 있는 동안
애니는 둘째 아들을, 허약한 사내아이를 낳았고
다른 상인들이 이녹의 거래처에 손을 뻗어
애니와 아이들의 빵을 앗아 갔어요.
비록 강하고 신심 깊은 이녹이었지만 몸져누워 있으니
권태와 불안과 불신이 그를 괴롭혔어요.
이녹은 겨우 입에 풀칠만 하며 사는 불쌍한 자식들과

거지꼴이나 다름없는 아내를 보면
마치 악몽을 꾸는 것 같았어요.
하여 이녹은 기도했어요.
'저는 어떻게 되어도 좋으니
제발 아내와 아이들만은 그 비참함 속에서 구해 주옵소서.'
이녹이 기도하는 동안
이녹이 선원으로 일했던 배의 선장이
이녹의 딱한 사정을 듣고 찾아왔어요.
선장은 이녹이 귀한 인재라는 걸 알고 있었지요.
"우리 배가 중국으로 떠나게 되었는데
아직 갑판장 자리가 비었으니
자네가 그 일을 해 보지 않을 텐가?"
배가 그 포구에서 떠날 때까지는
아직 몇 주의 여유가 있었어요.
과연 이녹은 그 제안을 받아들일까요?
이녹은 이것이 자신의 기도에 대한
하느님의 대답이라고 기뻐하면서
그 자리에서 그 일을 맡겠다고 했지요.

그래서 이제 불행의 그림자는 그다지 고통스럽지 않았어요.
조각구름이 이글거리는 태양 빛을 가릴 수 없고
작은 섬이 먼 바다의 등대를 가로막을 수 없는 법.
하지만 그가 바다로 떠나면, 그의 아내와 아이들은

어찌한단 말인가요?
하여 이녹은 앞으로의 일을 깊이 생각하며
긴 밤을 지새웠어요.
'배를 팔아 버릴까?
허나 그 배는 내가 너무도 아끼는 배다.
그 배로 거친 바다를 얼마나 누비고 다녔던가!
기수가 애마를 잘 알듯이, 나도 그 배를 속속들이 알고 있다.
그렇다 해도 배를 팔아야겠지.
그런 다음 물건을 사고 가게를 차려
애니로 하여금 뱃사람이나 아낙들을 상대로 장사하게 하면
내가 없는 동안 애니가 집안을 꾸려 나갈 수 있을 거야.
나도 먼 바다에서 장사할 수는 없을까?
이 항해를 한 번 이상 나가야 할까?
그래, 두 번이고 세 번이고, 필요하면 몇 번이고 나갈 거야.
그리하여 마침내 돈을 벌어 돌아와서
나도 더 큰 배의 선장이 될 거야.
그러면 벌이도 늘고 생활도 더 나아져서
귀여운 아이들을 학교도 보내고
나도 여생을 평화롭게 보내게 될 거야.'

이녹은 이렇게 마음먹고 집으로 돌아와,
갓 태어난 병약한 아이를 돌보고 있는
창백한 애니에게 다가갔어요.

애니는 반가이 맞으며 다가와
그 연약한 아이를 이녹의 품에 안겨 주었어요.
이녹은 아이를 받아 안고
한 줌도 안 되는 아이의 팔다리를 들어
몸무게를 짐작하며 아비답게 얼러 주었어요.
하지만 마음속의 계획은 애니에게 털어놓지 못하다가
다음 날이 되어서야 어렵사리 말을 꺼냈지요.

애니는 이녹에게서 결혼반지를 받아 낀 이래
처음으로 남편의 뜻에 반대했어요.
하지만 큰소리로 반대한 게 아니라
매일 밤낮으로 눈물과 슬픈 입맞춤으로
자신과 사랑하는 아이들을 사랑한다면 가지 말라고
간청하고 애원했지요.
이녹은 자기 자신이 아니라 애니를 위해
그리고 그들의 아이들을 위해서
애니의 눈물 어린 호소를 듣지 않았어요.
가슴이 미어졌지만 마음을 굳게 먹었지요.

이녹은 오랫동안 거친 바다에서 동고동락했던 배를 팔아
애니에게 가게를 차려 주려고 물품을 사들이고
거리에 면한 방에다 손수 진열대를 설치해 주었어요.
이녹은 마지막 날까지 하루 온 종일

망치질, 도끼질, 구멍 뚫기, 톱질 소리로
그들의 오두막이 떠나가도록 일했어요.
하지만 애니의 귀에는 그 소리가
제 목을 매달 교수대를 세우는 소리로 들렸지요.
그리고 이녹은 마치 자연의 여신이
대지에 씨를 뿌리고 꽃을 피우듯
세심한 손길로 그 비좁은 공간을
오밀조밀 말쑥하게 꾸민 뒤에 일손을 놓았어요.
애니를 위해 마지막 날까지 열심히 일해야 했던 이녹은
기진맥진하여 아침까지 깊은 잠에 빠져들었어요.

이녹은 이별의 아침을 밝고 담담하게 맞으며
애니의 걱정 근심을 덜어 주려 했어요.
애니도 그런 이녹의 마음을 알고 그에게 웃어 보였어요.
그렇지만 하느님을 두려워하는 이녹은 머리를 조아리며
하느님은 사람 안에,
사람은 하느님 안에 하나가 되는 신비 속에서
자신에게 무슨 일이 생길지라도
아내와 아이들은 축복해 달라고 기도했어요.
그런 다음 애니에게 말하길,
"애니, 이번 항해는 하느님의 은총이 함께하여
우리 모두에게 행운을 가져다줄 거요.
애니, 내가 언제 불쑥 돌아올지 모르니

항상 노변을 깨끗이 정돈하고 난롯불을 피워 놓구려."
그런 다음 젖먹이의 요람을 살살 흔들며,
"이 어여쁘고 연약하고 병약한 아이······.
아니, 그렇기 때문에 내가 한층 더 이 아이를 사랑하지······.
하느님 이 아이에게 축복을 내리소서.
내가 다시 집에 돌아오면, 이 아이를 내 무릎에 앉히고
이국땅의 이야기를 들려줄 거요.
자, 애니, 내가 떠나기 전에 기운을 내요."

이녹이 계속 설득하자
애니도 희망을 갖게 되었어요.
허나 이녹이 하늘의 섭리와 믿음에 대해
뱃사람의 거친 말투로 설교했을 때,
애니는 듣는 둥 마는 둥 했어요.
마치 처녀 적 샘터에서
자신을 위해 물동이에 물을 채워 주곤 하던
이녹을 쳐다보느라
물이야 넘치든 말든
그의 말을 듣는 둥 마는 둥 했던 바로 그때처럼······.

이윽고 애니가 말했어요.
"오, 이녹, 당신은 지혜로운 사람이에요.
하지만 저는 왜 이리 불안하지요?

당신 얼굴을 다시는 볼 수 없을 것 같아요."

이에 이녹이 말하길,
"정히 그렇다면, 내가 당신을 지켜보리다.
애니, 그 배가 이곳을 지나갈 것이니,
(이녹은 그때가 언제인지 알려 주었죠.)
뱃사람들의 망원경을 구해서 내 얼굴을 찾아봐요.
그래서 당신의 모든 걱정과 두려움을
웃음으로 날려 보내요."

마침내 떠나야 할 순간이 오고 말았을 때 이녹이 말했어요.
"애니, 난 떠나야 하니, 기운 내고 마음 편히 가지고
아이들을 잘 보살펴 주오. 그리고 내가 돌아올 때까지
안팎으로 잘 정돈하고 살아요.
내 걱정일랑 더는 말아요.
허나 두려움이 생기면 모든 걱정 근심을 하느님께 맡겨요.
그곳은 세상에서 가장 안전한 곳이니까.
하느님은 아침 해 뜨는 곳에 계시지 않소?
그러니 내가 아무리 도망치려 해도
어떻게 하느님에게서 벗어날 수 있겠소?
그리고 바다는 하느님이 만드신 것이니
그곳 또한 하느님의 집이라오."

이녹은 일어나,
고개 숙인 아내를 힘껏 껴안고
어리둥절해 하는 어린아이들에게 입맞춤을 했어요.
하지만 애니가 셋째 아이,
밤새 열이 나서 보채다가 잠들어 있는
그 병약한 아이를 깨우려 하자
이녹이 말했어요.
"깨우지 마오. 잠자게 둬요. 이 어린것이
이 일을 어찌 기억하겠소?"
그러고는 침대에 누워 있는 아이의 볼에 입을 맞추었어요.
하지만 애니가 아이의 이마에 난
앙증맞은 곱슬머리 몇 가닥을 잘라서 이녹에게 주었어요.
이녹은 그 머리칼을 그로부터 내내 간직하게 되지요.
하지만 앞으로 제 앞에 어떤 운명이 펼쳐질지 모르는 이녹은
서둘러 짐 꾸러미를 둘러메고
손을 흔들며 작별을 고하고 길을 떠났어요.

이녹이 말한 그날이 왔을 때,
애니는 망원경을 빌려 왔지만 소용없는 짓이었어요.
망원경을 맞출 줄 몰랐던 탓인지
혹은 눈이 침침하거나 손이 떨렸던 탓인지
애니는 이녹을 보지 못했어요.
이녹이 갑판에 서서 손을 흔들었건만,

애니가 그를 볼 수 있는 기회는
배와 함께 지나가 버리고 말았지요.

애니는 배가 흐릿한 점이 되어 사라질 때까지 지켜보며
눈물 흘리며 이녹을 떠나보냈어요.
이녹과의 이별이 사별인 듯 슬펐지만
애니는 이녹의 뜻에 따르기로 굳게 결심했어요.
하지만 애니의 가게는 장사가 잘 되지 않았어요.
물물교환할 적에도
약빠르지도 않고 거짓말할 줄도 몰라
더 달라 소리 못하고 손해 보기 일쑤.
그러면서 '이녹이 오면 뭐라고 할까?'라며 걱정했어요.
늘 돈에 쪼들리는 나날 속에서도
물건을 사들인 가격보다 더 헐하게 판 적이
한두 번이 아니었지요.
애니는 장사에 실패하고, 그 때문에 슬퍼했어요.
그래서 언제 올지 모르는 남편 소식을 기다리면서
구차한 생활 속에서
쓸쓸하고 우울한 나날을 보냈어요.

셋째 아이는 병약하게 태어나,
어미의 정성 어린 보살핌에도 불구하고
점점 쇠약해져만 갔어요.

그러다 결국,
어미가 장사 일로 종종 자리를 비운 탓인지,
혹은 아이에게 제일 절실한 것을 못해 준 탓인지,
또 그게 아니면 제일 절실한 것이 무엇인지를
알려 줄 누군가에게 줄 돈이 없었던 탓인지,
그 이유가 무엇이었던 간에
그 천진난만한 어린 영혼은
오랫동안 시름시름 앓더니
애니가 미처 깨닫기도 전에
마치 새장에 갇혔던 새가 순식간에 달아나듯
훨훨 날아가 버렸어요.

애니가 아이를 묻은 지 일주일도 되지 않았을 때,
애니의 안녕을 진심으로 바라던 필립은
(이녹이 떠난 후로 한 번도 애니를 본 적이 없었으므로)
오랫동안 애니에게 무관심해 왔던 것에
양심의 가책을 느꼈어요.
'그래, 이제 애니를 찾아봐야 할 것 같아.
그럼 조금이라도 위안이 될 거야.'
그리하여 필립은 그 집을 찾아가
집 앞에 딸린 횅댕그렁한 가게를 지나,
집 안으로 들어가는 문 앞에서 잠시 머뭇거렸어요.
그러고는 문을 세 번 두드렸으나

문 열어 주는 이 없어 그냥 들어가니
애니가 어린것을 묻은 슬픔에서 헤어나지 못한 채
사람 얼굴은 쳐다볼 생각 없다는 듯
얼굴은 벽을 향한 채 앉아 흐느껴 울고 있었어요.
그래 필립은 선 채로 더듬거리며 말을 꺼냈지요.
"애니, 당신에게 부탁이 있어 찾아왔어요."

그러자 애니는 슬픔과 분노가 섞인 목소리로 대답했어요.
"이토록 슬프고 이토록 절망적인
저 같은 사람에게 부탁이라고요?"
이 말에 필립은 적잖이 당황했지요.
허나 부끄러움과 애정 깊은 마음 사이에서 잠시 갈등하다
애니 곁으로 다가가서 말했어요.
"나는 당신 남편 이녹이 바라는 게 무엇인지를
당신에게 말해 주러 찾아온 거예요.
내가 늘 말했듯, 당신은
우리 중에 최고의 남자를 남편으로 삼았어요.
이녹은 일단 마음을 먹으면, 어떤 고난도 참고 견디며
기어코 해내는 강한 남자예요.
그런 그가 무엇 때문에 이토록 힘든 길을 택했겠어요?
왜 당신을 홀로 남겨 두고 떠났겠어요?
재미 보려고? 아니요.
돈 벌어서 자식들을 더 잘 키우기 위해서요.

그게 바로 이녹의 바람이오.
하지만 이녹이 돌아왔을 때
인생에서 소중한 청년기가 헛되이 사라졌다는 걸 알게 되면
마음이 무척 괴로울 거예요.
그리고 자기 자식들이 야생 망아지처럼
황무지를 뛰어 돌아다니는 걸 알게 되면
무덤 속에서조차 괴로워 할 거예요.
그러니 애니……
우리는 평생을 서로 알고 지낸 사이 아니오?
제발 부탁이오, 이녹과 당신 아이들을 사랑하는 마음으로
제발 내 청을 거절하지 마오.
정히 부담스럽다면,
이녹이 돌아왔을 때 이녹이 갚으면 되지 않겠소.
정히 부담스럽다면 말이오, 애니.
나는 부자고 형편이 넉넉하니
당신 아이들을 학교에 보낼 수 있게 허락해 줘요.
이 부탁을 하러 당신을 찾아온 거라오."

그러자 애니가 이마를 벽에 기댄 채 대답했어요.
"저는 당신의 얼굴을 쳐다볼 수 없어요.
저는 참으로 어리석고 몸도 마음도 완전히 지쳤나 봐요.
당신이 들어왔을 때, 저는 깊은 슬픔으로 무너져 내렸는데
이제 당신의 친절함이 저를 또 무너지게 하네요.

하지만 이녹은 살아 있어요.
이건 내 마음에 새겨진 진실이에요.
이녹이 보답할 거예요. 돈은 갚을 수 있겠지요.
허나 당신이 베풀어 주신 친절은 갚을 수 없을 거예요."

그래, 필립은 물었지요.
"그럼 내 청을 받아주겠소, 애니?"

애니는 일어나 돌아서서
눈물 젖은 눈으로 필립을 바라보았어요.
그녀의 시선이 필립의 온화한 얼굴에 잠시 머물더니,
그에게 은총을 내리길 빌면서
필립의 손을 한 번 꼭 쥐더니
작은 안뜰로 황급히 도망쳤어요.
이에 필립은 한껏 부푼 마음으로 돌아섰지요.

그로부터 필립은 애니의 아이들을
학교에 보내 주고 필요한 책도 사 주고
모든 면에서 제 자식에게 하듯 부모의 도리를 다 했지요.
허나 애니에게 누가 될까
포구 사람들 사이에 뜬소문이 돌까 두려워
보고 싶은 심정을 애써 부정하며
좀체 애니의 문지방을 넘는 일이 없었어요.

허나 아이들 편에 선물이며, 정원에서 키운 약초며 과일이며,
울타리에서 일찍 피거나 늦게 핀 장미꽃이며,
읍내에서 산 토끼 모피 등을 보냈지요.
그리고 이따금 제 풍차 방앗간에서 빻은 밀가루를 보내면서,
혹여 적선이라 여겨 불쾌히 여기지 않도록
곱게 갈았느냐 어떠냐, 이런저런 핑계를 대기도 했지요.

허나 필립은 애니의 속내를 헤아릴 길 없었어요.
어쩌다 마주쳤을 때도,
그 여인은 무한한 감사로 가슴이 벅차올라도
떠듬대며 고맙다는 말 한마디 꺼내지 못했어요.
하지만 필립은 애니의 아이들에게는
가장 소중한 존재였지요.
저 멀리 길모퉁이에서부터 뛰어와서
온 마음으로 반기며 따랐고
그의 방앗간과 집에 가면 주인처럼 굴었으며
사소한 잘못이나 기쁨을 털어놓아
필립의 마음을 어지럽히기도 하고
그에게 매달리고, 기대고 함께 장난도 치며
'필립 아버지'라 불렀어요.
이녹이 잃어버린 자리를 필립이 차지한 거지요.
애들에게 이녹은 꿈이나 환영 같았고
이른 새벽 한길 저 끝에서 갈 길 몰라 서성대는

흐릿한 나그네의 그림자 같았기 때문이었죠.
이녹이 제 집과 고향 땅을 떠난 뒤로
어느덧 십 년 세월이 흘렀으나
그의 소식은 풍문으로도 들을 수 없었어요.

어느 날 저녁, 애니의 아이들이
마을 사람들과 함께 숲으로 개암 주우러 가고 싶어 하여
애니도 따라나서려 했어요.
그러자 아이들이 '필립 아버지'도
함께 가자고 청하러 방앗간으로 가니
필립은 꽃가루를 뒤집어쓴 일벌레처럼
밀가루를 온통 뒤집어쓴 채였어요.
"필립 아버지, 우리와 함께 가요."
아이들이 졸라 댔지만, 필립은 마다했지요.
허나 아이들이 소매를 잡아당기며 가자고 졸라 대기에
필립은 껄껄 웃으며 쾌히 그들의 청을 받아들였어요.
그때 애니가 아이들과 함께 있지 않았기 때문이었을까요?
아무튼 그들은 숲으로 떠났어요.

하지만 산 중턱, 숲 가장자리가
계곡으로 푹 꺼지기 시작하는 비탈길 언저리에 이르렀을 때
기진맥진한 애니가 한숨을 쉬며 말했어요.
"여기서 좀 쉴게요."

하여 필립도 기꺼이 그녀 곁에서 함께 쉬었지요.
그 사이 아이들은 모두 환호성을 지르며
어른 곁을 떠나, 우듬지가 희게 변해 가는
개암나무 숲으로 소란스레 뛰어들어 뿔뿔이 흩어져서는
황갈색 개암 송이를 따기 위해
낭창낭창한 나뭇가지를 치고 꺾어 대며
숲 속 여기저기서 서로를 부르고 소리쳤지요.

하지만 필립은 애니가 곁에 있는 것을 잊어버린 채
그 옛날 이 숲 속에서 있었던
상처 입은 생명처럼 그늘 속으로 몰래 기어들어야 했던
그 가슴 아픈 기억을 떠올렸어요.
이윽고 필립은 진실한 얼굴을 들고 말했어요.
"들어 봐요, 애니.
아이들이 저 아래 숲 속에서 즐겁게 떠드는 소리를."
애니가 아무 대꾸가 없자,
"애니, 피곤해요?" 하고 물었어요.
"피곤해요?"
필립이 거듭 물었으나,
애니는 여전히 양손에 얼굴을 파묻은 채라
이에 필립은 왠지 화가 나서 말했어요.
"그 배는 실종된 거요. 실종된 거라고요!
이제 그만하면 됐어요! 왜 당신 인생을 헛되이 보내고

아이들을 생고아로 만들려 하는 거요?"
이윽고 애니가 말했지요.
"저는 그렇게 생각 안 해요.
하지만…… 이유는 모르겠지만…….
아이들의 목소리를 들으니 무척 쓸쓸하네요."

그러자 필립이 좀 더 가까이 다가가며 말했어요.
"애니, 내 마음속에 간직해 온 비밀이 있어요.
오래전부터 마음에 품어 왔던 거지요.
언제부터 이런 생각을 했는지는 모르지만
이제 털어놓아야 할 때가 된 것 같군요.
오, 애니, 십 년이 되도록 돌아오지 않는 이녹이
아직 살아 있을 거라는 가망이 없어요.
그러니 내 말 들어 보오.
의지할 데 없이 가난하게 살고 있는 당신을 보는
내 마음은 찢어질듯 아프다오.
그렇다고 내 처지에 마음껏 당신을 도와줄 수도 없고…….
그러니까…… 여자들은 눈치가 빠르다고 하니……
내 말이 무슨 말인지 아마 당신도 눈치챘겠지만…….
애니, 당신이 내 아내가 되어 줬으면 좋겠어요.
내 기꺼이 당신 아이들의 아버지가 되어 주리다.
아이들은 나를 아버지처럼 사랑한다고 생각해요.
나 역시 내 자식처럼 아이들을 사랑한다오.

만일 당신이 내 아내가 되어 준다면
우리는 이 슬프고 위태로운 세월은 뒤로하고
하느님이 당신의 모든 피조물에게 허하신 것만큼
행복하게 평화로운 삶을 살 수 있을 거요.
한번 생각해 주오.
나는 유복한데다, 부양할 부모도, 책임질 혈육도,
귀찮게 하는 연고자도 없으니,
내 모든 관심은 오로지 당신과
당신 아이들에게 쏟을 수 있어요.
게다가 우리는 평생을 서로 알고 지내 왔고
나는 당신이 짐작하는 것보다
더 오래전부터 당신을 사랑해 왔다오."

이윽고 애니가 나긋나긋 말했어요.
"당신은 하느님이 우리 집에 보내 주신 천사 같은 분이에요.
하느님이 그런 당신에게 은총을 내리실 거예요.
필립, 하느님은 당신께 나보다 더 큰 선물을 주실 거예요.
허나 사람이 두 번 살 수 있을까요?
내가 이녹을 사랑했듯이
당신을 사랑할 수 있을까요?
그게 당신이 원하는 건가요?"
"이녹에 대한 사랑보다 못하더라도 나는 만족하오."
필립이 대답하자, 애니는 두려운 마음에 흐느끼며 말했어요.

"오, 필립, 조금만 기다려 주세요.
만약 이녹이 돌아오면······
이녹이 돌아올 희망은 없지만······
하지만 일 년만 기다려요. 일 년은 그리 긴 세월도 아니고,
일 년 후면 저도 좀 더 현명해질 테죠.
오, 조금만 기다려 주세요!"
필립은 슬픔에 잠긴 채 말했어요.
"애니, 평생을 기다려온 나요.
좀 더 기다리는 것쯤이야······."
"아니," 애니가 울며 말했어요.
"약속드려요. 딱 일 년.
나와 함께 일 년만 기다려 주지 않을 건가요?"
그래 필립이 대답했지요.
"그때까지 기다리겠소."

두 사람은 벙어리처럼 말이 없었어요.
필립이 문득 시선을 들어
덴마크 인 무덤 너머로
하루의 불꽃이 스러져 가는 것을 바라보았어요.
밤의 어둠과 한기가 두려운 애니는 자리에서 일어나,
필립의 목청이 저 아래 숲으로 울려 퍼지게 하여
개암을 한 아름 안은 아이들을 불러올렸어요.
그런 다음 모두 포구 쪽으로 내려가

애니의 집 문간에 도착했을 때
필립은 잠시 멈춰 서서
손을 내밀며 다정하게 말했어요.
"애니, 좀 전에 내 말 때문에 심란했을 거요.
내가 잘못했소.
난 언제나 당신에게 매인 몸이나, 당신은 자유요."
그러자 애니가 울먹이며 대답했지요.
"저도 약속한 몸인걸요"

애니는 다시 일상으로 돌아와
부지런히 살림을 꾸려 갔어요.
비록 자신이 알고 있는 것보다 더 오래전부터 사랑해 왔다는
필립의 마지막 말을 늘 속으로 되새기고는 있었지만요.
그 사이 시간은 화살처럼 날아서
또 다른 가을이 찾아왔고,
필립은 마치 맡긴 물건을 되찾으러 온 사람처럼
애니 앞에 다시 섰어요.
"벌써 일 년이 되었나요?"
라고 애니가 묻기에,
"개암나무 열매가 다시 익었으니까요.
나와서 보시오."
라고 필립이 대답했어요.
허나 애니는 그에게 더 기다려 달라고 했어요.

갑작스럽겠지만 한 달만 시간을 달라고
딱 한 달, 그 이상은 미루지 않을 거라고 했지요.
그러자 필립은 평생을 간직한 열망을 담은 눈빛으로,
마치 모주꾼의 손처럼 바르르 떨리는 목소리로 말했어요.
"애니, 시간을 가지고 천천히 생각해요. 천천히."
애니는 필립이 너무도 애처로워 눈물을 쏟을 뻔했어요.
하지만 납득하기 힘든 여러 구실을 대며
그의 진심과 인내를 시험하며
하루 이틀 미루는 동안
어느새 반년의 시간이 흘러가 버렸지요.

이즈음 서로 상반된 추측에 근거한 뜬소문들이
포구 사람들 사이에 퍼졌어요.
어떤 이는 필립이 애니를 희롱하는 것뿐이라고 하고,
어떤 이는 애니가 필립을 애타게 하려고
부러 멀리하는 것뿐이라고 생각했으며,
또 어떤 이는 제 마음도 모르는 순진한 사람들이라며
애니와 필립, 둘 다를 비웃었지요.
그리고 뱀처럼 사악한 공상에 사로잡힌 어떤 이는
실실 비웃으며 두 사람을 충동질하는가 하면,
두 사람이 부도덕한 짓을 한 것 같은 암시를 던지곤 했어요.
애니의 아들은 가끔 제 뜻을 비치기는 해도
입을 다물고 있었지만,

딸은 언제나 제 엄마에게
자신들이 그렇게나 사랑하는 필립과 결혼해서
쪼들리는 생활에서 벗어나라고 졸라 댔어요.
그러는 사이 필립의 장밋빛 얼굴은 날로 야위어 가더니
근심 걱정으로 나날이 창백해졌어요.
그리고 이 모든 것들은
치욕과 쓰라린 아픔으로 애니에게 다가왔어요.

마침내 어느 날 밤 그 일이 일어났지요.
애니는 잠을 이룰 수 없어 간절히 기도했어요.
"제 남편 이녹은 어떻게 되었나이까?"
밤의 장막이 주위를 에워싸자,
애니는 마음속에서 도사리고 있는 두려움을 견디지 못해
자리에서 벌떡 일어나 등불을 켜고는
필사적으로 성서를 움켜쥐고
남편의 행방을 알 수 있는 실마리를 찾고자 책을 확 펼쳐서
손가락으로 성서 한 구절을 짚었어요.
거기에는 '종려나무 아래'라 쓰여 있었어요.
애니로서는 전혀 알 길 없는 말이었죠.
아무런 의미도 없었어요.
그래 애니는 책을 덮고 스르르 잠들었어요.
그러자 참 이상도 하지요!
이녹이 높은 지대, 종려나무 아래에 앉아 있고

그 위로 태양이 떠 있는 것이었어요.
애니는 생각했어요.
'남편은 죽었구나.
가장 높은 곳에서 호산나를 부르며 행복하게 지내는구나.
저 위에서 빛나는 태양은 바로 '정의의 태양'[1]이고,
그 종려나무는 행복한 사람들이 가득 모여
'가장 높은 곳에서 호산나!'를 외치는 곳이야.'
이때 애니는 꿈에서 깨어나
마음을 정하고, 필립을 불러온 다음,
그에게 단호히 말했어요.
"이제 우리가 결혼하면 안 될 이유는 없어요."
그래 필립이 대답했지요.
"그렇다면 하느님을 위해, 그리고 우리 둘을 위해서
당신은 나와 결혼해야 합니다. 당장 그리 합시다."

그리하여 결혼식이 거행되어
축복의 종소리 흥겹게 울려 퍼졌고,
종소리 흥겹게 울리며 그들은 결혼을 했어요.
허나 그 흥겨운 종소리도
애니의 가슴을 뛰게 하지는 못했어요.
길을 걸을 때 어디선가 발소리가 따라오는 듯하고
알 수 없는 소리가 귓전에서 속삭이는 듯하여

---

[1] 그리스도를 일컬음.

애니는 홀로 집에 있는 것도
홀로 집 밖에 나가는 것도 싫었어요.
집으로 돌아와선 안으로 들어가기 두려워
대문 자물쇠에 손을 대고 머뭇거리기도 했어요.
이건 필립도 알고 있었어요.
애니의 상황에서는 그런 불안과 두려움은
흔히 있는 일이라 생각했지요.
애기를 가진 몸이었거든요.
얼마 후 아이가 태어났을 때
애니 자신도 새 아이와 함께 새로운 삶을 시작했어요,
애니의 가슴에 새로운 모정이 샘솟고
착한 필립을 더없이 소중한 사람으로 여기게 되면서,
그 이상하고 불길한 기분은 완전히 사라졌어요.

그동안 이녹은 어디에 있었을까요?
그가 탄 '행운호'는 순조롭게 항해하여,
동쪽으로 거칠게 물결치는 비스케이 만에서는
파도에 휩쓸릴 뻔하기도 했으나
침착하게 열대지방을 미끄러지듯 가로질렀어요.
희망봉 부근에서 역풍과 순풍이 번갈아 몰아쳐서
오랫동안 크게 요동치기도 했으나
다시 열대지방을 통과하고 나니
천국의 숨결 같은 순풍이 계속 불어와

행운호를 몰고 황금빛 섬들을 지나
동방의 어느 항구에 데려간 뒤에야
비로소 잠잠해졌어요.

이녹은 거기서 직접 장사에 나서서
그 시절에 수요가 많은 이색적인 동식물과
아이들이 좋아하는 금박 입힌 용 조각상도 사들였어요.

고향으로 가는 항로는 행운이 따르지 않았어요.
처음엔 날마다 순조로운 항해였지요.
흔들림 거의 없이, 반신상의 이물 장식이
노질로 일렁이는 물결 너머를 응시하며 나아갔지요.
그렇게 바다가 잔잔하더니,
갑자기 변덕스러운 바람이 불었고
그런 다음 강풍이 오랫동안 몰아치더니
이내 폭풍으로 변하여
달빛 한 점 없는 어둠 속에서 배를 사정없이 밀어 쳤어요.
그러곤 "암초다!"라고 소리 지를 새도 없이
배가 대파되어 수많은 사람들과 침몰하고 말아
결국 살아남은 이는 이녹과 다른 두 사람뿐이었어요.
그 셋은 돛대와 활대에 의지한 채
밤새도록 둥둥 떠돌다가
아침 무렵 어느 섬 기슭으로 떠밀려 왔어요.

비옥하지만, 막막한 바다에서
쓸쓸하기 그지없는 섬으로…….

그 섬에는 말랑말랑한 과실이며
실한 견과며 영양 많은 식물 뿌리며
먹을 것은 부족함이 없었고,
가엾다 생각하면 몰라도 그렇지 않다면
야생의 짐승들을 잡아서 길들이기도 그리 힘들지 않았어요.
그들은 바다를 바라보는 산골짜기에
야자나무 잎으로 지붕을 이은 오두막을 지었어요.
정확히는 반은 오두막이고 반은 원시 동굴이었지요.
그리하여 그들 셋은
끝없는 여름과 영원한 불만이 거주하는
그 풍요로운 에덴동산에 살게 되었어요.

그 셋 중에 가장 어린, 아직 애티를 벗지 못한 소년이
배가 난파되던 날 밤에 당한 부상으로
삼 년 동안 산송장이나 다름없이 시름시름 앓았어요.
그들은 그 소년을 두고 떠날 수 없었지요.
얼마 후 소년은 세상을 떠났고, 남은 두 사람은
뱃머리에서 떨어져 나간 나무통을 발견했어요.
이녹의 동료는 몸을 돌보지 않고
인디언의 방식으로 불로 지져 나무통 속을 파내려다

일사병으로 쓰러져 죽고,
결국 이녹 홀로 살아남게 되었지요.
이녹은 동료 두 명의 죽음을
'기다리라!'는 하느님의 경고로 생각했어요.

산꼭대기까지 나무가 우거진 산,
하늘로 오르는 길이라 여겨질 만큼 아득하게 이어진
오솔길과 초원,
깃털 왕관을 축 늘어뜨리고 있는 날씬한 야자수,
섬광처럼 재빠른 벌레와 새들,
위풍당당한 나무줄기를 뚤뚤 휘감고는
바다 기슭까지 넝쿨을 뻗은
메꽃과 나팔꽃의 아롱진 자태,
그리고 강렬한 색채로 화려하게 타오르는
드넓은 열대식물 지대……
이 모든 것들이 이녹의 눈앞에 펼쳐져 있었지만
정작 이녹이 간절히 보고 싶은 것은 보이지 않았어요.
상냥한 사람의 얼굴은 볼 수 없었고
다정한 목소리조차 들을 수 없었지요.
혹여 난파된 선원을 만날까 하여 바다 기슭을 거닐거나
지나는 돛단배를 기다리며 산기슭에 앉아
바다를 망연히 바라볼 때도 들리는 거라곤
가없는 하늘에 동그라미를 그리며 나는

물새들이 우짖는 소리,
암초에 부딪쳐 굽이쳐 도는 파도의 울림,
하늘 향해 가지를 뻗어서 그 절정에 꽃을 피우는
거목들이 바람에 살랑대는 소리,
그리고 가파른 절벽에서 바다로 떨어지는
개울물 소리뿐이었어요.
하루가 가고 또 하루가 가도 배는 보이지 않고
날마다 아침 해가 야자나무와 양치류와 벼랑 주위로
진홍빛 햇살을 뿌리며 동녘 바다의 수면 위로 붉게 떠올랐고
섬의 상공에서 이글이글 타오르다
서쪽 바다를 붉게 물들이며 스러졌어요.
그런 다음 무수히 많은 별들이 둥근 하늘을 수놓았고
밤새 공허한 해조음이 울리고 나면
또 다시 동녘에서 진홍빛 햇살이 비치고
배 한 척 보이지 않는 날들이 이어졌어요.

이녹이 바다를 지켜보거나 멍하니 앉아 있을 때면
돌처럼 미동도 하지 않아
금빛 도마뱀조차 그의 몸에 기어올라 한숨을 돌릴 정도였고,
수많은 환영들이 불쑥불쑥 나타나
그의 눈앞을 어지럽혔어요.
때로는 이녹 자신이 환영이 되어
적도 너머 머나먼 어두운 섬에 있는

낯익은 사람과 사물과 장소들을
이리저리 떠돌아 다녔지요.
천진스레 재잘대는 그의 자식들, 애니, 작은 집,
언덕 위로 이어진 산길, 방앗간, 나무가 우거진 오솔길,
공작새 깃털 같은 주목나무, 호젓한 영주의 저택,
그가 몰던 말, 그가 팔아 버린 배,
쌀쌀한 11월의 새벽이슬에 젖은 어둑한 구릉지,
조용히 내리는 비, 낙엽 냄새,
그리고 납빛 파도의 나직한 신음 소리…….

한 번은 희미하지만 흥겨운 소리가
멀리 아주 멀리서 울리는 교회의 종소리가
그의 귀에 들려왔어요.
그 순간 이녹은 저도 모르게
부들부들 떨며 벌떡 일어났어요.
감당하기 힘들 정도로 지긋지긋한 그 섬이
그에게 화답하는 순간이었지요.
이녹의 마음이 가난한 탓에 여태 기도드리지 못했던 그분,
처절한 고독 속에서 돌아가신 그분께서는
세상 어디에 있건 기도드리는 자는
결코 홀로 내버려 두시지 않는다는 것을
깨닫는 순간이었지요.

이렇게 해마다 우기와 건기가 오고 가는 동안
이녹의 머리는 희끗희끗해져 갔지만
사랑하는 가족을 보고 싶고
신성한 고향의 땅을 밟고 싶다는 그의 희망은
아직 사라지지 않았어요.
이녹의 고독한 운명이 종지부를 찍은 것은
바로 이 무렵이었어요.
한 배가 '행운호'처럼 역풍에 휩쓸려서
정해진 항로에서 벗어나 정처 없이 떠돌다가
식수를 구하기 위해 그 섬 근처에다 닻을 내렸던 거예요.
그 배 항해사가 이른 새벽에 안개에 싸인 섬을 가로지르다,
언덕에서 고요히 흘러내리는 물줄기를 발견했기에
한 무리의 선원들이 그 섬에 올라
개울이나 샘을 찾으러 뿔뿔이 흩어져서
해안을 왁자지껄한 소음으로 채웠어요.
그때 산골짜기에서 긴 머리를 헝클어뜨리고
수염을 길게 기른 은자가 터벅터벅 내려왔어요.
검게 그을린 몸에 이상한 것을 걸친 이녹은
선원들의 눈에는 인간의 모습처럼 보이지 않았어요.
웅얼웅얼 떠듬떠듬하며
흥분해서 똑똑하게 말도 못 하고
도무지 알아들을 수 없게 손짓발짓을 해 대는
그 모습은 바보 천치처럼 보였지요.

하지만 이녹은 단물이 흐르는 개울로
그들을 안내해 주었어요.
그리고 선원들과 어울리며 그들의 대화를 듣는 동안
오랫동안 굳어 있던 혀가 풀리면서
마침내 자신의 의사를 전달할 수 있게 되었어요.
선원들이 통마다 가득 물을 채워서
배로 돌아갈 때 이녹도 데려갔어요.
이녹은 거기서 더듬더듬 자신의 이야기를 들려주었어요.
그들은 처음에는 믿지 않다가, 차츰 흥미를 느끼면서
모두 이녹의 이야기에 빠져들었어요.
그리고 이녹에게 옷도 주고
공짜로 고향까지 태워 주겠다 했지요.
이녹은 선원들 틈에 끼어 함께 일을 하면서
고독을 떨쳐 버렸지요.
선원들 중에는 이녹과 동향인 사람도 없고
이녹이 궁금한 걸 물어도 대답해 줄 사람도 없었어요.
배 또한 풍랑을 견디기 어려울 정도로 낡아
여기저기 손보느라 일정이 차일피일 미뤄지면서
항해는 사뭇 지루하기만 했지요.
허나 늘 그렇듯 이녹의 상상력은
게으른 바람을 앞질러 천리만리로 질주하여,
구름에 가려진 달빛 아래
희미한 벼랑을 가로질러 불어오는

고향 땅 목초지의 이슬 머금은 아침 숨결을
마치 연인을 품듯 가슴 깊숙이 빨아들여
핏줄을 통해 온몸에 스며들게 했지요.
그리고 그날 아침,
항해사들과 선원들이 고독한 이녹을 가엾게 여겨
각자 얼마씩 돈을 보태어 이녹의 손에 쥐어 주었어요.
그러고는 어느 해안에 닿아서 이녹을 내려 주었는데,
그곳은 바로 이녹이 예전에 배를 타고 떠났던
고향의 포구였어요.

이녹은 그 누구에게도 한마디 말 건네지 않고
묵묵히 집으로 향했어요.
허나 집이라니, 무슨 집? 그에게 집이 있었던가!
아무튼 이녹은 집으로 걸어갔어요.
화창한 오후, 햇살은 눈부시나 바람은 차가웠지요.
바다 안개가 벼랑이 깊게 갈라져 열린 포구까지 밀려와
세상을 잿빛 막으로 뒤덮어
한길을 눈앞에서 가로막고
좌우에는 시든 잡목 숲인지 경작지인지 목초지인지 모를
옹색한 공간만 보일 뿐이었어요.
헐벗은 나무에서 울새가 구슬피 우짖고
젖은 안개 사이로
쇠락의 무게를 견디지 못한 시든 잎이 땅에 떨어졌어요.

보슬비는 점점 더 굵어지고, 어둠은 점점 더 깊어질 무렵
마침내 안개에 얼룩진 불빛의 너울거림이 눈에 들어와
이녹은 그 장소로 다가갔어요.

이녹의 가슴은 온갖 불행을 예감하고
고개 숙여 돌덩이만 쳐다보며
그 긴 길을 천천히 내려가 그 집에,
칠 년의 행복한 세월 동안 애니와 살고, 사랑하고,
아이들을 낳았던 그 집에 도착했어요.
하지만 부슬비 사이로 집을 내놓았다는 벽보만 보일 뿐,
불빛도 없고 속삭임도 들리지 않자
이녹은 몰래 다가가며 생각했어요.
'죽었나, 아니면 나를 저버린 것인가!'

이녹은 예전에 알고 있던 선술집으로 가려고
물웅덩이를 지나 좁다란 선창으로 내려갔어요.
그 집은 판재를 얼기설기 박아 대충 가리고
여기저기 버팀목을 댄
벌레 먹고 황폐한 고옥이라,
이녹은 오래전에 헐렸으리라 생각했어요.
허나 그 집 주인장은 세상을 뜨고, 과부 미리엄 레인이
날로 줄어드는 벌이로나마 근근이
그 선술집을 유지하고 있었어요.

한때는 뱃사람들로 시끌벅적했으나
이제는 한산하기 그지없었지요.
그래도 나그네를 위한 잠자리는 남아 있어
이녹은 그곳에서 여러 날 조용히 머물렀어요.

하지만 미리엄 레인은 인정 많고 수다스러운 여인네라
이녹을 혼자 내버려 두지 않고 종종 방으로 찾아와
지금까지 포구에서 일어났던 이야기를 들려주었어요.
이녹이 검게 그을리고 허리도 구부정하고
너무나도 망가진 모습이라
그가 이녹인 줄 꿈에도 모른 채
그의 집안 이야기도 빠짐없이 들려주었지요.
젖먹이가 죽고, 애니의 처지가 점점 더 궁핍해졌다는 얘기,
필립이 어린 자식들을 학교에 보내 주고
그들을 거둬 키웠던 얘기,
필립이 오랫동안 애니에게 구애했던 얘기,
애니가 오랫동안 거절하다가
마침내 그를 받아들여 결혼을 하고
필립의 아이를 낳았다는 얘기를…….
이녹은 얼굴에 과거의 그림자나
그 어떤 감정도 드러내지 않았기에
누구든지 그 광경을 봤다면 이녹은 아무 관심도 없는데
그 노파만 열을 내며 떠들고 있다 생각했을 거예요.

허나 미리엄이,
"이녹……그 불쌍한 사람은 배가 난파되어 행방불명이라오."
라며 말을 맺었을 때,
이녹은 희끗희끗한 머리를 쓸쓸히 가로저으며,
"난파되어 행방불명이라."라는 말을 되뇌었어요.
그리고 아무도 들을 수 없는 작은 소리로 다시
"행방불명!"이라 속삭였어요.

　허나 애니를 보고 싶은 이녹의 심정은 절절했어요.
'애니의 사랑스러운 얼굴을 한 번 볼 수 있다면,
그녀가 행복하다는 걸 확인할 수만 있다면…….'
이녹은 이 생각을 떨쳐 버리지 못해 괴로워하다가
스산한 11월의 어느 날 저녁, 드디어 집을 나섰어요.
언덕을 오르는 동안 땅거미는 점점 더 짙어졌어요.
언덕 위에 앉아 저 아래 골짜기의 풍경을 굽어보자니
수천 가지의 기억이 펼쳐졌어요.
그 슬픔을 어찌 말로 표현할 수 있을까요.

이윽고
아늑한 불빛에 물든 사각 루비 같은 필립의 집 창문이
마치 봉홧불이 날아가는 철새를 유인하듯,
맹렬히 몸을 부딪쳐 그만 고단한 삶을 끝내라며
이녹을 유혹했어요.

필립의 집은 그 길의 맨 마지막 집.
집 뒤로 황무지로 통하는 작은 뒷문이 나 있고
화초가 우거진 아담한 마당이
담벼락으로 둘러싸여 있었어요.
마당에는 오래된 상록수와 주목나무가 무성하게 자라 있고
자갈길이 마당을 빙 두르고 있고
마당 한복판에도 좁은 인도가 나 있었어요.
허나 이녹은 마당 중앙에 난 길은 피하고
담에 붙어 몰래 들어가서 주목나무 뒤에 숨었어요.
그리고 거기서 이녹은
자신과 같은 운명을 타고난 사람은
차라리 보지 않는 게 더 나았을 광경을 보고야 말았어요.

반들반들 윤이 나는 선반에는
찻종과 은그릇이 번쩍번쩍 빛을 내고
노변은 어찌나 훈훈해 보이는지요.
난로 오른쪽에는 그 옛날 무시당했던 구혼자 필립이
풍채 좋고 불그레한 낯빛으로
제 자식을 무릎에 앉혀 어르고 있었어요.
그리고 한 소녀가 제 의붓아비 쪽으로
몸을 숙인 채 서 있었어요.
금발에 키가 늘씬한, 그 옛날 애니를 닮은 그 소녀가
방울 달린 리본을 손에 들고 흔들며

필립의 주름진 팔에 안겨 있는 아기를 어르자,
그 아기는 방울을 잡으려다 번번이 놓치고 말아,
그 모습에 가족들은 즐겁게 웃고 있었지요.
그리고 난로 왼쪽에는 아기 엄마가
흘깃흘깃 아기 쪽을 살피면서도
가끔씩 옆에 서 있는 키 크고 건장한 아들과
이야기를 나누고 있었는데
그게 그리도 즐거운지 아들은
연신 싱글벙글거리고 있었어요.

이녹은 죽었다가 되살아난 사람처럼
제 아내이나 이제 더는 아내가 아닌 여인을 바라보았고,
아내의 아들이나 자신의 아들이 아닌 아기가
제 아비의 무릎에 안겨 있는 모습을 쳐다보았어요.
그리고 따듯함과 평화와 행복을
자신의 아이들이 크고 아름답게 성장한 모습을
자신의 자리와, 자신의 권리와,
자기 아이들의 사랑을 차지하고 있는
그 사나이를 바라보았어요.
'백문이 불여일견'이라는 말을 실감한 순간이었지요.
미리엄 레인한테서 그 모든 이야기를 들어 알고 있었지만
직접 눈으로 확인하니 충격은 훨씬 더 컸기에
이녹은 나뭇가지를 잡으며 몸을 부르르 떨고 비틀거리며

운명의 폭발 같은 끔찍한 비명이 제 입에서 터져 나와
그 단란한 가정의 행복을
한순간에 산산조각 내게 되지나 않을까
두려움에 떨었어요.

하여 이녹은 발밑의 자갈이
버석대는 소리가 나지 않도록
도둑처럼 살금살금 돌아섰어요.
그리고 기절하거나 넘어지거나 들키지 않도록
담벼락을 더듬으며 대문까지 와서,
마치 병자의 방문을 여닫듯이
조심조심 문을 열고 나와 다시 닫은 다음
황무지로 걸어 나왔어요.

거기서 이녹은 무릎을 꿇으려 했으나
다리에 힘이 없어서 그만 땅바닥에 푹 쓰러져
두 손을 진흙에 파묻은 채 기도를 올렸어요.
"너무 괴로워 견딜 수가 없구나!
어째서 그들은 나를 이곳으로 데려왔단 말인가?
오, 전능하신 하느님, 은혜로운 구세주시여,
당신은 제가 외로운 섬에 홀로 있을 때
흔들리는 저를 붙잡아 주셨나이다.
제발 조금만 더! 저를 도와주시고, 저에게 힘을 주사,

애니에게 내가 돌아왔음을 알리지 않게 해주시고
제가 아내의 평화를 깨지 않게 도와주소서.
제 아이들도 마찬가지!
그 아이들에게 말을 걸어서는 안 되는 걸까요?
애들은 저를 모르지만, 틀림없이 무심코
제 정체를 드러내고 말 겁니다.
그러니 절대 안 됩니다.
제게 아비의 입맞춤을 허락하지 마소서.
어미를 쏙 빼닮은 딸에게도, 제 아들에게도……."

거기서 이녹의 말과 생각과 체력은 바닥이 나고 말아,
그만 땅바닥에 쓰러졌어요.
허나 다시 일어나 쓸쓸한 집으로 돌아가려고
그 길고 좁다란 길을 걸어 내려가는 동안
마치 노래 후렴구를 부르듯
지친 머릿속에 이 말을 계속해서 새겨 넣었어요.
'애니에게 말하지 마, 애니가 알게 해선 안 돼.'

허나 이녹은 완전히 비참하지만은 않았어요.
그의 굳은 결심이 그를 버틸 수 있게 해주었고
흔들리지 않는 신앙과 강한 의지,
그리고 생명의 원천에서 나오는 끊이질 않는 기도가
바다에서 솟아오르는 단물처럼

그를 세상의 모진 풍파를 견뎌 내고
생령(生靈)으로 살게 했어요.
이녹이 미리엄에게 묻길,
"일전에 아주머니가 말했던 그 방앗간집 안주인은
첫 남편이 살아 있지나 않을까 걱정하지는 않았나요?"
그러자 미리엄이 대답하길,
"에그, 에그, 불쌍한 사람. 걱정하다마다요!
만일 당신이라도 그 사람이 죽은 걸 봤다고
애니에게 말해 줄 수 있다면,
큰 시름을 놓을 수 있으련만……."
그래 이녹은 생각했어요.
'내가 하느님의 부르심을 받아
저 세상으로 가고 나면 알게 되리라.
나는 하느님의 때를 기다릴 것이다.'
이녹은 이렇게 마음먹고
남의 도움 받는 것은 수치로 여기며
어떻게든 살아 보려고 일을 시작했어요.
손으로 할 수 있는 일이면 뭐든 할 수 있는 그였기에
통메장이일도 목수일도 마다하지 않았고
때로는 어부들의 그물을 짜기도 하고
상거래라 해야 보잘것없었던 그 시절에
물건을 실어 나르는 큰 돛배에서
짐을 싣고 부리는 일도 도와주었어요.

그렇게 하루하루 구차한 생활을 꾸려 나갔지요.
허나 그 일은 자신만을 위한 노동이었기에
희망도 없고 삶의 활력도 없는 나날이었어요.
그렇게 세월은 흘러, 어느덧 이녹이 돌아온 지
일 년이 되었을 때, 무기력증이 그에게 몰려왔고
이어 잦은 잔병치레로 점차 쇠약해지더니
마침내 더는 일을 할 수 없게 되어
집 안에만 머물며 의자에서 지내다가
끝내는 병석에 눕고 말았어요.
허나 이녹은 쇠약해진 자신의 처지를 기쁘게 받아들였어요.
바야흐로 제 인생의 종말을 알리는
죽음의 서막을 보게 된 기쁨은
난파선에 매달린 채 절망에 빠져 있던 사람이
기세등등한 돌풍과 먹구름 언저리에서
구원의 희망을 안고 다가오는 작은 배를 얼핏 보았을 때의
그 벅찬 희열 바로 그것이었지요.

그날 동이 트는 내내
평소보다 더 온화한 희망의 서광이 비치자
이녹은 생각했어요.
'내가 세상을 떠나고 나면
그때는 내가 아내를 마지막까지 사랑했다는 것을
애니가 알아도 괜찮다.' 라고요.

이녹은 소리쳐 미리엄 레인을 불러서 말했어요.

"아주머니, 내 가슴속에 묻어 둔 비밀을 말하려 하니,

그 전에 맹세해 주세요.

내 숨이 끊어진 걸 보기 전까지는

절대 누설하지 않겠노라고 성서에 대고 맹세해 주세요."

"죽다니요!"

그 선량한 여인이 놀라 소리쳤어요.

"그게 무슨 말이에요? 우리가 당신을 낫게 해줄게요.

내 장담하지요."

"어서 성서에 대고 맹세해 주세요."

이녹이 단호히 말하자,

미리엄은 약간 겁을 먹고 성서에 대고 맹세했지요.

그러자 이녹은 잿빛 눈을 부릅뜨고 말했어요.

"이 마을에 살던 이녹 아든을 아십니까?"

"이녹 아든이오? 아주 옛날에 알던 사람이지요.

그럼, 그럼. 지금도 저 길을 내려오는

그 사람의 모습이 눈에 선하다우.

고개를 빳빳이 들고 곁눈질 한 번 하지 않던 사람이었지요."

미리엄이 대답하자,

이녹은 천천히, 슬프게 대꾸했어요.

"이제 그 고개는 꺾이고,

그에게 관심을 주는 사람은 아무도 없지요.

앞으로 내가 사흘을 넘기지 못할 것 같아 말하는데,

내가 바로 그 사람이에요."
이 말에 미리엄은 의심스럽기도 하고 놀랍기도 하여
소리를 질렀어요.
"당신이 아든이라고? 당신이? 농담 말아요.
그 사람은 당신보다 키가 한 자는 더 컸다고요."
이녹이 다시 말했어요.
"하느님이 저의 머리를 숙이게 하고
허리를 굽게 하사 이렇게 되었답니다.
고통과 고독이 저를 이렇게 꺾어 놓았지요.
그렇다 해도 내가 바로 그 사람,
필립 레이와 결혼하여 성이 두 번 바뀌어 버린
그 여인과 결혼했던
이녹인 것은 틀림없는 사실이랍니다.
그러니 옆에 앉아서 내 말을 들어주세요."
그러고는 이녹은 자신의 항해, 난파당한 일,
외로웠던 무인도 생활, 다시 고향으로 돌아온 일,
멀리서 애니를 지켜본 일, 자신의 결심,
그리고 여태껏 그 결심을 어떻게 지켜 왔는지에 대해
들려주었어요.
미리엄은 그 얘기를 들으면서
하염없이 눈물을 흘렸고
생각 같아서는 당장이라도 뛰쳐나가
이녹 아든의 귀환과 그의 애통함을

온 동네를 돌며 소리쳐 알리고 싶은 마음이 간절했지만,
이녹의 위엄에 눌리고 맹세에 묶여 그만두었지요.
다만 한마디 하기를,
"세상을 떠나기 전에 당신 핏줄이라도 보고 가시오!
부디 그 애들을 데리고 오게 해줘요, 아든."
그러고는 아이들을 불러오고 싶어 벌떡 일어났어요.
이녹은 노파의 말에 잠시 주저했지만, 단호히 대답했어요.

"아주머니, 죽음을 코앞에 둔
내 마음을 어지럽히지 마세요.
죽기 전에 한 가지 바람이 있답니다.
다시 내 곁으로 와서 앉아요.
말할 기운이 없으니, 귀 기울여 잘 들어주세요.
아주머니에게 부탁이 있어요.
애니를 보거든,
내가 그녀를 축복하고, 기도하고,
사랑의 마음을 간직한 채 죽었다고 전해 주세요.
이제 우리 사이에 장벽이 생겼다 해도,
예전에 그녀가 내 품에 안겼을 때처럼 사랑한다고
전해 주세요.
그리고 내 딸 애니,
제 엄마를 쏙 빼닮은 내 딸 애니에게는,
내 마지막 숨이 다할 때까지

그 아이의 앞날을 축복하고
행복하게 살라고 기도했노라 전해 주세요.
또 내 아들에게도
그 애의 앞길을 축복하며 죽었다고 말해 주세요.
그리고 필립에게도 신의 가호를 빌었다고 전해 주세요.
그는 늘 우리 가족에게 호의를 베풀었어요.
허나 만일 내 살아생전에 볼 일이 없었던 내 아이들이
내 죽은 모습을 보고 싶다고 하거든
오게 하세요.
어쨌든 내가 그 애들 아비니까요.
하지만 그 사람은 절대 안 돼요.
내 죽은 얼굴이 그 사람을
앞으로 내내 괴롭힐 게 아니겠어요.
그리고 이제 딱 한 명, 내 핏줄이 남았군요.
저승에서 나를 맞이해 줄 아이죠.
이 머리카락이 그 애 거랍니다.
아내가 잘라서 내게 준 것을
지금까지 내내 간직하고 있었지요.
이제 내 무덤까지 지니고 갈 생각입니다.
아니, 마음이 바뀌었어요.
나는 곧 그 애를
천국에 있을 내 아이를 보게 될 게 아닙니까?
그러니 내가 죽거든

이걸 그 사람에게 전해 주세요.
그 사람에게 위안이 될지도 모르니까요.
또한 이건 그 사람에게는 기념품 이상의 의미가 될 거예요.
내가 바로 그 사람이라는 증거니까요."

이녹은 말을 마쳤고,
미리엄 레인은 청산유수 같은 말로
모두 약속하마고 했어요.
이녹은 다시 한 번
미리엄에게 눈을 부릅뜨고 거듭 당부했고,
미리엄은 또 다시 약속했지요.

그로부터 사흘이 지난 밤,
이녹이 미동도 하지 않고 파리한 얼굴로
혼미한 상태에 빠져 있고
미리엄은 간호하다가 잠깐씩 꾸벅꾸벅 졸고 있었지요.
그때 그 포구의 모든 집들이 쩌르르 울릴 정도로
우렁찬 바다의 부름이 들려왔어요.
이녹은 깨어나 일어나서 두 팔을 넓게 펼치고는
큰 소리로 외쳤어요.
"배다! 배다!
나는 살았다!"
그러고는 다시 뒤로 벌렁 쓰러지더니

더는 아무 말도 하지 못했어요.

그리하여 굳세고 담대했던 한 영혼은
세상을 떠났어요.
사람들은 그 포구에서는 좀처럼 볼 수 없었던
성대한 장례식을 치러 주었어요.

아샤
АСЯ

Ivan Sergeevich Turgenev

투르게네프 지음 | 이항재 옮김

투르게네프 Ivan Sergeevich Turgenev | 제정 러시아의 소설가(1818~1883). 농노 해방(1861)을 전후한 러시아의 사회 정치적 현실을 객관적으로 묘사하였다. 작품에〈첫사랑〉,〈아버지와 아들〉,〈사냥꾼의 일기〉,〈처녀지(處女地)〉등이 있다.

✝

1

당시 나는 스물다섯쯤 되었었지요. ─N.N.이 말문을 열었다 ─ 여러분도 알다시피 아주 오래전의 일입니다. 나는 자유를 얻자마자 외국으로 떠났어요. 그 이유는 흔히 하는 말로 '자신의 교육을 완성'하기 위해서가 아니라 그저 이 넓은 세상을 구경하고 싶어서였죠. 나는 건강하고 젊고 쾌활했으며, 돈도 없지 않았고, 아직 걱정거리가 없었어요. 그래서 나는 되는 대로 살면서 하고 싶은 것들을 했으니 한마디로 인생이 활짝 피었지요. 그 당시 나는, 사람은 식물이 아니라서 오랫동안 활짝 피어 있을 수 없다는 생각을 하지 못했어요. 청춘은 황금빛 꿀과자를 먹으면서 이것이 바로 일용할 양식이라고 생각하지만, 시간이 되면 빵조각을 구걸하게 되는 법입니다. 그러나 이런 이야기를 해야 무슨 소용이 있겠어요.

나는 어떤 목적도 계획도 없이 여행을 했습니다. 마음에 드는 곳이면 어디든 머물렀고, 새로운 얼굴들을 ─바로 얼굴입니다─ 보고 싶으면 곧장 더 먼 곳으로 떠났지요. 오직 사람들만이 내 마음을 사로잡았어요. 나는 진기한 기념비나 멋진 모임을 싫어했고, 여행 안내서는 보기만 해도 울적해지고 화가 났으며,

드레스덴의 '그뤼네 게뵐베'[1]에서는 하마터면 미칠 뻔했습니다. 자연은 내게 아주 큰 영향을 주었지만, 이른바 자연의 아름다움, 기이한 산, 절벽, 폭포 같은 것들을 나는 좋아하지 않았어요. 자연은 자신을 내게 강요하고 내 마음을 어지럽혀서 싫어했지요. 반면에 얼굴, 사람들의 생생한 얼굴 ─그들의 말, 움직임, 웃음─ 없이는 나는 잘 지낼 수가 없었어요. 나는 언제나 군중 속에서 유난히 마음이 가볍고 즐거웠습니다. 나는 사람들이 가는 쪽으로 걸어가고, 사람들이 소리칠 때 함께 소리치는 것이 즐거웠으며, 동시에 사람들이 소리치는 모습을 바라보는 걸 좋아했지요. 또 사람들을 관찰하는 것도 즐거웠어요. ……아니 사람들을 관찰했던 게 아니라 그저 즐겁고 채워지지 않는 호기심으로 유심히 쳐다보았지요. 그런데 나는 다시 옆길로 새고 있군요.

이러다가 이십여 년 전에 나는 라인 강변 왼쪽에 있는 Z라는 독일의 조그만 도시에서 살았습니다. 나는 고독을 찾고 있었던 겁니다. 온천장에서 알게 된 어느 젊은 미망인 때문에 마음의 상처를 입고 난 직후였죠. 그녀는 아주 미인이었고 똑똑했으며, 누구에게나 교태를 부렸어요. 죄 많은 내게도 그랬지요. 처음엔 용기까지 북돋아 주더니만 마침내 나를 버리고 볼이 붉은 바바리아[2] 출신의 어떤 중위와 놀아나는 바람에 나는 심한 마음의 상처를 입었던 겁니다. 솔직히 말해서 내 마음의 상처는 그다지 심하지 않았지만, 얼마간 슬픔과 고독 속에 빠져야만 하는

---
1) 값진 골동품들이 소장되어 있는 독일 드레스덴의 박물관.
2) 남부 독일의 주 이름.

게 의무라고 생각했어요. 젊은 날엔 무슨 짓을 해도 즐거운 법이죠! 그래서 나는 Z에 거처를 정했던 겁니다.

  두 개의 높은 언덕 아래 자리 잡고 있는 도시의 위치, 낡고 오래된 성벽과 탑, 늙은 피나무, 라인 강으로 흘러들어 가는 맑은 개울 위에 걸린 가파른 다리가 마음에 들었고, 특히 이 도시의 좋은 포도주가 마음에 들었습니다. 일몰 직후 저녁에는(6월의 일이었죠) 아주 아름다운 금발의 독일 아가씨들이 그 좁은 거리를 따라 거닐다가 외국인을 만나면 상냥한 목소리로 "구텐 아벤트!"[3]하고 인사했어요. 그들 중 몇몇은 낡은 집들의 뾰족한 지붕 위로 달이 솟아오르고, 고요한 달빛에 포장도로의 작은 돌들이 선명하게 드러날 때까지도 집으로 돌아가지 않았어요. 나는 그런 시각에 도시를 헤매는 것을 좋아했습니다. 달은 맑은 하늘에서 도시를 유심히 바라보는 듯했고, 도시는 그 시선을 느끼면서 평온하면서도 마음을 설레게 하는 달빛을 흠뻑 받은 채 선잠이 들어 평안하게 누워 있었어요. 높은 고딕식 종루 위의 수탉은 허여스름한 금빛으로 빛나고, 개울의 검고 반지르르한 수면을 따라 금빛 물결이 흘렀습니다. 슬레이트 지붕 밑의 좁은 창에서는 가느다란 초(독일인은 검소하죠!)가 수줍은 듯 타오르고, 포도 덩굴은 돌담 너머로 돌돌 말려진 덩굴손을 신비하게 내밀고 있었어요. 삼각형 광장에 있는 오래된 우물 주변의 어둠 속에서 뭔가가 획 지나갔고, 갑자기 야경꾼의 졸린 듯한 호각소리가 울려 퍼지고, 순한 개가 나지막하게 으르렁거렸어요. 공기는 아주

---

[3] 독일인의 저녁 인사.

부드럽게 얼굴을 보듬고, 피나무가 너무나 달콤한 향기를 내뿜어서 가슴은 어느새 더욱더 깊이 숨을 들이쉬고 '그레트헨'[4]이라는 감탄인지 질문인지 모를 말이 입속에서 뱅뱅 돌았습니다.

 Z는 라인 강에서 2킬로미터쯤 떨어진 곳에 자리하고 있었어요. 나는 종종 이 장엄한 강을 구경하러 가곤 했고, 다소 긴장된 가운데 그 교활한 미망인에 대해 공상하면서, 홀로 서 있는 커다란 물푸레나무 밑의 돌 벤치에 오랫동안 앉아 있곤 했었지요. 거의 어린아이 같은 얼굴을 하고 칼에 가슴이 찔려 새빨간 심장을 드러낸 자그마한 마돈나 상(像)이 물푸레나무 가지 사이로 슬픈 모습을 띠고 있었습니다. 강 건너 맞은편에는 내가 머물렀던 도시보다 약간 큰 L시가 자리하고 있었어요. 어느 날 저녁에 나는 내가 좋아하는 벤치에 앉아서 강이며 하늘이며 포도밭을 바라보고 있었습니다. 내 앞에서 금발의 소년들이 타르를 칠한 밑바닥이 위로 뒤집힌 보트를 강둑으로 끌어내어 그 옆구리로 기어오르고 있었어요. 바람이 불어 약간 불룩해진 돛을 단 작은 배들이 조용히 미끄러지듯 지나갔고, 푸르스름한 물결은 살짝 부풀어 올랐다가 졸졸 소리를 내며 옆으로 스쳐 흘러갔습니다. 별안간 음악 소리가 들려왔어요. 나는 귀를 기울였지요. L시에서 왈츠가 연주되고 있었어요. 콘트라베이스는 끊어졌다 이어졌다 하면서 둔탁한 소리를 냈고, 바이올린은 불분명한 멜로디를 쏟아 냈고, 플루트는 신나게 소리를 내고 있었어요.

 "저게 뭐죠?"

---

[4] 괴테의 〈파우스트〉에 나오는 여주인공 이름. 독일 여자의 일반적인 시적 이미지로도 사용.

나는 벨벳 조끼를 입고 파란 양말에 죔쇠가 달린 구두를 신은 채 다가오는 노인에게 물었습니다.

"저건 말이오."

노인은 우선 입술 한쪽 끝에 물고 있던 파이프의 물부리를 다른 입술로 고쳐 물고 나서 대답했어요.

"학생들이 B시에서 콤메르쉬를 하러 온 거라오."

'그럼 이 콤메르쉬라는 것을 구경해야지.' 하고 나는 생각했죠. '더구나 나는 L시에 가 본 적도 없어.' 나는 나룻배 사공을 찾아서 건너편으로 향했습니다.

2

아마 콤메르쉬가 뭔지 모르는 분도 있겠지요. 이것은 일종의 성대한 연회인데, 한 지역에 사는 학생들이나 학생조합의 학생들이 이 연회에 참여합니다. 콤메르쉬에 참여하는 사람들은 거의 모두가 옛날부터 정해진 독일 대학생 제복을 입지요. 즉 헝가리식 윗저고리에 커다란 장화를 신고, 일정한 색깔로 테두리를 두른 작은 모자를 씁니다. 보통 학생들은 세뇨르라고 하는 선배의 후원을 받아 만찬장에 모여서 아침까지 연회를 즐기며 술을 마시고, 란데스바테르[5]와 가우데아무스[6] 같은 노래를 부르며 담배를 피우고 속물들을 욕하는데, 가끔은 오케스트라를 빌

---

[5] '땅의 아버지'란 의미의 독일어로, 학생들이 즐겨 부르는 노래.
[6] '즐거워하자, 우리 젊은 동안에'라는 뜻의 라틴어 '가우데아무스 이기투르(gaudeamus igitur)'. 옛날부터 전해오는 학생의 노래.

리기도 하지요.

바로 이런 콤메르쉬가 L시에서 '태양'이라는 간판을 단 그다지 크지 않은 호텔 앞, 한길 가의 정원에서 열리고 있었던 겁니다. 호텔과 정원 상공에서 깃발들이 나부끼고 있었어요. 학생들은 잘 다듬어진 피나무 아래 테이블에 앉아 있었습니다. 한 테이블 밑에는 커다란 불도그가 누워 있었고, 그 옆에 담쟁이덩굴로 덮인 정자에 자리를 잡은 악사들은 계속 맥주를 마시고 힘을 내어 열심히 연주를 하고 있었죠. 정원의 낮은 담장 앞에 있는 한길로 꽤 많은 사람들이 모여들었어요. L시의 선량한 시민들은 잠시 들른 손님들을 구경할 수 있는 기회를 놓치고 싶지 않았던 겁니다. 나도 구경꾼들 사이로 끼어들었죠. 나는 학생들 얼굴을 바라보는 것이 즐거웠어요. 그들의 포옹, 탄성, 젊음의 순진무구한 장난, 불타는 눈길, 이 세상에서 최고의 웃음인 이유 없는 웃음, 신선하고 젊은 생명이 즐겁게 끓어오르는 이 모든 것, 전진만 할 수 있다면 그 어디로든지 전진하려는 충동, 이 선량한 자유분방함이 나를 감동시키고 흥분시켰어요. '나도 그들에게 가 볼까?' 하고 나는 자신에게 물었습니다.

"아샤, 이젠 됐지?"

갑자기 내 뒤에서 러시아 어로 말하는 남자의 목소리가 들렸습니다.

"조금 더 기다려."

여자의 목소리가 러시아 어로 대답했어요.

나는 재빨리 뒤를 돌아보았죠. ……챙이 달린 모자에 헐렁한 재킷을 입은 멋진 청년이 내 눈에 들어왔습니다. 그는 그다지 키가 크지 않은 소녀의 팔을 잡고 있었는데, 그 소녀의 얼굴 윗부분은 밀짚모자에 완전히 가려져 있었어요.

"당신들은 러시아 인인가요?"

나도 모르게 말이 불쑥 튀어나왔습니다.

젊은이가 미소를 띠고 말했습니다.

"예, 러시아 인입니다."

"정말 뜻밖이군요…… 이런 벽지에서."

나는 말문을 열려고 했지요.

"우리도 뜻밖입니다."

그는 내 말을 가로챘습니다.

"아무튼, 반갑습니다. 소개하죠. 제 이름은 가긴입니다. 그리고 여기는 제……."

그는 잠시 말을 더듬었습니다.

"제 여동생입니다. 실례지만 당신의 이름은?"

나도 이름을 말하고, 우리는 이야기를 주고받았지요. 나는 가긴이 나처럼 기분풀이로 여행을 하다가 일주일쯤 전에 L시로 와서 머물고 있다는 사실을 알게 되었어요. 솔직히 말해 외국에서 러시아 인을 사귄다는 것이 마음 내키는 일이 아니었죠. 나는 걸음걸이나 옷 모양을 보고 멀리서도 러시아 인들을 알아냈지만, 무엇보다 눈에 띄는 건 그들의 얼굴 표정입니다. 자족감이 깃든, 경멸적이고 가끔은 고압적인 표정이 별안간 조심스럽고 겁먹은 듯한 표정으로 바뀌고…… 갑자기 온몸이 긴장되어 불안스럽게 눈을 두리번거리고……. '아이고! 무슨 바보 같은 말을 하고 있는 거야! 사람들이 나를 비웃는 건 아닐까?' 하고 침착하지 못한 눈길이 말하는 듯합니다……. 그런데 그 순간이 지나가면 다시 거드름 피우는 표정이 되살아나고 이따금 둔하고 주저하는 표정으로도 바뀌지요. 그래서 나는 러시아 인들을 피했는데, 가긴은 곧 내 마음에 들었어요. 세상에는 그런 축복받은 얼굴이 있죠. 누가 봐도 기분이 좋고, 마치 우리 마음을 따스하게 하고 보듬어 주는 듯한 그런 얼굴 말입니다. 가긴이 바로 그런 얼굴을 하고 있었어요. 크고 부드러운 눈에 보드라운 고수머리를 가진 상냥하고 사랑스러운 얼굴이었죠. 심지어 그의 얼굴을 보지 않고 목소리만 들어도 그가 웃고 있음을 느낄 수 있게끔 그는 말했습니다.

그가 자기 여동생이라고 부른 처녀는 첫눈에 매우 아름답게 보였습니다. 그다지 크지 않은 오똑한 코와 마치 어린아이 같은 뺨과 검고 맑은 눈동자를 한 가무잡잡한 동그란 얼굴에는 뭔가 독특하고 유별난 구석이 있었어요. 그녀의 몸매는 우아했지만 아직 완전히 성숙하지는 않은 것 같았어요. 그녀는 오빠를 조금도 닮지 않았습니다.

"우리가 사는 곳에 잠깐 들르시지 않겠어요?"

가긴이 내게 말했습니다.

"독일인 구경도 실컷 한 것 같군요. 만일 우리 러시아 인들이라면 유리를 깨고 의자를 때려 부수고 했을 텐데, 이 사람들은 너무 점잖은 것 같아요. 아샤, 이제 집으로 돌아가는 게 어때?"

처녀는 동의하는 듯 고개를 끄덕였습니다.

"우리는 교외에 살고 있어요."

가긴이 말을 이었습니다.

"포도밭 안에 있는 조그만 외딴집인데 꽤 높은 곳에 있지요. 아주 멋진 곳이니 와서 구경하세요. 안주인이 우리에게 산유(酸乳)를 준비해 놓기로 약속했답니다. 이제 곧 날이 어두워질 텐데, 당신은 달빛에 라인 강을 건너는 것이 더 좋을 겁니다."

우리들은 출발했습니다. 나직한 도시의 성문을 지나(잔돌로 쌓아 올린 오래된 성벽이 사방에서 도시를 에워쌌고, 총구멍은 아직도 무너지지 않았더군요) 들판으로 나가서 돌담을 따라 백 보쯤 걷다가 좁고 작은 문 앞에 멈춰 섰습니다. 가긴이 문을 열고서 가파른 오솔길을 따라 산으로 우리를 인도했어요. 산허리의 턱진 곳 양쪽에서 포도나무가 자라고 있었어요. 해가 방금 지자 새빨간 가는 빛이 녹색의 포도 덩굴 위에, 높은 말뚝 위에, 크고 작은 표장석이 쭉 깔려 있는 메마른 땅 위에, 또 우리들이 올라가는 산꼭대기에 서 있는, 비스듬한 검은 가름대가 놓여 있고 밝은 창문이 네 개 달린 그다지 크지 않은 집의 흰 벽 위에 내려앉아 있었습니다.

"자, 바로 여기가 우리 거처입니다!"

우리들이 그 작은 집 쪽으로 다가가자 가긴이 소리쳤습니다.

"아, 저기 안주인이 우유를 가져오네. 안녕하세요, 마담! ······ 우린 곧 식사를 할 거예요. 그러나 우선,"

가긴은 덧붙여 말했습니다.

"주위를 둘러보세요. 경치가 어때요?"

경치는 참으로 멋졌어요. 푸른 강둑 사이로 온통 은빛으로 반짝이는 라인 강이 우리 앞에서 흐르고 있었는데, 한쪽이 짙붉은 금빛 낙조로 타오르고 있었어요. 강둑 쪽에 자리 잡고 있는 작은 도시는 건물이나 거리를 모두 드러내 보이고, 언덕과 들판은 넓게 펼쳐져 있었습니다. 아래쪽 전망도 좋았지만 위쪽 전망은 더 좋았어요. 특히 내 마음에 든 것은 맑고 그윽한 하늘과 눈부실 정도로 투명한 대기였죠. 신선하고 가벼운 공기는 마치 높은 곳에 있는 것이 더 자유롭다는 듯 조용히 나풀거리며 물결처럼 굽이치고 있었습니다.

"정말 멋진 집을 골랐군요."

내가 말했습니다.

"아샤가 발견했지요."

가긴이 대답했습니다.

"그런데 아샤,"

하고 가긴은 말을 이었습니다.

"모든 것을 여기로 가져오라고 해. 저녁은 밖에서 할 거야. 이곳에선 음악도 더 잘 들리거든. 그런데 당신은 아시죠?"

그는 나를 돌아보며 덧붙였습니다.

"어떤 왈츠는 가까이서 들으면 전혀 신통치가 않아요. 그런데 속되고 거친 소리라도 멀리서 들으면 정말 멋지죠! 가슴속의 로맨틱한 금선(琴線)을 모두 건드리거든요."

아샤는(실제로 그녀의 이름은 안나였지만, 가긴이 그녀를 아샤라고 불렸으니 여러분이 허락하시면 나도 그렇게 부르겠습니다) 집 안으로 들어갔다가 곧 안주인과 함께 되돌아왔어요. 그들은 우유 단지와 접시, 숟가락, 설탕, 딸기, 빵을 담은 커다란 쟁반을 가져왔습니다. 우리들은 자리에 앉아서 저녁을 먹기 시작했지요. 아샤는 모자를 벗었습니다. 사내아이처럼 머리를 깎아서 빗어 넘긴 그녀의 검은 머리칼은 굵고 곱슬곱슬하게 목과 귀 위로 흘러내렸어요. 처음에 그녀는 날 피했지만, 가긴이 그녀에게 말했습니다.

"아샤, 너무 움츠러들지 마! 이분이 물어뜯진 않아."

그녀는 미소를 짓더니 잠시 뒤에는 벌써 내게 말을 걸어왔습니다. 나는 아샤보다 더 발랄한 사람을 본 적이 없어요. 그녀는 한순간도 조용히 앉아 있지 못하고, 일어나서 집 안으로 뛰어 들어 갔다가 다시 뛰어나오고, 나직한 목소리로 노래를 부르고, 자주 이상한 모습으로 웃어 댔습니다. 그녀는 뭔가를 듣고 웃는 것이 아니라 머릿속에 떠오른 여러 생각 때문에 웃는 것 같았어요. 그녀는 커다란 눈으로 똑바로 맑고 과감하게 바라보았지만, 이따금 눈꺼풀을 살짝 찡그릴 때면 그녀의 눈길은 갑자기 깊어지고 부드러워졌습니다.

우리는 두 시간쯤 잡담을 했지요. 날은 오래전에 저물었고, 처음엔 활활 불타오르던 저녁놀은 맑은 연분홍빛으로 바뀌고, 이윽고 희끄무레하게 흐려지면서 조용히 녹아들더니 밤으로 바뀌었습니다. 우리들의 대화는 계속되었고, 우리를 감싸고 있는 대기처럼 평화롭고 부드러웠어요. 가긴은 라인산 포도주를 한 병 가져오라고 일렀지요. 우리는 그것을 천천히 다 비웠습니다.

전처럼 음악이 들려왔는데, 음악 소리가 더 달콤하고 부드러워진 듯했어요. 도시에도 강 위에도 불이 켜졌습니다. 고수머리가 그녀의 눈을 덮을 정도로 아샤는 갑자기 머리를 숙이고 나서 입을 다물고 한숨을 푹 내쉬더니 자고 싶다고 우리에게 말하고는 집 안으로 들어갔습니다. 그러나 나는 그녀가 촛불도 켜지 않고 닫힌 창문 뒤에 오랫동안 서 있는 것을 보았지요. 마침내 달이 떠오르고, 라인 강 위에 달빛이 반짝였어요. 모든 것이 밝아졌다가 어두워졌다 하면서 모습이 변했습니다. 심지어 커트 글라스 술잔 속의 포도주도 신비한 빛을 발했어요. 마치 날개를 접고 숨을 죽인 듯 바람이 뚝 그쳤고, 대지에서도 향긋한 밤의 온기가 피어올랐습니다.

"이제 집에 갈 시간입니다."

내가 소리 높여 말했습니다.

"지금 일어나지 않으면 나룻배 사공을 찾지 못할 거예요."

"집에 갈 시간이군요."

가긴이 되뇌었습니다. 우리는 오솔길을 따라 아래로 내려갔지요. 그때 갑자기 우리 뒤에서 돌멩이가 굴러 떨어졌어요. 아샤가 우리를 뒤쫓아 온 겁니다.

"아니, 아직도 안 자고 있었니?"

오빠가 물었지만 그녀는 한마디 대답도 없이 옆으로 뛰어갔습니다.

학생들이 호텔 정원에 마지막으로 켜 놓은 희미한 호롱불이 그 밑에 있는 나뭇잎들을 훤히 비추어 흥겹고 환상적인 느낌을 주었습니다. 우리는 강둑에서 아샤를 발견했어요. 그녀는 나룻배 사공과 이야기를 하고 있었어요. 나는 펄쩍 나룻배로 올라타고서 새로 사귄 친구들과 작별 인사를 했습니다. 가긴은 다음 날 나를 방문하겠다고 약속했지요. 나는 그와 악수를 하고 아샤에게도 한 손을 내밀었습니다. 그러나 그녀는 그저 나를 쳐다보더니 머리를 흔들었어요. 배는 강변을 떠나 빠른 물살을 타고 떠내려갔어요. 건장한 늙은 사공은 어두운 물속에 조심스럽게 노를 내렸습니다.

"당신이 달빛 기둥 속으로 들어가 달빛 기둥을 깨 버렸어요."

아샤가 내게 소리쳤습니다.

나는 눈을 내리떴습니다. 그러나 배 주변엔 검은 물결만이 넘실거리고 있었어요.

"안녕!"

그녀의 목소리가 다시 들려왔습니다.

"내일 만나요."

이어서 가긴이 말했습니다.

배가 물가에 닿았습니다. 나는 배에서 내려 주위를 둘러보았죠. 저편 강둑에는 아무도 보이지 않았습니다. 다시 달빛 기둥이 황금빛 다리처럼 강을 가로질러 뻗쳐 있었어요. 란넬[7]의 예스러운 왈츠가 마치 작별을 고하듯 빠르게 들려왔어요. 가긴이 옳았어요. 매혹적인 선율에 응답이라도 하듯 내 마음의 모든 금선(琴線)이 떨리기 시작하는 것을 느꼈습니다. 나는 향긋한 공

---

[7] 오시프 란넬(1802~1843). 당시 인기 있던 비엔나의 작곡가.

기를 천천히 들이마시면서 어두워진 들판을 가로질러 집을 향해 천천히 걸었지요. 나는 막연하고 끝없는 기대에서 생긴 달콤한 피로감에 온몸이 나른해져서 내 방에 이르렀습니다. 나는 스스로 행복하다고 느꼈어요……. 그러나 나는 왜 행복했을까요? 나는 아무것도 바라지 않았고, 또 아무 생각도 하지 않았어요……. 나는 그저 행복했습니다.

나는 유쾌하고 들뜬 기분으로 충만하여 살짝 웃으면서 침대로 뛰어들어 막 눈을 붙이려고 했습니다. 그때 문득 저녁 내내 한 번도 그 무정한 미인을 떠올리지 않았다는 생각이 들었어요……. '이건 뭘 의미할까?' 나는 스스로에게 물었지요. '내가 사랑에 빠진 건 아닌가?' 그러나 이런 질문을 자신에게 던진 채, 나는 요람 속의 갓난아이처럼 곧 잠들어 버린 것 같습니다.

3

이튿날 아침(나는 벌써 잠에서 깨어 있었지만 아직 일어나지는 않았습니다) 우리 집 창문 밑에서 지팡이로 톡톡 두드리는 소리와 노랫소리가 들렸어요.

그대는 자는가?
기타 소리로 그대를 깨우리……

나는 가긴의 목소리임을 금방 알아챘지요.

나는 서둘러 문을 열어 주었습니다.

"안녕하세요."

가긴은 들어오면서 말했습니다.

"좀 일찍 깨운 것 같네요. 그러나 보십시오, 얼마나 멋진 아침입니까! 신선함, 이슬, 종달새들은 지저귀고……."

빛나는 곱슬 머리칼에 훤히 드러난 목, 장밋빛 뺨을 한 가긴은 아침처럼 싱그러웠어요.

나는 옷을 입었습니다. 우리는 정원으로 나가 벤치에 앉아서 커피를 가져오라고 이르고는 이야기를 나누기 시작했어요. 가긴은 내게 미래의 계획을 얘기했어요. 그는 상당한 재산가여서 누구에게도 의존할 필요가 없었고, 자신의 인생을 그림에 바치고자 했는데, 다만 늦게 정신을 차려서 많은 시간을 헛되이 낭비한 것을 후회하고 있었어요. 나도 미래의 계획에 대해 말했고, 말하는 김에 나의 불행한 사랑의 비밀도 털어놓았습니다. 그는 내 얘기에 너그럽게 귀를 기울였지만, 내가 보기에 나의 정열에 대해 강하게 공감하지는 않았습니다. 예의상 내 뒤를 따라 두어 번 한숨을 쉬고 나서 자기의 스케치를 보러 가지 않겠느냐고 제안했습니다. 나는 바로 동의했지요.

우리는 아샤를 만나지 못했습니다. 안주인의 말에 따르면 그녀는 '폐허'로 갔다는 겁니다. L시에서 약 2킬로미터쯤 떨어진 곳에 봉건시대에 세워진 성의 잔해가 있었어요. 가긴은 내게 자기가 그린 초벌 그림을 모두 펼쳐 보였습니다. 그의 스케치에는 많은 생명력과 진실이 깃들어 있었고, 뭔가 자유롭고 광활한 구석이 있었어요. 그런데 완성된 것은 하나도 없었고, 드로잉은 부주의하고 부정확하게 보였어요. 나는 솔직하게 내 의견을 말했지요.

"맞아요. 맞습니다."

그는 한숨을 쉬며 내 말을 받았습니다.

"당신 말이 옳아요. 모든 것이 아주 나쁘고 미숙하답니다. 할 수 없죠! 나는 마땅히 배워야 할 것을 배우지 않았고, 게다가 그 저주스러운 슬라브 인의 방탕에 빠져 있어요. 일에 대해 생각하는 동안에는 독수리처럼 날아오르고 대지를 옮길 수 있을 것처럼 보이지만, 일단 실행하려고 하면 곧 마음이 약해지고 피곤해지는 겁니다."

나는 그의 용기를 북돋아 주려고 했으나, 가긴은 손을 내젓고는 초벌 그림들을 양손으로 안아서 소파 위에 내던져 버렸습니다.

"인내심이 충분하다면 나도 뭔가 할 수 있으련만."

하고 그는 입속말로 웅얼거렸습니다.

"인내심이 부족하니 나는 귀족 출신의 미성년으로 남아 있겠죠. 자, 아샤나 찾으러 나가는 것이 더 낫겠어요."

우리들은 밖으로 나왔습니다.

4

폐허로 가는 길은 삼림이 많은 비좁은 골짜기의 비탈을 따라 굽어 있었어요. 골짜기 밑으로 시냇물이 흐르고 요란하게 바위를 뛰어넘는 모습이 마치 가파르게 깎아 내린 듯한 산마루의 어두운 경계 너머에서 고요히 반짝이는 큰 강과 합류하려고 서두르는 듯했습니다. 가긴은 멋지게 반짝이는 몇몇 장소로 나의 관심을 돌렸어요. 그의 말에서 설사 그가 화가는 못 되더라도 확실히 예술가임을 느낄 수 있었지요. 곧 폐허가 나타났어요. 바위의 맨꼭대기 위에는 온통 검고 견고하지만 마치 세로로 금이 가서 잘려진 듯한 사각형의 탑이 솟아 있었어요. 이끼가 낀 성벽이 탑에 이어져 있었고, 여기저기에 담쟁이덩굴이 달라붙어 있었죠. 휘어진 나무들이 잿빛 총구멍과 허물어진 원형 천장에 늘어져 있었고, 돌투성이의 오솔길은 온전한 모습의 성문으로 이어져 있었습니다. 우리가 성문으로 다가갔을 때, 갑자기 우리 앞에서 여자의 모습이 잠깐 보이더니 폐허 더미 위로 재빨리 달려가서 바로 낭떠러지 위의 성벽 돌출부에 앉았습니다.

"아, 아샤다!"

하고 가긴이 외쳤습니다.

"정말 미친 여자 같군!"

우리는 성문 안으로 들어가서 야생 사과나무와 쐐기풀로 반쯤 뒤덮인 작은 뜰로 나섰습니다. 성벽의 돌출부에 앉아 있는 사람은 분명 아샤였어요. 그녀는 우리 쪽으로 얼굴을 돌리고 웃기 시작했지만 움직이려고 하지는 않았어요. 가긴은 손가락으로 그녀를 위협했고, 나는 그녀의 부주의함을 책망했습니다.

"그냥 두세요."

하고 가긴은 속삭이듯 말했습니다.

"그 애를 자극하지 마십시오. 당신은 그 애를 모릅니다. 그 애는 탑에 올라갈지도 몰라요. 그보다 당신은 이곳의 영리한 주민들을 보고 놀라는 게 더 좋을 겁니다."

나는 주위를 돌아보았죠. 한쪽 구석의 조그마한 목조 임시 건물에 사는 노파가 양말을 뜨면서 안경 너머로 우리를 곁눈질로 보고 있었어요. 노파는 관광객들에게 맥주, 꿀과자, 젤테르 물[8]을 팔고 있었어요. 우리는 벤치에 앉아서 묵직한 주석으로 만든 손잡이가 달린 컵으로 아주 찬 맥주를 마시기 시작했지요. 아샤는 모슬린 머플러로 머리를 감싸고 두 발은 구부려서 당긴 채 자리에서 움직이지 않았습니다. 맑은 하늘에 그녀의 날씬한 모습이 또렷이 아름답게 드러났어요. 나는 불쾌한 감정으로 그녀를 쳐다보았지요. 이미 전날 밤부터 나는 그녀에게서 뭔가 긴장되고 아주 부자연스러운 것을 느꼈어요······. '그녀는 우리를 놀래 주고 싶어 하는군.' 하고 나는 생각했습니다. '무엇 때문일까? 도대체 무슨 어린애 같은 장난일까?' 아샤는 내 생각을 알아챈 것처럼 갑자기 내게 빠르고 날카로운 시선을 힐끗 던지고, 다시 웃기 시작하더니 성벽에서 단번에 뛰어내려서 노파에게 다가가 물 한 컵을 청했습니다.

"내가 마실 거라고 생각하지?"

그녀는 오빠 쪽을 바라보며 말했습니다.

"아니, 성벽에 꼭 물을 줘야만 하는 꽃이 있어."

가긴은 아무 대답도 하지 않았어요. 아샤는 컵을 한 손에 들고

---
[8] 독일 동북부 발트 해 기슭의 프러시아 젤테르 마을에서 나는 광천수.

폐허를 따라 기어올랐고, 이따금 멈추어 허리를 구부리고 햇볕을 받아 반짝이는 몇 방울의 물을 우스울 정도로 엄숙하게 떨어뜨렸어요.

그녀의 동작은 무척 귀여웠고, 나는 저도 모르게 그녀의 경쾌함과 날렵함에 매혹되었지만 여전히 그녀에게 화가 났습니다. 어떤 위험한 장소에서 그녀는 일부러 소리를 지르고 나서 깔깔거리며 웃어 대기 시작했어요……. 나는 더욱 화가 났습니다.

"마치 산양처럼 기어오르는구먼."

노파가 양말에서 잠시 눈을 떼고 콧소리로 웅얼거렸습니다.

마침내 아샤는 컵을 몽땅 비우더니 익살맞게 몸을 흔들면서 우리에게로 돌아왔어요. 이상한 웃음으로 그녀의 눈썹, 콧구멍, 입술이 가볍게 떨렸고, 검은 눈은 다소 뻔뻔스러우면서도 유쾌하게 가늘어졌습니다.

'당신은 내 행동을 버릇없다고 생각하겠죠.'

그녀의 얼굴이 이렇게 말하고 있는 듯했어요.

'상관없어요. 당신이 내게 넋을 잃고 있다는 것을 알고 있으니까.'

"잘 했다. 아샤. 잘 했어."

가긴은 나직한 목소리로 말했어요.

아샤는 갑자기 부끄러운 듯이 긴 속눈썹을 내리뜨고 잘못이라도 한 것처럼 우리들 옆에 얌전하게 앉았습니다. 나는 이때 처음으로 그녀의 얼굴을 자세히 볼 수 있었지요. 그녀의 얼굴은 내가 지금껏 보아 온 얼굴 중에서 가장 변화무쌍한 얼굴이었어요. 잠시 후 그녀의 얼굴은 온통 창백해졌고 긴장된, 거의 슬픈 표정을 띠었습니다. 얼굴의 윤곽도 더 크고 엄숙하고 단순하게 보였어요. 그녀는 완전히 조용해졌습니다. 우리는 폐허를 빙 돌아보면서(아샤는 우리를 뒤쫓아 왔습니다) 그 경치에 넋을 잃었습니다. 그러는 사이에 점심시간이 다가왔어요. 노파에게 계산을 하면서 가긴은 맥주 한 컵을 더 청하고, 나를 돌아보면서 능청맞게 얼굴을 찡그리고 소리쳤습니다.

"당신의 마음을 사로잡은 부인의 건강을 위해!"
"정말로 이분에게, 당신에게 그런 부인이 있었나요?"
하고 아샤가 갑자기 물었습니다.
"그럼, 누군들 여자가 없겠어?"
가긴이 대꾸했습니다.

아샤는 잠시 생각에 잠겼어요. 그녀의 얼굴은 다시 변하면서 도전적이고 거의 무례하게 비웃음을 띠었습니다.

돌아오는 길에 그녀는 더욱 큰 소리로 웃어 대고 장난을 쳤어요. 그녀는 기다란 나뭇가지를 꺾어서 마치 총처럼 어깨에 메고는 머플러로 머리를 잡아맸습니다. 지금도 기억하지만, 우리는 금발머리에 지나치게 공손한 영국인 대가족을 만났는데, 그들은 모두 구령에라도 따르듯이 차갑고 놀란 표정을 지으며 생기 없는 눈으로 아샤를 전송했습니다. 그녀는 마치 그들에게 악을 품은 듯이 큰 소리로 노래를 부르기 시작했어요. 집으로 돌아오자 그녀는 즉시 자기 방으로 갔다가 점심 식사 때에야 나타났는데, 아주 좋은 옷에 머리를 꼼꼼하게 빗고 허리띠를 꼭 졸라맨 채 장갑까지 끼고 있었습니다. 식사하는 동안 그녀는 아주 예의 바르게 행동했고 거의 거만하기까지 했으며, 음식도 거의 먹지 않고 조그만 유리잔으로 물을 마셨습니다. 그녀는 분명히 내 앞에서 새로운 역할, 다시 말해 고상하고 예의 바른 아가씨의 역할을 하고 싶었던 겁니다. 가긴은 그녀를 방해하지 않았습니다. 분명히 그는 모든 면에서 그녀를 내버려 두는 습관이 있었어요. 그는 그저 이따금 선량하게 나를 바라보고 '아샤는 어린애입니다. 관대히 봐 주십시오.'라고 말하고 싶은 듯이 한쪽 어깨를 슬쩍 움츠렸습니다. 식사가 끝나자마자 아샤는 일어나서 무릎을 굽혀 인사했고, 모자를 쓰면서 루이제 부인에게 가도 되냐고 가긴에게 물었습니다.

"네가 언제부터 물어보기 시작했지?"

그는 여전히 미소를 띠었지만 이번에는 약간 당황한 미소를 띠고 대답했어요.

"우리하고 같이 있는 게 지루하냐?"

"아니, 하지만 어제 벌써 루이제 부인한테 가겠다고 약속했어. 게다가 두 분만 같이 있는 게 더 좋다고 생각해. N씨가(그녀는 나를 가리켰습니다) 오빠에게 뭔가 더 얘기해 줄 거예요."

아샤는 가 버렸습니다.

"루이제 부인은,"

가긴은 내 시선을 피하려고 애쓰면서 말문을 열었습니다.

"이곳 전(前) 시장의 미망인으로 선량하지만 실없는 노파입니다. 그녀는 아샤를 무척 사랑해요. 아샤는 자기보다 신분이 낮은 사람들과 사귀고 싶어 합니다. 내가 보기에 이것은 항상 오만 때문이죠. 보시다시피 내가 응석을 받아 줘서 그 애는 아주 버릇이 나빠졌어요."

하고 그는 잠시 침묵하고 나서 말을 덧붙였습니다.

"그러나 어쩌겠어요? 나는 그 누구도 책망할 수 없고, 더구나 아샤를 책망할 수는 없어요. 나는 그 애를 관대하게 대해야 할 의무가 있어요."

나는 잠자코 있었습니다. 가긴은 화제를 돌렸어요. 나는 가긴을 알면 알수록 그에게 더욱 강한 애착을 느꼈습니다. 나는 곧 그를 이해했지요. 그는 진정한 러시아 인으로 정직하고 진실하고 소박했지만, 유감스럽게도 활기가 좀 부족했고 고집과 내면의 정열이 없었어요. 그에겐 젊음이 샘처럼 넘쳐흐르지 않았고, 조용히 빛을 발하고 있었지요. 그는 매우 친절하고 현명했지만, 그가 어른이 되면 어떤 사람이 될지 상상할 수 없었습니다.

'화가가 된다지만…… 고통스럽고 끊임없는 노력 없이는 화가가 될 수 없지…….'

나는 그의 부드러운 모습을 보고, 그리고 그의 느릿느릿한 말을 들으면서 생각했지요.

'노력을 한다고? 아니야! 자네는 노력을 하지 않을 것이고, 집중도 할 수 없을 거야.'

그러나 나는 그를 좋아하지 않을 수 없었어요. 내 마음은 완전히 그에게 끌렸습니다. 우리 둘은 네 시간가량 함께 지냈습니다. 소파에 앉기도 하고 집 앞을 천천히 걷기도 하면서 이 네 시간 동안 우리는 완전히 친해졌어요.

해가 저물었고, 나는 벌써 집으로 돌아갈 때가 되었지요. 아샤는 아직도 돌아오지 않았습니다.

"정말로 제멋대로 구는 아이야!"

하고 가긴이 말했습니다.

"바래다 드릴까요? 도중에 루이제 부인 집에 잠깐 들러 보죠. 아샤가 거기 있는지 물어보겠습니다. 돌아가는 길이 멀지도 않아요."

우리는 시내로 향했습니다. 좁고 구불구불한 골목으로 꺾어 들어가, 넓은 창문이 두 개나 있는 4층 집 앞에서 멈췄어요. 2층은 1층보다 더 거리 쪽으로 튀어나오고, 3층과 4층은 2층보다도 더 튀어나와 있었죠. 낡은 조각물, 아래쪽에 두 개의 굵은 기둥, 뾰족한 기와지붕과 부리 모양으로 내민 다락방 문이 있는 집은 전체적으로 등이 굽은 커다란 새처럼 보였습니다.

"아샤!"

가긴이 소리쳤습니다.

"너 거기 있니?"

불이 켜져 있는 3층 창문이 덜컥 열렸고, 우리는 아샤의 검고 자그마한 머리를 보았지요. 아샤 뒤에서 이가 없고 시력이 약한 늙은 독일 여자가 얼굴을 내밀고 있었어요.

"나 여기 있어."

아샤는 문턱에 팔꿈치를 요염하게 괴고 말했습니다.

"나는 여기가 좋아. 자, 받아."

아샤는 가긴에게 제라늄 가지를 던지면서 덧붙여 말했어요.
"내가 오빠의 마음의 여인이라고 상상해 봐."
루이제 부인은 웃기 시작했습니다.
"이분이 가신단다."
가긴이 대꾸했습니다.
"너하고 작별 인사를 나누고 싶어 하셔."
"정말?"
아샤가 물었습니다.
"그렇다면 그분에게 그 가지를 줘요. 나도 곧 내려가겠어."
그녀는 문을 쾅 닫았고, 루이제 부인에게 키스하고 있는 것 같더군요. 가긴은 잠자코 내게 가지를 내밀었어요. 나도 말없이 그 가지를 주머니에 넣고 나루터까지 가서 맞은편 강변으로 건넜습니다.

지금도 기억하고 있지만 나는 아무 생각도 없이, 그러나 마음에 이상한 부담을 느끼면서 집으로 돌아가고 있었죠. 그때 갑자기 나는 강렬하고 친숙하지만, 독일에서는 보기 드문 냄새를 맡고 깜짝 놀랐습니다. 나는 걸음을 멈추고 길 주위에서 조그마한 삼밭을 발견했습니다. 삼밭에서 풍기는 초원 냄새는 그 순간 고향을 생각나게 했고, 내 마음속에 강한 향수를 불러일으켰어요. 러시아의 공기를 들이마시고, 러시아의 대지를 따라 걷고 싶어지더군요.

'나는 여기서 뭘 하고 있는 걸까? 왜 타국의 낯선 사람들 사이에서 방황하고 있는가?'

나는 속으로 외쳤습니다. 그러자 마음속에 느끼고 있던 죽음과 같은 부담감은 갑자기 괴롭고 타는 듯한 흥분으로 변했습니다. 나는 전날 밤과는 전혀 다른 기분으로 집에 도착했지요. 거의 화가 나서 오랫동안 마음을 진정할 수가 없었어요. 나 자신도 모르는 번민에 사로잡혔던 겁니다. 마침내 나는 앉아서 그 교활한 미망인을 떠올리고(나의 하루는 항상 이 여자에 대한 공식적인 회상으로 끝났습니다) 그녀의 편지 한 통을 꺼냈습니다. 그러나 편지를 펼치진 않았어요. 나의 생각이 즉시 다른 방향으로 흘렀기 때문입니다. 나는 아샤에 대해 생각하기 시작했어요……. 가긴이 이야기하는 중에 자신이 러시아로 돌아가는 것을 방해하는 어떤 어려움을 암시했던 게 문득 떠올랐죠…….

'정말로 그녀는 그의 여동생일까?'

나는 옷을 갈아입고 잠들려고 애썼습니다. 그러나 한 시간 후에 다시 침대에 앉아서 베개에 팔꿈치를 괴고, 다시 '부자연스럽게 웃는 변덕스런 아가씨'에 대해 생각했지요.

"그녀는 라파엘로[9]가 그린 파르네시나의 조그마한 갈라테이아[10]와 닮았어."

하고 나는 중얼거렸습니다.

'그래, 그녀는 그의 여동생이 아니야…….'

미망인의 편지는 달빛에 하얗게 빛나며 마루 위에 조용히 놓여 있었습니다.

---

9) 라파엘로(1483~1520). 르네상스 시기의 유명한 이탈리아 화가.
10) 파르네시나는 로마에 있는 아름다운 르네상스 스타일의 빌라이고, 갈라테이아는 그리스 신화에 나오는 네레우스와 도리스의 예쁜 딸이다.

5

다음 날 아침, 나는 다시 L시로 갔습니다. 나는 가긴을 만나고 싶어서라고 확신했지만, 마음속으론 아샤가 무엇을 할지, 전날 밤처럼 '엉뚱한 짓'을 하지나 않을지 보고 싶었던 겁니다. 나는 두 사람을 객실에서 보았어요. 그런데 이상한 일이죠! 내가 어젯밤과 아침에 러시아에 대해 많은 생각을 한 탓인지 아샤는 완전히 러시아 처녀처럼 보였고, 그것도 평범한 처녀, 거의 하녀처럼 보였어요. 낡은 드레스를 입고, 머리를 귀 뒤로 빗어 넘기고 움직이지 않고 창가에 앉아서 얌전하게 수를 놓고 있는 그녀는 흡사 한평생 이 밖의 다른 일은 하지 않았던 것처럼 보였어요. 그녀는 거의 한마디도 하지 않고, 조용히 자기 일감을 들여다보고 있었어요. 그녀의 얼굴 표정이 너무나 밋밋하고 평범해서 나는 자신도 모르게 러시아의 평범한 카챠들과 마샤들[11]을 떠올렸어요. 그 비슷함을 완성하려는 듯이 그녀는 나직한 목소리로 '어머니, 내 사랑하는 어머니'[12]를 부르기 시작했습니다. 나는 그녀의 노르스름하고 생기 없는 조그마한 얼굴을 바라보면서 어제의 공상에 대해 떠올리며 뭔가를 아쉬워했어요. 정말 좋은 날씨였죠. 가긴이 오늘 자연을 스케치하러 간다고 해서 그를 따라가도 될지, 내가 그를 방해하지나 않을지 물었습니다.

"방해는커녕 당신은 내게 좋은 충고를 해줄 수 있을 겁니다."

---

11) 러시아에서 가장 흔한 이름으로, 장삼이사와 같은 의미로 사용된다.
12) 널리 알려진 러시아의 민요.

하고 그는 대꾸했어요.

그는 반다이크[13] 스타일의 둥근 모자에 작업복을 입고, 스케치북을 겨드랑이에 끼고 나갔습니다. 나는 그를 느릿느릿 뒤따라갔어요. 아샤는 집에 남았습니다. 집을 떠나면서 가긴은 수프가 너무 묽어지지 않게 신경을 쓰라고 아샤에게 부탁했어요. 아샤는 이따금 부엌에 나가 보겠다고 약속했어요. 가긴은 이미 내게도 낯익은 골짜기에 다다르자 바위 위에 앉아서 늙어서 속이 비고 가지를 쭉 뻗은 떡갈나무를 그리기 시작했습니다. 나는 풀 위에 누워 책을 꺼냈지만 두 쪽도 다 읽지 못했고, 그는 종이만 더럽혔지요. 우리는 대부분의 시간을 토론하면서 보냈습니다. 내가 판단할 수 있는 한 어떻게 일을 해야만 하는가, 무엇을 피해야 하고, 무엇을 지켜야 하는가, 우리 시대에 예술가의 의미는 본래 무엇인가에 대해 우리는 꽤 현명하고 날카롭게 토론했어요. 마침내 가긴은 "오늘은 기분이 좋지 않다."고 마음을 정하고 내 옆에 나란히 누웠습니다. 이때부터 우리들의 젊은이다운 말은 때론 열렬하게, 때론 생각에 잠겨, 때론 감격적으로 자유롭게 흘러나왔지만 대체로 애매했어요. 러시아 인은 이런 모호한 말들을 아주 즐겁게 쏟아 내죠. 실컷 떠들고 나서 마치 무슨 일을 하고, 뭔가를 달성한 것처럼 만족감에 가득 차서 우리는 집으로 돌아왔습니다. 아샤는 우리가 떠날 때와 똑같은 모습이었어요. 아무리 그녀를 관찰해 보아도 교태의 기미나 일부러 꾸민 듯한 역할의 징후는 보이지 않았으며, 이번에는 그녀의 부자

---

13) 반다이크(1599~1641). 벨기에의 유명한 화가.

연스러움을 비난할 수 없었어요.

"아하!"

하고 가긴이 말했습니다.

"스스로 금식과 참회를 하고 있군."

저녁 무렵에 아샤는 거짓 없이 여러 번 하품을 했고, 일찍 자기 방으로 갔습니다. 나도 곧 가긴과 작별 인사를 하고 집으로 돌아왔지만 어떤 공상도 하지 않았어요. 이날은 말짱한 의식 속에서 지나갔지요. 그러나 지금도 기억하고 있지만, 나는 잠자리에 누워서 저도 모르게 큰소리로 중얼거렸어요.

"그 아가씨는 정말로 카멜레온이야!"

그리고 잠시 생각한 후 다시 이렇게 덧붙였죠.

"그러나 그녀는 그의 여동생이 아니야."

6

만 2주일이 지났습니다. 나는 매일 가긴네를 방문했어요. 아샤는 나를 피하는 듯했고, 우리가 알게 된 후 처음 이틀 동안 나를 몹시 놀라게 했던 장난질은 이제 전혀 하지 않았어요. 그녀는 남몰래 슬퍼하거나 당황하는 듯했고 덜 웃었죠. 나는 호기심을 갖고 그녀를 관찰했습니다.

그녀는 프랑스어나 독일어를 꽤 잘 했어요. 그러나 모든 면에서 볼 때 그녀는 어릴 때부터 여자의 손에서 자라지 않았고, 가긴의 교육과는 전혀 공통점이 없는 이상하고 평범치 않은 교육을 받았음이 분명했어요. 가긴은 반다이크 스타일의 모자에 작업복을 입어도 부드럽고 약간 연약한 대러시아의 귀족 냄새를 풍겼지만, 아샤는 전혀 귀족 아가씨 같지 않았어요. 다시 말해서 그녀의 모든 동작에는 뭔가 불안한 구석이 있었죠. 이 어린 야생의 처녀는 최근에야 길들여졌지만 여전히 야성을 지니고 있었던 겁니다. 천성이 숫기 없고 소심한 그녀는 자신의 수줍음에 화를 냈고, 화가 나서 억지로 허물없이 굴고 대담해지려고 애썼지만 항상 그렇게 되지는 않았어요. 나는 그녀의 러시아 생활이나 과거에 대해 그녀와 여러 번 이야기를 나누었지만, 그녀는 마지못해 내 물음에 대답했어요. 그러나 나는 그녀가 외국으로 떠나기 전에 오랫동안 시골에서 살았다는 걸 알아냈지요. 어느 날 나는 그녀가 혼자서 책을 읽고 있는 것을 보았어요. 두 손으로 머리를 받치고, 손가락을 머리카락 속에 깊이 파묻은 채 그녀는 열심히 책을 읽고 있었어요.

"브라보!"

나는 그녀에게 다가가면서 말했습니다.

"당신은 정말 부지런하군요!"

그녀는 머리를 쳐들고 엄숙하고 엄격하게 나를 바라보았어요.

"당신은 내가 웃을 줄만 안다고 생각하시나요?"

그녀는 나지막한 목소리로 말하고 물러가려고 했어요.

나는 책 제목을 힐끗 보았지요. 그것은 어떤 프랑스 소설이었습니다.

"그러나 나는 당신의 선택을 칭찬할 수는 없군요."

내가 지적했습니다.

"그럼 뭘 읽어야 하죠?"

그녀는 큰소리로 외치고 책을 책상 위에 내던지고는 덧붙여 말했어요.

"그럼 나가서 장난치는 것이 더 낫겠군요."

이렇게 말하고 그녀는 뜰로 뛰어나갔습니다.

그날 저녁에 나는 가긴에게 《헤르만과 도로테아》[14]를 읽어 주었지요. 내내 우리들 옆을 뛰어다니기만 하던 아샤가 갑자기 걸음을 멈추고 귀를 기울이더니 내 옆에 조용히 앉아서 끝까지 들었습니다. 다음 날 나는 다시 그녀를 알아보지 못했는데, 그녀가 갑자기 도로테아처럼 가정적이고 단정한 여자가 되려는 생각을 했다는 것을 깨달았지요. 한마디로 말해 그녀는 내게 거의 수수께끼 같은 존재였어요. 극도로 자존심이 강한 그녀는 내 마음을 끌었는데, 심지어 내가 그녀에게 화를 내고 있을 때도 그랬습니다. 나는 단 한 가지, 즉 그녀가 가긴의 여동생이 아니라는 사실을 더욱더 확신하게 되었죠. 가긴은 아샤를 여동생처럼 대하지 않았어요. 그는 아샤를 지나치게 상냥하고 관대하게 대했지만, 동시에 약간 부자연스럽게 대했던 겁니다.

그러다가 아마 어떤 이상한 일로 나의 의혹이 사실로 확인되었지요.

어느 날 저녁, 가긴과 아샤가 살고 있는 포도밭으로 다가갔을

---

14) 괴테가 1797년에 쓴 서사시.

때, 나는 쪽문이 닫혀 있는 걸 발견했습니다. 잠시 생각한 후에 나는 전에 보아 둔 울타리의 부서진 곳까지 가서 훌쩍 담을 뛰어넘었지요. 그곳에서 그다지 멀지 않은, 샛길 옆쪽에 아카시아 나무가 드리워진 조그마한 정자가 있었어요. 내가 정자까지 다가가서 그 옆을 지나치려는데…… 갑자기 아샤의 목소리가 들려서 나는 깜짝 놀랐어요. 아샤는 눈물을 머금고 열렬히 말하고 있었어요.

"아니, 나는 오빠 말고는 아무도 사랑하고 싶지 않아. 아니, 아니야, 나는 오빠만을 사랑하고 싶어. 그리고 영원히."

"됐어, 아샤, 진정해."

가긴이 말했습니다.

"너도 알지, 나는 널 믿어"

그들의 목소리가 정자에서 울렸어요. 엉성하게 엉킨 나뭇가지 사이로 나는 두 사람의 모습을 보았지요. 그들은 나를 알아채지 못했습니다.

"오빠, 오빠만을."

하고 아샤는 되풀이하여 말했고, 그의 목에 매달려 격렬하게 흐느끼며 그에게 키스를 하고 그의 가슴에 꼭 달라붙었습니다.

"그만, 그만해."

가긴은 한 손으로 그녀의 머리카락을 살며시 어루만지며 되뇌었어요.

나는 잠시 꼼짝 않고 서 있었지요……. 갑자기 나는 몸을 부르르 떨었어요.

'그들에게로 갈까? ······절대 안 돼!'

이런 생각이 머리에 번쩍 떠올랐습니다. 나는 잰걸음으로 울타리로 되돌아가 담을 훌쩍 뛰어넘어서 길로 나와 거의 뛰다시피 하여 집으로 왔습니다. 나는 미소를 머금고 손을 비비면서 나의 짐작을 갑자기 확인시켜 준 사건에 놀랐어요(나는 그들의 진실을 한순간도 의심하지 않았습니다). 반면에 마음은 매우 아팠어요. 그러나 나는 생각했죠.

'그들은 어쩌면 그렇게 시치미를 뗄 수 있을까! 그런데 무엇 때문일까? 무엇 때문에 나를 속이려고 했을까? 그가 그럴 줄 몰랐는데······ 그리고 그 감상적인 고백은 도대체 무엇일까?'

7

나는 잠을 잘 자지 못했고, 다음 날 아침 일찍 일어나 행군용 작은 배낭을 등에 메고, 여주인에게 밤까지 날 기다리지 말라고 이르고는 작은 도시 Z를 가로지르며 흐르는 강을 따라 위쪽으로 걸어서 산에 올라갔습니다. 이 산은 '개의 등'으로 불리는 산맥의 줄기로 지질학적으로 매우 흥미를 끄는 곳이었어요. 특히 규칙적이고 순수한 현무암층이 멋있었지만 나는 지질학적 관찰에는 관심이 없었어요. 나는 내 마음속에 무슨 일이 일어났는지 명료하게 이해할 수는 없었지만, 가긴과 아샤를 만나고 싶지 않다는 감정만은 분명했습니다. 내가 갑자기 그들을 싫어하게 된 유일한 이유는 그들의 교활한 언행에 대한 유감이라고 확신했어요. 누가 그들이 오누이라고 말하도록 강요했을까요? 그러나 나는 그들에 대해 생각하지 않으려고 노력했지요. 천천히 산과 골짜기를 돌아다니며, 시골 주막에서 오래 머물기도 하고 주막 주인이나 손님들과 한가롭게 이야기도 하면서, 혹은 햇빛에 따뜻해진 평평한 바위에 누워서 구름이 흘러가는 것을 쳐다보기도 했습니다. 게다가 날씨도 좋았어요. 이렇게 나는 사흘을 보냈습니다. 비록 이따금 마음이 아프기도 했지만 어느 정도 만족감을 느꼈죠. 내 기분이 이 지역의 평화로운 자연과 잘 어울렸던 겁니다.

나는 우연한 사건의 말없는 희롱과 순간순간의 인상에 온몸을 내맡겼지요. 그것들은 천천히 뒤바뀌면서 내 마음을 따라 흘러갔고, 결국 내 마음속에 하나의 일반적인 감정만을 남겼습니다. 내가 이 사흘 동안에 보고 느끼고 들은 것들 ―숲 속에 풍기는 연한 나뭇진 냄새, 딱따구리들의 외침과 나무 쪼는 소리, 모랫바닥 위에서 얼룩무늬 송어들이 헤엄치고 맑은 냇물이 끊임없이 흐르는 소리, 지나치게 험하지 않은 산세, 음산한 절벽, 오래된 유서 깊은 교회와 숲이 있는 깨끗한 마을, 초원의 황새, 물레방아가 바삐 돌아가는 아담한 물방앗간, 친절한 마을 사람들의 얼굴, 그들의 푸른 재킷과 회색 양말, 살찐 말과 이따금 소들이 끌고 가는 삐걱대는 느린 짐마차, 사과나무와 배나무가 심어진 깨끗한 길을 따라 걸어가는 머리가 긴 젊은 방랑자들― 이 모든 것들이 일반적인 감정 속에 흘러들었던 겁니다.

지금도 그 당시의 인상을 회상하면 즐겁습니다. 단순한 만족이 깃든, 빠르지는 않지만 끈기 있고 부지런한 일손의 흔적이 도처에 깔린 독일 땅의 깨끗한 작은 골목이여, 너에게 인사를 보낸다. 평화롭기를!

나는 사흘째 되는 날 해질 녘에 집으로 돌아왔습니다. 말하는 것을 잊고 있었지만, 나는 가긴과 아샤에 대해 화를 내면서 잔혹한 미망인의 모습을 되살리려고 노력했지요. 그러나 헛일이었어요. 지금도 기억하고 있지만, 내가 미망인에 대해서 공상을 할라치면 동그랗고 호기심 많은 작은 얼굴에 순박하게 눈을 부릅뜬 다섯 살쯤 되어 보이는 시골 소녀가 내 앞에 아른거렸습니다. 그 소녀는 앳되고 소박한 모습으로 나를 바라보았어요……. 나는 그 애의 순결한 눈길에 부끄러움을 느끼기 시작했고, 그 애 앞에서 거짓말을 하고 싶지 않아서 이전의 연인과는 결국 영원히 헤어졌습니다.

집에서 나는 가긴의 쪽지를 발견했어요. 그는 예기치 않은 나의 결정에 놀라서 왜 자기를 데려 가지 않았느냐고 나를 책망했고, 돌아오는 즉시 자기 집에 와 달라고 부탁했습니다. 나는 불만스럽게 이 편지를 읽었지만 다음 날에 L시로 향했습니다.

8

가긴은 친구처럼 나를 맞이했고, 점잖게 날 비난했습니다. 그러나 아샤는 일부러 그러는 것처럼 나를 보자마자 아무런 이유도 없이 큰 소리로 웃어 대더니 습관대로 즉시 달아나 버렸어요. 당황한 가긴은 그녀가 돌았다고 그녀 뒤에 대고 중얼거리며, 그녀를 용서하라고 내게 부탁했습니다. 사실 나는 아샤에게 무척 화가 났습니다. 안 그래도 기분이 나빴는데, 다시 그 부자연스런 웃음과 그 이상한 표정을 보게 되었으니 말입니다. 그러나 나는 아무것도 눈치채지 못한 체하면서 나의 짧은 여행을 가긴에게 자세히 이야기해 주었지요. 그는 내가 없는 동안에 무엇을 했는지 이야기했어요. 그러나 우리의 얘기는 시들했습니다. 아샤는 방에 들어왔다가 다시 밖으로 뛰어나갔어요. 마침내 나는 급한 일이 있어서 집으로 돌아가야겠다고 말했어요. 가긴은 처음엔 나를 붙잡으려고 했지만, 나를 빤히 쳐다보고 나서 날 배웅해 주겠다고 자청했습니다. 현관에서 갑자기 아샤가 내게 다가오더니 손을 내밀었어요. 나는 그녀의 손가락을 살짝 쥐고 고개를 약간 수그렸습니다. 가긴과 함께 라인 강을 건너 마돈나의 조각상이 있는, 내가 좋아하는 물푸레나무 옆을 지날 때 우리들은 경치를 감상하려고 벤치에 앉았습니다. 의미 있는 이야기가 우리들 사이에 오갔지요.

처음에 우리들은 몇 마디 주고받고 나서 반짝이는 강물을 말없이 바라보았습니다.

"그런데,"

하고 갑자기 가긴이 미소를 띠며 말하기 시작했어요.

"당신은 아샤에 대해 어떻게 생각하십니까? 약간 이상하게 보이지 않나요?"

"그래요."

나는 다소 의아해하며 대답했습니다. 나는 가긴이 아샤에 대해 이야기하리라곤 짐작하지 못했거든요.

"그 애를 판단하려면 그 애에 대해 잘 알아야만 합니다."

그가 말했습니다.

"그 애는 아주 착하지만 경솔해요. 그 애를 다루기가 힘들어요. 그러나 당신이 그 애의 이력을 안다면 그 애를 책망할 수는 없을 겁니다."

"그녀의 이력이라뇨?"

나는 말을 가로챘습니다.

"그럼 그녀가 당신의 여동생이 아······."

가긴은 날 힐끗 쳐다보았습니다.

"혹시 당신은 그 애가 내 여동생이 아니라고 생각하는 건 아니겠죠? 아뇨."

가긴은 내가 당황하는 것에는 관심을 두지 않고 계속 말을 이었습니다.

"그 애는 분명히 내 여동생입니다. 그 애는 내 아버지의 딸이에요. 내 말을 들어 보세요. 나는 당신을 신뢰하니까 모든 것을 이야기하지요.

내 아버지는 매우 상냥하고 현명하며 교양 있는 분이었지만 불행했지요. 운명은 다른 사람들보다 더 가혹하게 아버지를 대한 것은 아니었지만, 아버지는 운명의 첫 번째 타격을 견디지 못했어요. 아버지는 일찍 연애결혼을 하셨는데, 아버지의 처, 즉 내 어머니는 아주 일찍 세상을 떠나셨지요. 어머니가 돌아가셨을 때 나는 태어난 지 6개월이었습니다. 아버지는 나를 시골로 데려가서 꼬박 12년 동안 아무 데도 나가지 않았어요. 아버지는 몸소 내 교육에 전념하셨죠. 만일 아버지의 형, 즉 큰아버지가 시골로 우리를 방문하지 않았더라면 아버지와 나는 결코 헤어지지 않았을 겁니다. 큰아버지는 줄곧 페테르부르크에 사셨고 상당히 중요한 직책을 맡고 있었죠. 큰아버지는 아버지를 설득해서 나를 맡기로 했습니다. 아버지는 절대로 시골을 떠나는 것에 동의하지 않았기 때문이죠. 큰아버지는 아버지에게 내 나이 또래의 소년이 완전한 고독 속에서 생활하는 것은 해로우며, 또 아버지처럼 항상 우울하고 말이 없는 선생하고 같이 있으면 분명 같은 또래보다 뒤떨어지게 되고 내 성격도 쉽게 망가질지 모른다는 의견을 피력했어요. 아버지는 오랫동안 큰아버지의 충고에 반대했지만 결국은 양보했어요. 아버지는 나와 헤어질 때 울었습니다. 한 번도 아버지의 웃는 얼굴을 본 적이 없지만, 그래도 나는 아버지를 사랑했었거든요……. 그러나 페테르부르크에 도착해서 그 어두컴컴하고 재미없는 보금자리는 곧 잊어버렸습니다. 나는 육군유년학교에 입학했고, 학교에서 근위연대로 옮겼습니다. 매년 나는 시골에 가서 몇 주일씩 보냈는데, 해마다 아버지는 더욱더 침울해지고 자기 생각에 몰두했으며 소심하리만큼 생각이 많았어요. 아버지는 매일 교회에 나갔지만 거의 말하는 것까지 잊은 듯했어요. 한번은 시골에 갔을 때(나는 이미 스무 살이 넘었지요) 나는 처음으로 우리 집에서 호리호리하고 눈이 검은 열 살 남짓한 소녀, 즉 아샤를 보았습니다. 아버지는 그 애가 고아라서 데려다 기르고 있다고 말했어요. 정말로 아버지는 그렇게 표현했습니다. 나는 그 애에게 특별한 관심을 두지 않았습니다. 그 애는 작은 짐승처럼 부끄럼을 타고 날렵하며 말이 없었습니다. 아버지가 좋아하는 방, 즉 어머니가 숨을 거둔 커다랗고 음침한 방, 낮에도 촛불이 켜 있는 방으로 내가 들어가자마자 그 애는 곧 볼테르식 안락의자 뒤나 책장 뒤에 숨어 버렸습니다. 그 후 3, 4년 동안 나는 직장에 매여서 시골을 방문하지 못했어요. 나는 아버지로부터 매달 짤막한 편지 한 통씩을 받았지만, 아샤에 대해서는 어쩌다 간단히 언급할 뿐이었죠. 아버지는 이미 쉰이 넘었지만 아직도 젊은 사람처럼 보였어요. 그래서 아버지가 돌아가시리라고는 전혀 생각지도 못했는데, 갑자기 관리인으로부터 아버지가 위독한 병에 걸렸다는 사실과 마지막 작별을 고하고 싶으면 되도록 빨리 돌아오라는 내용의 편지를 받았을 때 나의 놀라움이 어땠을지 상상해 보세요. 말을 타고 전속력으로 달려가 보니 아버지는 아직 살아 계셨지만 마지막 숨을 거두려던 참이었습니다. 아버지는 내가 도착한 것을 무척 기뻐하시며 야윈 두 손으로 나를 껴안고 때론 타는 듯한 시선으로, 때론 애원하는 듯한 시선으로 나를 한참 동안 쳐다보셨어요. 그리고 아버지의 마지막 청을 들어주겠다는 나의 다짐을 받고 나서, 늙은 시종에게 아샤를 데려오도록 지시했지요. 노인이 아샤를 데려왔는데, 아샤는 간신히 두 발로 서서 온몸을 덜덜 떨었습니다.

"자,"

하고 아버지는 힘겹게 말했습니다.

"내 딸이자 네 동생인 이 애를 너에게 맡긴다. 모든 것을 야코프를 통해 알게 될 거야."

하고 시종을 가리키면서 말을 덧붙였습니다.

아샤는 울음을 터뜨리고 침대에 얼굴을 파묻었고…… 삼십 분쯤 지나서 아버지는 숨을 거두셨지요.

나는 다음과 같은 사실을 알게 되었죠. 아샤는 내 아버지와 어머니의 이전 하녀였던 타티야나 사이에 태어난 딸이었어요. 나는 지금도 타티야나를 생생히 기억하고 있는데, 훤칠하고 날씬한 몸매에 커다란 검은 눈, 단정하고 진지하며 지적인 얼굴을 한 여자였어요. 오만하고 접근하기 어려운 여자로 유명했지요. 나는 야코프의 말끝을 흐리는 겸손한 말에서 어머니가 돌아가신 2, 3년 후에 아버지가 그 여자와 관계를 맺은 걸 알 수 있었죠. 그때 타티야나는 이미 주인집에서 살지 않았고, 결혼해서 가축을 돌보는 언니의 오두막집에 살고 있었어요. 아버지는 그녀를 몹시 사랑하게 되었고, 내가 시골을 떠난 후에 그녀와 결혼까지 하려고 했지만, 아버지의 간청에도 불구하고 그녀는 아내가 되는 것에 동의하지 않았습니다.

"고인인 타티야나 바실리예브나는,"

하고 야코프는 뒷짐을 진 채 문가에 서서 내게 보고했지요.

"모든 일에서 분별이 있고, 당신의 아버님을 욕되게 하고자 하지 않았습니다. '어찌 제가 당신의 아내가 될 수 있습니까? 저는 귀족 부인도 아니잖아요?' 이렇게 그녀는 제가 있는 앞에서 공손하게 말했습니다."

　타티야나는 우리 집으로 옮겨 오려고 하지도 않고, 계속 언니 집에서 아샤와 함께 살았습니다. 어릴 때 나는 공휴일에만 교회에서 그녀를 보곤 했어요. 검은 수건으로 머리를 묶고 노란 숄을 어깨에 걸친 그녀가 창가의 사람들 속에 있으면, 그녀의 단정한 옆얼굴이 투명한 유리창에 또렷이 드러나곤 했어요. 그녀는 옛날식으로 나직이 몸을 숙이고 겸손하고 엄숙하게 기도를 올렸습니다. 큰아버지가 나를 데려갔을 때, 아샤는 겨우 두 살이었는데, 그녀는 아홉 살에 어머니를 잃었던 겁니다.
　타티야나가 죽자마자 아버지는 아샤를 집으로 데려왔습니다. 아버지는 그전부터 그녀를 데려오고 싶다는 뜻을 비쳤지만, 타티야나는 이것도 거절했던 것이죠. 아샤를 집으로 데려왔을 때, 그녀에게 무슨 일이 일어났을지 상상해 보세요. 처음으로 사람들이 그녀에게 비단 드레스를 입히고, 그녀의 조그마한 손에 입맞춤하던 그 순간을 아샤는 오늘날까지 잊지 않고 있습니다. 그녀의 어머니는 생전에 아샤를 매우 엄격하게 키웠지만, 아버지의 집에서 그녀는 완전한 자유를 누렸지요. 아버지가 아샤의 선생님이었고, 아샤는 아버지 이외에는 아무도 만나지 못했어요. 아버지는 아샤를 버릇없이 키우진 않았지요. 분별없이 귀여워하지는 않았지만, 아샤를 몹시 사랑했기에 그 애가 하고자 하는 일은 아무것도 금하지 않았어요. 아버지는 마음속으로 그녀에 대해 죄의식을 갖고 있었기 때문이었죠. 아샤는 곧 자신이 이 집의 중요한 인물임을 깨달았고, 주인이 자기 아버지라는 사실을 알아챘습니다. 그러나 자신의 위치가 미묘하다는 것도 이내 깨달았지요. 마음속에서 자존심이 강하게 고개를 쳐들고 의혹도 싹텄습니다. 나쁜 습관들이 뿌리를 내리고 소박함이 사라졌어요. 아샤는 온 세상 사람들이 자신의 출신 성분을 잊어 주기를 바랐지요(언젠가 그 애 스스로 나에게 고백했습니다). 아샤는 자기 어머니를 부끄러워했고, 어머니를 부끄러워하는 자신을 부끄러워했으며, 동시에 어머니를 자랑스러워했어요. 당신도 알다시피 그 애는 많은 것을 알고 있고, 그 나이에 알아서는 안 될 것도 알고 있어요……. 그러나 그것이 그 애의 탓일까요? 청춘의 힘은 그 애의 몸속에서 용솟음치고 피는 끓는데, 그 애를 올바른 방향으로 이끌어 줄 사람이 옆에 한 사람도 없었어요. 그 애는 모든 면에서 완전한 독립을 누렸지요! 그러나 그걸 견뎌 내는 게 어디 쉬웠겠어요? 그녀는 다른 귀족 아가씨들에게 지고 싶지 않아서 열심히 책에 파묻혔어요. 여기서 어찌 좋은 결과가 나올 수 있었겠어요? 이상하게 시작된 그녀의 삶은 이상한 방향으로 흘렀지만, 그녀의 마음은 망가지지 않았고 지혜도 무사했지요.

  이렇게 해서 스물인 젊은 내가 열세 살짜리 소녀를 맡게 되었지요. 아버지가 돌아가신 후 처음 며칠 동안 그 애는 내 목소리만 들어도 열병에 걸린 듯이 몸을 부들부들 떨었어요. 나의 친절이 그 애를 울적하게 만들었지만, 그 애는 아주 조금씩 점점 내게 익숙해졌습니다. 그 후 내가 자기를 여동생으로 인정하고 여동생으로 사랑한다는 것을 확인하자, 그 애는 열렬히 내게 매달렸어요. 그녀에게 어정쩡한 감정이란 있을 수 없는 것이니까요.

나는 아샤를 페테르부르크로 데려왔습니다. 아샤와 헤어지는 것은 가슴 아픈 일이었지만 함께 살 수는 없었어요. 나는 그 애를 가장 좋은 기숙학교 중 한 곳에 보냈습니다. 아샤도 우리가 헤어지지 않을 수 없다는 걸 이해했으나 그때부터 병이 나서 하마터면 죽을 뻔했지요. 그리고 나서 그 애는 생활에 익숙해져서 4년 동안 그 학교에서 지냈습니다. 그러나 내 기대와는 반대로 그 애는 거의 예전 그대로였어요. 기숙학교의 여교장도 종종 그 애에 대해 내게 불평을 하면서 이렇게 말하곤 했어요.

'그 애를 벌준다는 것은 불가능합니다. 그리고 친절히 대해 줘도 별 반응이 없어요.'

아샤는 아주 총명했고 누구보다 공부도 잘했어요. 그러나 그 애는 절대로 평범해지길 원하지 않았고, 고집이 세고 무뚝뚝한 표정을 지었어요……. 나는 그 애를 심하게 책망할 수가 없었죠. 그 애의 입장에서는 남의 환심을 사거나 사람을 피해야만 했으니까요. 그 애는 모든 친구들 중에서 못생기고 따돌림당하는 가난한 한 소녀하고만 잘 지냈어요. 그 애와 함께 교육을 받은 다른 귀족 아가씨들은 대부분 좋은 가문 출신으로 그 애를 싫어했고, 독살스럽게 말했고, 기회 있을 때마다 모욕했습니다. 아샤는 그들에게 한 치도 물러서지 않았어요. 한번은 신학 수업 시간에 교사가 악덕에 대해 말했는데, "아부와 비겁이 가장 나쁜 악덕"이라고 아샤가 큰 소리로 말했지요. 한마디로 말해 아샤는 계속 자기 길을 걸어갔지요. 그래서 몸가짐만은 더 좋아졌는데, 그것도 그다지 좋아진 것 같지는 않습니다.

　마침내 아샤는 열일곱 살이 되었고, 기숙학교에는 더 이상 남아 있을 수 없게 되었지요. 나는 몹시 난처했습니다. 그런데 문득 좋은 생각이 떠올랐어요. 퇴직하여 1, 2년 동안 아샤를 데리고 외국으로 가자는 생각이었죠. 이 생각은 곧 실행에 옮겨져서 나는 그림 공부를 하려고 하고, 아샤는…… 장난을 치고 전처럼 괴상한 짓을 하면서 이렇게 우리들은 라인 강변에 머무르고 있는 겁니다. 이제 바라건대 당신도 그 애를 너무 심하게 비판하지는 마십시오. 그 애는 모든 것을 가볍게 대하는 체하지만 모든 사람의 의견, 특히 당신의 의견을 소중히 여기고 있습니다."

　이렇게 말하고 나서 가긴은 특유의 잔잔한 미소를 지었습니다. 나는 그의 손을 꼭 쥐었습니다.

"그래도 역시,"

　가긴은 다시 입을 열었습니다.

"그 애와 같이 있는 건 참 어려운 일입니다. 그 애는 진짜 화약 같으니까요. 지금껏 그 애는 아무도 좋아한 적이 없지만, 일단 누군가를 사랑하게 되면 정말 큰일입니다! 나는 가끔 그 애를 어떻게 다뤄야 할지 모르겠어요. 며칠 전에 그 애는 무슨 생각을 했는지 내가 전보다 자기에게 더 차가워졌으며, 자기는 나만을 사랑하고 영원히 나만을 사랑하겠다고 단언하더니만…… 왈칵 울음을 터뜨렸습니다."

"아, 그래요! 그런데……."

　나는 말하려다 말고 갑자기 입을 다물었습니다.

"그래서 어떻게 되었나요?"

나는 다시 가긴에게 물었습니다.

"이제 우리들 사이에는 흉허물이 없으니 말입니다만, 정말로 지금껏 그녀의 마음에 든 사람이 아무도 없었단 말입니까? 페테르부르크에서 젊은이들을 만났을 것 아닙니까?"

"그들은 전혀 그 애 마음에 들지 않았어요. 그래요, 아샤에게는 영웅이나 비범한 사람, 아니면 산골짜기에 사는 그림 속에 나오는 목동 같은 사람이 필요해요. 그런데 당신을 붙들어 놓고 너무 많이 지껄인 것 같군요."

그는 일어서면서 덧붙였습니다.

"가긴 씨, 당신 집에 갑시다. 집에 가고 싶지 않군요."

내가 말문을 열었습니다.

"그럼 당신 일은 어떻게 하고요?"

나는 아무 대답도 하지 않았고, 가긴은 선량한 미소를 지었습니다. 우리는 L시로 돌아왔지요. 낯익은 포도밭과 언덕 위의 하얀 집을 보자 나는 어떤 감미로움을 느꼈는데, 마치 내 마음속에 살그머니 꿀이라도 부어 넣은 것 같았어요. 가긴의 이야기를 듣고 나서 내 마음은 가벼워졌습니다.

9

아샤는 문간에서 우리를 맞이했습니다. 나는 다시 웃음을 기대했지만, 그녀는 온통 창백한 얼굴에 눈을 내리뜨고 말없이 우리를 향해 걸어 나왔어요.

"자, 그분이 또 오셨다."

가긴이 말했습니다.

"그분 스스로 오고 싶어 하셨단 말이야."

아샤는 의아하게 날 바라보았어요. 이번에는 내가 손을 쑥 내밀어서 그녀의 찬 손가락을 꼭 쥐었습니다. 나는 그녀가 몹시 불쌍했어요. 전에 나를 당혹하게 만들었던 일들, 즉 그녀 내면의 불안, 적절하지 못한 처신, 과시하려는 마음을 이젠 잘 이해할 수 있었어요. 내게 모든 것이 분명해졌기 때문이었죠. 나는 그녀의 영혼을 들여다보았어요. 남모르는 고통에 계속 짓눌려 있고, 미숙한 자존심이 불안에 떨며 몸부림치고 있었지만, 그녀의 온몸은 진실을 갈망하고 있었어요. 어째서 이 이상한 아가씨가 나의 마음을 끌었는지 나는 이해했습니다. 그녀의 여린 몸에 넘쳐흐르는 반(半) 야생적인 매력만이 내 마음을 끌었던 게 아니라 그녀의 영혼이 내 마음에 들었던 겁니다.

가긴은 자기 그림들을 뒤지기 시작했습니다. 나는 아샤에게 같이 포도밭을 산책하자고 권했죠. 그녀는 즉시 기쁜 마음으로, 기다리기라도 한 듯이 공손히 응했어요. 우리는 산중턱까지 내려가서 커다란 돌 위에 앉았어요.

"우리가 없어서 지루하진 않았나요?"

아샤가 물었어요.

"그럼, 당신은 내가 없어서 지루했나요?"

내가 물었습니다.

아샤는 곁눈질로 나를 힐끗 바라봤어요.

"네."

하고 아샤가 대답했어요.

"산은 좋았나요?"

그녀는 곧 말을 이었습니다.

"산은 높았나요? 구름보다 더 높았어요? 뭘 봤는지 얘기해 주세요. 오빠에게는 얘기했겠지만 나는 아무것도 듣지 못했거든요. 왜 당신은 훌쩍 가 버렸지요?"

내가 말했습니다.

"제가 간 것은…… 왜냐하면…… 그러나 지금은 가지 않겠어요."

아샤는 신뢰하는 듯한 부드러운 목소리로 덧붙여 말했습니다.

"당신은 오늘 화를 냈어요."

"내가요?"

"네."

"왜 화를 냅니까? 천만의……."

"왠지는 모르지만 당신은 화를 냈고, 화가 난 채로 가 버렸어요. 당신이 그렇게 가 버려서 나는 몹시 화가 났었지만, 당신이 돌아와서 매우 기뻐요."

"나도 다시 와서 기쁩니다."

내가 말했어요.

아샤는 아이들이 기분 좋을 때 자주 그러듯이 어깨를 으쓱해 보였습니다.

"아, 나는 사람 마음속을 헤아릴 수 있어요!"

그녀가 말을 이었습니다.

"나는 옆방에서 아빠의 기침 소리만 들어도 아빠가 나에 대해 만족하고 계신지 아닌지를 알아내곤 했답니다."

그날까지 아샤는 자기 아버지에 대해 내게 한 번도 얘기한 적이 없었기에 이 말을 듣고 나는 깜짝 놀랐습니다.

"당신은 아버지를 좋아했나요?"

이렇게 묻고 나서 나는 갑자기 몹시 화가 날 정도로 얼굴이 달아오르는 걸 느꼈습니다.

아샤는 아무 대답도 하지 않았고 역시 얼굴을 붉혔어요. 우리 둘은 잠시 침묵했지요. 멀리 라인 강을 따라 기선 한 척이 연기를 내뿜으며 달려가고 있었어요. 우리는 그 배를 바라보았습니다.

"왜 이야기하지 않는 거예요?"

아샤가 속삭였습니다.

"왜 당신은 오늘 나를 보자마자 웃음을 터뜨렸지요?"

내가 물었습니다.

"나도 몰라요. 가끔 울고 싶은데도 웃거든요. 당신은 내 행동을 보고 날 판단하면 안 돼요······. 아, 참, 로렐라이 이야기는 참 멋지지 않아요? 저기 로렐라이 바위가 보이죠? 로렐라이는 처음엔 모든 사람들을 물에 빠져 죽게 했는데, 그녀가 사랑에 빠지자 자신도 물속에 몸을 던져 버렸다고 해요. 나는 이 이야기가 마음에 들어요. 루이제 부인은 내게 많은 얘기를 해준답니다. 루이제 부인 집에는 노란 눈을 한 검은 고양이가 한 마리 있어요."

아샤는 머리를 들더니 고수머리를 흔들었어요.

"아, 기분이 좋아요."

그녀가 말했습니다.

이때 단조로운 소리가 간간이 들려왔습니다. 수백 명의 목소리가 일제히 일정한 간격을 두고 찬송가를 반복해서 부르고 있었어요. 순례자의 무리가 십자가와 교회의 깃발을 들고 길 아래쪽으로 움직이고 있었어요…….

"저들과 같이 가고 싶어요."

점점 멀어져 가는 목소리에 계속 귀를 기울이며 아샤가 말했습니다.

"당신은 그렇게 신앙심이 깊은가요?"

"기도를 하거나 힘든 일을 찾아서 어디론가 멀리 가고 싶어요."

아샤가 말을 이었습니다.

"이렇게 하루하루가 지나고 인생이 흘러가는데 우리는 무엇을 했죠?"

"당신은 야심만만하군요."

내가 말했습니다.

"당신은 헛된 삶을 살고 싶어 하지 않고 사후에 흔적을 남기길 원하는군요……."

"그게 불가능한 일인가요?"

"불가능하죠." 하마터면 나는 이렇게 되뇔 뻔 했습니다……. 그러나 그녀의 맑은 눈을 바라보고는 이렇게 말할 수밖에 없었죠.

"노력해 보세요."

"말씀해 주세요."

아샤가 잠시 침묵하고 나서 말했습니다. 그 사이에 이미 창백해진 그녀의 얼굴에 어떤 그림자가 스쳐 지나갔습니다.

"당신은 그 부인을 무척 좋아하셨나 봐요……. 기억하겠지만 우리가 사귀고 나서 둘째 날에 오빠가 폐허에서 그 부인의 건강을 위해 건배했죠?"

나는 웃기 시작했습니다.

"당신 오빠가 농담을 한 거죠. 내 마음에 든 여자는 한 사람도 없었고, 적어도 지금은 어떤 여자도 좋아하지 않아요."

"그럼 당신은 여자의 어떤 점을 좋아하나요?"

아샤는 머리를 뒤로 젖히고 순수한 호기심에서 물었습니다.

"정말 이상한 질문이군!"

내가 큰소리로 말했습니다.

아샤는 약간 당황했어요.

"내가 당신에게 그런 질문을 해서는 안 되죠, 그렇죠? 용서하세요. 나는 머릿속에 떠오르는 모든 것을 지껄이는 습관이 있어요. 그래서 말하기가 두려워요."

"제발, 두려워 말고 말하세요."

나는 그녀의 말을 받았습니다.
"나는 당신이 마침내 날 피하지 않는 것이 무척 기쁩니다."
아샤는 눈을 내리뜨고 은은하고 가벼운 미소를 지었습니다. 나는 그녀가 이렇게 웃는 걸 처음 보았어요.
"자, 얘기해 주세요."
그녀는 자기 옷자락을 펴서 발을 감싸면서 오랫동안 앉아 있으려는 듯이 말을 이었습니다.
"얘기해 주세요, 아니면 뭐라도 읽어 주세요. 기억하시죠, 우리들에게 〈예브게니 오네긴〉 중의 한 구절을 낭독해 준 것을……."
그녀는 갑자기 깊은 생각에 잠겼어요…….

내 불쌍한 어머니 무덤 위,
십자가와 나뭇가지 그늘은 지금 어디에 있는가!

그녀는 나직한 목소리로 읊었어요.
"푸슈킨의 시는 그렇지 않은데요."
내가 말했습니다.
"나는 타티야나[15]가 되고 싶었어요."
그녀는 여전히 생각에 잠겨서 말을 이었습니다.
"자, 얘기해 주세요."

---

15) 푸슈킨의 운문소설 〈예브게니 오네긴〉에 나오는 여주인공. 첫눈에 오네긴에게 반하여 연애 편지를 써서 사랑을 고백했지만 거절당하고, 다른 남자와 결혼한다.

그녀는 생기를 띠며 말했어요.

그러나 나는 얘기할 기분이 아니었어요. 나는 온몸에 맑은 햇살을 흠뻑 받은, 아주 편안하고 얌전한 그녀를 바라보았습니다. 우리 주변의 모든 것들이 기쁨으로 반짝이고, 우리들의 아래위도 ―하늘도, 땅도, 물도― 모두 빛으로 흠뻑 젖어 있는 듯했어요.

"보세요, 너무나 아름답죠!"

나는 저도 모르게 목소리를 낮추어 말했습니다.

"네, 참 아름다워요!"

그녀는 나를 바라보지 않으면서 역시 조용히 대답했어요.

"당신과 내가 새라면, 우리는 하늘로 솟아올라 훨훨 날 수 있을 텐데……. 저 푸른 하늘 속으로 사라질 수 있을 텐데……. 그러나 우리는 새가 아니죠."

"그러나 우리에게 날개가 돋아날 수 있죠."

나는 대꾸했습니다.

"어떻게요?"

"좀 더 살다 보면 알게 됩니다. 우리를 땅 위로 들어 올리는 감정이 있어요. 걱정 마세요. 당신은 날개를 가질 겁니다."

"당신은 날개를 가진 적이 있었나요?"

"어떻게 말해야 하나…… 아직까지는 날아 본 적이 없는 것 같아요."

아샤는 다시 깊은 생각에 잠겼습니다. 나는 그녀 쪽으로 살짝 몸을 기울였지요.

"왈츠를 출 줄 아세요?"

아샤가 갑자기 물었어요.

"그럼요."

나는 약간 당황해서 대답했습니다.

"그럼, 가요, 돌아가요…… 우리를 위해 왈츠를 연주해 달라고 오빠에게 부탁할래요. 우리가 하늘을 날고, 우리에게 날개가 돋았다고 상상해 봐요."

그녀는 집으로 달려갔어요. 나도 그녀 뒤를 좇아서 달려갔습니다. 얼마 후에 우리는 좁은 방 안에서 란넬 왈츠의 감미로운 소리에 맞춰 빙글빙글 돌았습니다. 아샤는 아름답고 정열적으로 왈츠를 추었죠. 뭔가 부드럽고 여성적인 것이 갑자기 그녀의 처녀다운 단정한 용모에서 나타났어요. 그 후, 오랫동안 나의 손은 그녀의 부드러운 몸의 감촉을 느꼈고, 점점 빨라지는 그녀의 뜨거운 숨소리가 오랫동안 들려왔으며, 고수머리가 발랄하게 흩날리는, 창백하지만 생기 띤 얼굴에 거의 감은 듯한 검고 움직이지 않는 두 눈이 오랫동안 내 앞에 아른거렸습니다.

10

그날은 온종일 더할 나위 없이 행복하게 지나갔어요. 우리는 아이들처럼 즐거워했죠. 아샤는 매우 귀엽고 순진했어요. 가긴도 아샤를 바라보며 기뻐했습니다. 나는 밤늦게 집으로 향했어요. 라인 강 한가운데에 이르렀을 때 뱃사공에게 나룻배를 하류로 띄우라고 부탁했죠. 늙은 사공이 노를 들어 올리자 위풍당당

한 강이 우리를 실어 갔습니다. 사방을 둘러보고 귀를 기울이며 이런저런 일을 회상하다가 나는 갑자기 마음속에 알 수 없는 불안을 느꼈습니다……. 눈을 들어 하늘을 쳐다보니 하늘도 평온하지가 않았어요. 별들이 점점이 박혀 있는 하늘은 계속 가볍게 흔들리고 움직이며 떨고 있었어요. 몸을 굽혀 강물을 들여다보니…… 거기에도, 그 캄캄하고 차디찬 심연 속에서도 역시 별들이 흔들리며 떨고 있었어요. 불안스러운 기운이 사방에서 느껴졌고, 내 마음속에서도 불안이 자라났습니다. 나는 뱃전에 팔꿈치를 괴었죠. ……내 귀에 바람의 속삭임이 들려오고, 배 뒤쪽에 부딪히며 조용히 출렁거리는 물결 소리가 나를 자극했으며, 신선한 파도의 숨소리도 내 마음을 식혀 주지는 못했습니다. 강가에서 꾀꼬리가 울기 시작했고, 나는 그 울음소리의 달콤한 독에 감염되었어요. 내 눈에서 눈물이 솟구쳤지만, 그것은 까닭 없는 감격의 눈물은 아니었습니다. 내가 느낀 것은 바로 얼마 전에 경험했던 그 막연하고 거대한 욕망이 아니었어요. 그 순간에 내 마음은 넓어지고 노래하며 모든 것을 이해하고 모든 것을 사랑할 수 있을 것 같았어요……. 그래요! 내 마음속에 행복을 향한 갈망이 타오르기 시작했던 겁니다. 나는 아직 그 욕망에 감히 이름을 붙일 수는 없었지만 그것은 행복, 물릴 정도의 행복이었고, 나는 바로 이런 행복을 원했고 갈망했던 겁니다……. 나룻배는 계속 빠르게 떠내려갔고, 늙은 뱃사공은 노에 몸을 기대고 앉아서 졸고 있었어요.

11

이튿날 가긴네 집으로 가면서 내가 아샤에게 반했는지 스스로에게 묻지는 않았습니다. 그러나 나는 그녀에 대해 많은 생각을 했고, 그녀의 운명에 흥미를 갖게 되었으며, 뜻밖에 우리가 가까워진 것이 기뻤습니다. 나는 어제서야 비로소 그녀를 알았다는 느낌이 들었지요. 이제까지 그녀는 날 외면해 왔던 겁니다. 그런데 그녀가 마침내 내 앞에서 자신을 드러내 보였을 때 그녀의 모습은 참으로 매혹적으로 빛났고, 내겐 너무나 새로웠으며, 그 모습 속에서 비밀스런 매력이 수줍게 나타났습니다…….

멀리 하얗게 보이는 조그마한 집을 계속 바라보면서 나는 낯익은 길을 따라 힘차게 걸어갔습니다. 나는 미래는 물론 내일에 대해서도 생각하지 않았어요. 나는 기분이 아주 좋았습니다.

내가 방 안으로 들어서자 아샤는 얼굴을 붉혔어요. 그녀는 다시 옷을 잘 차려입었으나 얼굴 표정이 옷차림에 어울리지 않는 것을 나는 알아챘어요. 그녀의 얼굴에는 슬픔이 어려 있었어요. 나는 몹시 즐거운 기분으로 왔는데 말이죠! 그녀는 여느 때처럼 막 달아나려고 하다가 애써 자신을 억제하고 그 자리에 남아 있는 것처럼 보였어요. 가긴은 예술가다운 열정과 분노가 뒤섞인 특이한 상태에 빠져 있었습니다. 그것은 아마추어 예술가들의 말대로 '자연의 꼬리를 잡았다'고 생각했을 때, 그들에게 별안간 엄습해 오는 일종의 발작 같은 것이었죠. 그는 온통 머리카락을 헝클어뜨리고 몸에 페인트를 묻힌 채, 팽팽하게 당긴 캔버스 앞에 서서 그 위에 크게 붓을 휘두르면서 사납게 느껴질 정도로 내게 고개를 끄덕여 보이고는 몇 발짝 뒤로 물러나 눈을 찡그리고, 다시 자기 그림에 열중하는 것이었습니다. 나는 그를 방해하지 않고 아샤 곁에 앉았어요. 그녀의 검은 눈이 천천히 내 쪽을 돌아보았어요.

"오늘 당신은 어제와는 달라 보이는군요."

아샤의 입술에 미소를 띠게 하려고 괜한 노력을 하면서 나는 이렇게 말했습니다.

"네, 달라요."

그녀는 느리고 흐릿한 목소리로 대꾸했어요.

"그러나 별일 아니에요. 잠을 잘 자지 못하고 밤새껏 생각했어요."

"뭘 생각했나요?"

"아, 많은 것을 생각했어요. 이건 어렸을 때부터 생긴 제 습관이죠. 이미 어머니와 함께 살 때부터……."

그녀는 힘겹게 이 한 마디를 하고 나서 다시 한 번 되뇌었습니다.

"어머니하고 함께 살았을 때…… 나는 생각했지요. 왜 누구도 자신에게 무슨 일이 생길지 알 수 없는 걸까, 왜 이따금 불행을 보면서도 그것에 전혀 대처하지 못하는 걸까, 왜 모든 진실을 결코 말해서는 안 되는 걸까? ……그러고 나서 나는 내가 아무것도 모르고 공부를 해야만 한다고 생각했어요. 나는 다시 교육을 받아야 해요. 아주 나쁘게 교육을 받았거든요. 나는 피아노도 칠 줄 모르고, 그림도 못 그리고, 심지어 바느질도 못 해요. 나는 어떤 재능도 없으니 나랑 같이 있으면 누구든 틀림없이 몹시 지루할 거예요."

"당신은 자신에게 공정하지 않아요."

나는 대꾸했습니다.

"당신은 많은 책을 읽었고 교양도 있어요. 또 똑똑하고요……."

"제가 똑똑하다고요?"

아샤가 너무나 순진하게 호기심에 가득 차서 묻는 바람에 나는 저도 모르게 웃음을 터뜨렸지요. 그러나 그녀는 미소조차 띠지 않았습니다.

"오빠, 내가 똑똑해?"

그녀가 가긴에게 물었어요.

가긴은 그녀의 물음에 아무 대답도 하지 않고 끊임없이 붓을 바꾸고 손을 높이 쳐들면서 작업을 계속했습니다.

"나 자신도 내 머릿속에 무엇이 들어 있는지 이따금 몰라요."

아샤는 여전히 생각에 잠긴 표정으로 말을 이었습니다.

"나는 가끔 나 자신이 두려워지곤 해요. 정말이에요. 아, 좀 물어보고 싶어요……. 여자는 책을 많이 읽지 말아야 한다는데 정말인가요?"

"많이 읽을 필요는 없지만, 그러나……."

"말해 주세요, 무슨 책을 읽어야 하죠? 내가 무엇을 해야 하는지 말해 주세요. 당신이 말하는 대로 모두 하겠어요.”

그녀는 순진하고 신뢰하는 표정으로 날 바라보며 말을 덧붙였습니다.

나는 그녀에게 무슨 말을 해야 할지 금방 생각나지 않았어요.

"나랑 같이 있어도 지루하지 않으세요?"

"천만에요."

내가 대꾸했습니다.

"아, 고마워요!"

아샤가 대꾸했습니다.

"나는 당신이 지루해하리라고 생각했어요."

그녀의 뜨겁고 조그마한 손이 내 손을 꼭 쥐었어요.

"N씨!"

그 순간 가긴이 외쳤습니다.

"이 배경은 어둡지 않은가요?"

나는 가긴에게로 다가갔습니다. 아샤는 일어나서 밖으로 나갔습니다.

12

그녀는 한 시간 후에 돌아와서 문가에서 걸음을 멈추고 손짓으로 나를 불렀습니다.

"저 말이죠,"

그녀가 말했습니다.

"만일 내가 죽으면 당신은 날 불쌍히 여길까요?"

"당신은 도대체 오늘 무슨 생각을 하고 있는 겁니까?"

내가 소리쳤어요.

"나는 곧 죽을 거라는 상상을 해요. 이따금 주변의 모든 것들이 내게 작별 인사를 하는 듯이 느껴져요. 이렇게 사는 것보다 죽어 버리는 게 더 낫죠……. 아아! 그렇게 날 바라보지 마세요. 정말로 나는 거짓말하는 게 아니에요. 그렇지 않으면 나는 다시 당신을 무서워하게 돼요."

"정말 당신은 날 무서워했나요?"

"내가 몹시 이상하다고 해도 사실 그건 내 잘못이 아녜요"

그녀가 대꾸했습니다.

"보다시피 나는 더 이상 웃을 수 없어요……."

아샤는 저녁때까지 슬픔에 잠겨 근심스러워했습니다. 그녀의 내부에 뭔가가 일어나고 있었지만, 나는 그게 뭔지 이해할 수 없었어요. 그녀의 시선은 자주 내게 머무르곤 했고, 그 수수께끼 같은 시선에 내 심장은 조용히 죄어들었죠. 그녀는 침착해 보였지만, 나는 그녀를 바라보면서 내내 흥분하지 말라고 그녀에게 말하고 싶었어요. 나는 넋을 잃고 그녀를 바라보았고, 그녀의 창백한 안색과 주저하고 느린 움직임 속에서 감동적인 매력을 발견했습니다. 그런데 왠지 그녀는 내 기분이 안 좋다고 생각한 모양입니다.

아샤는 나와 헤어지기 직전에 말했습니다.

"저, 당신이 날 경박한 여자로 여기리라는 생각에 괴로워요……. 앞으로는 내가 당신에게 말하는 것을 항상 믿어 주세요. 당신도 내게 솔직하셔야 해요. 나는 언제나 사실만을 얘기하겠어요. 명예를 걸고 약속해요."

이 '명예를 건 약속'이란 말에 나는 다시 웃지 않을 수 없었습니다.

"아, 웃지 마세요."

그녀는 생기를 띠고 말했어요.

"그렇지 않으면 어제 당신이 내게 말하신 대로 나도 오늘 말하겠어요. '왜 웃으십니까?' 하고요."

그러고는 잠시 잠자코 있다가 그녀는 말을 덧붙였습니다.

"기억하시죠, 어제 당신이 날개에 대해 말씀하신 것을? …… 내게 날개가 돋아났어요. 그런데 날아갈 곳이 아무데도 없어요."

"천만에,"

나는 말했습니다.

"당신 앞에는 모든 길들이 열려 있어요."

아샤는 똑바로 뚫어지게 내 눈을 쳐다보았습니다.

"오늘 당신은 나를 나쁘게 생각하시는군요."

눈썹을 찡그리며 그녀가 말했어요.

"내가요? 나쁘게 생각한다고요? 당신에 대해……."

"당신들은 마치 풀이 죽어 있는 것 같군."

가긴이 내 말을 가로챘습니다.

"어때요, 어제처럼 왈츠 곡이라도 칠까요?"

"싫어요, 싫어."

아샤는 대꾸하고 두 손을 꼭 쥐었습니다.

"오늘은 절대로 싫어요!"

"너에게 강요하는 게 아니니까 진정해……."

"절대로."

아샤는 창백해지면서 되뇌었어요.

***

'정말 그녀는 나를 사랑하는 걸까?'

나는 어두운 강물이 빠르게 흐르는 라인 강으로 다가가면서 생각했습니다.

13

'정말 그녀는 나를 사랑하는 걸까?'

이튿날 눈을 뜨자마자 나는 자문했습니다. 나는 내 마음속을 들여다보고 싶지 않았어요. 나는 그녀의 모습, '부자연스러운 웃음을 짓는 아가씨'의 모습이 내 마음속에 파고들어 금방 떨쳐 버릴 수 없었습니다. 나는 L시로 가서 하루 종일 그곳에 머물렀지만, 아샤를 그저 잠깐만 보았죠. 그녀는 몸이 불편하고 머리가 아프다고 했어요. 그녀는 잠시 아래로 내려갔다가 이마를 동여매고, 창백하고 야윈 얼굴에 눈은 거의 감은 채로 엷게 미소를 지으며 말했습니다.

"지나갈 거예요. 별거 아녜요. 모두 다 지나갈 거예요. 그렇죠?"

이렇게 말하고 그녀는 가 버렸어요. 나는 지루하고 어쩐지 슬프고 공허해졌어요. 그러나 나는 오랫동안 그 자리를 떠나고 싶지 않아서 밤늦게 돌아왔지만, 그녀를 더 이상 보진 못했습니다.

이튿날 아침도 나는 몽롱한 의식 속에서 보냈습니다. 나는 일을 시작하려고 했지만 할 수 없었어요. 나는 아무것도 하지 않고, 아무 생각도 하지 않으려고 했지만…… 이것도 잘 되지 않았어요. 나는 시내를 돌아다니다가 집에 돌아왔다가 다시 밖으로 나갔습니다.

"당신은 N씨 아니십니까?"

갑자기 내 뒤에서 앳된 목소리가 들려왔어요. 뒤돌아보니 한 소년이 내 앞에 서 있었어요.

"이건 안네트 양이 당신에게 보내는 겁니다."

쪽지를 내게 건네면서 소년이 이렇게 덧붙였습니다.

쪽지를 펼쳐 보고서 불규칙하게 급히 쓴 아샤의 필적임을 알 수 있었습니다.

'나는 당신을 꼭 뵈어야만 해요.'

그녀는 이렇게 쓰고 있었어요.

'오늘 네 시에 폐허 근처 길가에 있는 돌로 지은 작은 예배당으로 오세요. 오늘 나는 대단히 경솔한 행동을 했어요……. 꼭 와 주세요. 당신은 모든 것을 아시게 될 거예요…… 심부름 보

낸 아이에게 알았다고 말해 주세요.'

"대답은요?"

소년이 내게 물었어요.

"알았다고 말하거라."

하고 나는 대답했지요.

소년은 달려갔습니다.

14

나는 내 방으로 돌아와서 자리에 앉아 생각에 잠겼습니다. 내 심장은 세차게 뛰었습니다. 아샤의 쪽지를 몇 번이나 읽었지요. 시계를 쳐다보니 아직 열두 시도 안 됐더군요.

문이 열리고 가긴이 들어왔습니다.

가긴의 얼굴은 우울해 보였어요. 그는 내 손을 잡고 꼭 쥐었습니다. 그는 몹시 흥분해 있는 듯했어요.

"무슨 일이라도 있나요?"

내가 물었습니다. 가긴은 의자를 끌어당겨 내 맞은편에 앉았습니다.

"나흘 전에,"

그는 억지웃음을 짓고 더듬거리며 말하기 시작했어요.

"나의 이야기로 당신을 놀라게 했지만, 오늘은 더 놀라게 할 겁니다. 아마 다른 사람이라면 이렇게 하려고 결심하지 않겠지만…… 이렇게 솔직히…… 그러나 당신은 고결한 분이고 내 친구입니다. 그렇지 않습니까? 실은 내 여동생 아샤가 당신을 사랑하고 있습니다."

나는 온몸을 떨면서 엉거주춤 일어섰습니다…….

"당신 여동생이, 당신 말은……."

"그렇습니다, 그래요."

하고 가긴은 내 말을 가로챘습니다.

"말하건대 그 애는 정신이 나갔고, 나까지 미치게 만들 겁니다. 그러나 다행스럽게도 그 애는 거짓말을 하지 못하고, 나를 신뢰하고 있어요. 아, 도대체 이 애는 어떤 영혼을 갖고 있는지…… 그러나 그 애는 자신을 망치고 말 겁니다, 틀림없이."

"그건 당신이 잘못 안 겁니다."

내가 말했습니다.

"아닙니다. 내가 잘못 안 게 아닙니다. 당신도 아시다시피 어제 그 애는 거의 온종일 아무것도 먹지 않고 누워 있었지만 불평 한마디 하지 않았어요……. 하기야 그 애는 전혀 불평은 하지 않지요. 저녁때는 열이 좀 있었지만 나는 걱정하지 않았어요. 그런데 오늘 새벽 두 시경에 여주인이 나를 깨우더니 말하더군요. '누이동생에게 가 보세요. 뭔가 좋지 않아요.' 아샤에게 달려가 보니 그 애는 옷도 갈아입지 않고 열이 난 채 울고 있었어요. 머리는 뜨겁고 이를 덜덜 떨고 있더군요. '무슨 일이냐? 어디 아프냐?'고 물었죠. 그러자 그 애는 내 목에 매달려서 자기를 살아 있게 하고 싶으면 가능하면 빨리 자기를 데리고 떠나 달라고 애원하기 시작했어요……. 나는 아무것도 모른 채 그 애를 진정시키려고 했죠……. 그 애는 더욱 흐느껴 울었어요…….
그런데 별안간 그 애가 흐느끼며 말하는 겁니다. 글쎄 한마디로
그 애가 당신을 사랑한다는 거였어요. 정말로 나나 당신같이 사
리 분별이 있는 사람으로선 그 애가 얼마나 깊이 느끼는지, 그
리고 그 감정을 얼마나 믿을 수 없을 정도로 강하게 표현하는
지 상상조차 할 수 없습니다. 그것은 뇌우처럼 갑자기, 물리칠
수 없게 그녀에게 일어납니다. 당신은 매우 훌륭한 사람이죠.
—가긴은 계속 말했습니다.— 그러나 왜 그 애가 이토록 당신
을 사랑하는지 사실 나는 알 수가 없습니다. 그 애 말에 의하면
당신을 처음 보았을 때부터 당신에게 마음이 끌렸다는 겁니다.
이 때문에 며칠 전 나 말고는 아무도 사랑하고 싶지 않다고 내
게 단언하며 울었던 거예요. 그 애는 당신이 자기를 멸시하고,
아마도 자기 신분을 알고 있다고 생각하고는 내가 자기의 과거
를 당신에게 얘기했느냐고 물었어요. 물론 나는 말하지 않았다
고 대답했지만, 그 애는 무서울 정도로 민감합니다. 그 애는 떠
날 것, 즉시 떠날 것만을 원하고 있어요. 나는 아침까지 그 애와
함께 앉아 있었습니다. 그 애는 내게서 약속을 받고서야 비로소
잠이 들었어요. 나는 곰곰이 생각해 본 결과 당신과 상의하기로
결심했어요. 아샤가 옳다고 생각합니다. 가장 좋은 방법은 아샤
와 제가 여기를 떠나는 겁니다. 그래서 오늘 그 애를 데리고 떠
나려고 했는데, 어떤 생각이 떠오르는 바람에 그만두었습니다.
아마도…… 어찌 알겠어요, 당신도 내 누이동생이 맘에 들었는
지? 만약 그렇다면 무엇 때문에 그 애를 데리고 떠난단 말입니

까? 그래서 나는 모든 수치심을 버리기로 결정했지요……. 게다가 나도 무언가 눈치챘기 때문에…… 결심했어요……. 당신에게 확인해 보기로…….”

가엾은 가긴은 당황했습니다.

"제발, 용서하세요."

하고 가긴은 덧붙여 말했습니다.

"나는 이렇게 곤란한 상황에 익숙하지 않아서요."

나는 가긴의 손을 잡았습니다.

"당신은 알고 싶은 거죠?"

나는 확고한 목소리로 말했습니다.

"내가 당신의 여동생을 좋아하는지, 그렇지 않은지를 알고 싶은 거죠? 그래요, 나는 그녀를 좋아합니다."

가긴은 나를 힐끗 쳐다보았습니다.

"그러나……"

그는 더듬거리며 말했습니다.

"당신은 그 애와 결혼하려는 건 아니겠죠?"

"내가 그런 질문에 대답하길 바라나요? 스스로 판단해 보세요, 내가 지금 대답할 수 있는지 어떤지…….”

"알아요, 알겠습니다."

가긴은 내 말을 가로챘습니다.

"나는 당신에게 대답을 요구할 어떤 권리도 없어요. 그리고 내 질문도 더없이 무례하니까요……. 그러나 어떻게 하시겠어요? 결코 불장난을 해선 안 됩니다. 당신은 아샤를 잘 모릅니다.

그 애는 틀림없이 병이 나든가 도망치든가 당신에게 밀회를 요청할 거예요······. 다른 여자라면 모든 것을 숨기고 기다릴 수 있겠지만 그 애는 다릅니다. 그 애에게는 처음 있는 일이라, 바로 이게 문제입니다! 만일 오늘 그 애가 내 발밑에서 흐느껴 우는 모습을 보았더라면 당신은 내가 염려하는 것을 이해할 수 있을 겁니다."

나는 생각에 잠겼습니다. "당신에게 밀회를 요청한다"는 가긴의 말이 내 마음을 찔렀어요. 나는 가긴의 정직하고 솔직한 말에 솔직하게 대답하지 못하는 것이 부끄러웠습니다.

"맞아요."

마침내 나는 말했습니다.

"당신 말이 맞아요. 한 시간 전에 나는 당신 동생에게서 쪽지를 받았습니다. 바로 이겁니다."

가긴은 쪽지를 받아들고 재빨리 훑어보고는 두 손을 무릎 위에 떨어뜨렸어요. 그의 놀란 얼굴 표정은 매우 우스꽝스러웠지만, 나는 웃을 기분이 아니었습니다.

"다시 말하지만 당신은 고결한 분입니다."

하고 그는 말했습니다.

"그렇지만 지금 우리는 어떻게 해야 하나요? 어떻게? 그 애 스스로 떠나기를 원하면서 당신에게 편지를 쓰고, 자신의 경솔함을 책망하고 있어요. 그 애는 언제 이렇게 편지를 썼을까요? 그 애는 도대체 당신에게서 뭘 원하고 있을까요?"

나는 그를 진정시키고 우리가 어떻게 해야 할지 가능한 냉정하게 의논하기 시작했습니다.

 마침내 우리는 이런 결론에 도달했지요. 불행을 피하기 위해서 나는 아샤를 꼭 만나야만 하고, 아샤와 솔직하게 이야기를 나누고, 가긴은 집에 남아서 쪽지에 대해 알고 있다는 눈치를 보이지 않고 저녁에 다시 만나기로 했습니다.

 "나는 당신을 굳게 믿습니다."

 가긴은 이렇게 말하고 내 손을 꼭 쥐었습니다.

 "그 애와 나를 용서하세요. 아무튼 우리는 내일 떠나겠어요."

 그는 일어서면서 덧붙였습니다.

 "당신은 아샤와 결혼하지 않을 테니까요."

 "저녁때까지 시간을 주세요."

 내가 말했습니다.

 "좋으실 대로 하세요. 그러나 당신은 결혼은 안 할 테지요."

 가긴은 떠났고, 나는 소파에 몸을 던지고 눈을 감았습니다.

 머리가 빙빙 돌았어요. 그녀에 대해 너무나 많은 느낌이 일시에 밀려왔기 때문이었죠. 나는 가긴의 솔직함에 화가 났고, 아샤에 대해서도 화가 났습니다. 그녀의 사랑은 나를 기쁘게도 했고 동시에 당혹스럽게도 했어요. 무엇 때문에 그녀가 모든 것을 오빠에게 실토했는지 나는 이해할 수 없었죠. 빨리, 그것도 즉시 결정해야만 한다는 것이 나를 괴롭혔습니다…….

 '열일곱 살의 소녀와, 게다가 그런 성격의 소녀와 결혼한다는 것이 가능한 일인가!'

 나는 일어서면서 생각했습니다.

15

약속한 시간에 나룻배로 라인 강을 건너가자, 맞은편 강가에서 나를 맞이한 첫 번째 사람은 아침에 나를 찾아왔던 바로 그 소년이었습니다. 분명히 그 소년은 날 기다리고 있었어요.

"안네트 양으로부터,"

그는 속삭이듯 말하더니 나에게 또 다른 쪽지를 건넸습니다.

아샤는 밀회 장소가 변경되었음을 알려주고 있었어요. 한 시간 반쯤 후에 작은 예배당이 아니라 루이제 부인 집에 도착해서 아래층 문을 두드리고 3층으로 올라오라는 것이었습니다.

"다시, 예스인가요?"

소년이 물었습니다.

"그래."

하고 나는 되뇌고, 라인 강변을 따라 걸었습니다.

집으로 돌아갈 시간은 없었고, 거리를 배회하고 싶지는 않았어요. 시내를 둘러싼 성벽 밖에는 작은 기둥 넘어뜨리기 놀이를 위한 임시 건물과 맥주 애호가들을 위한 테이블이 놓여 있는 작은 정원이 있었습니다. 나는 그곳으로 들어갔지요. 나이 지긋한 몇몇 독일인들이 벌써 작은 기둥 넘어뜨리기 놀이를 하고 있었어요. 나무공이 데굴데굴 굴러가자 이따금 칭찬하는 외침 소리가 들려왔죠. 울어서 눈물에 젖은 예쁘장한 여종업원이 맥주 조끼를 가져왔어요. 내가 그녀의 얼굴을 힐끗 쳐다보자 그녀는 재빨리 외면하고 저쪽으로 가 버렸습니다.

"그래, 그래."

옆에 앉아 있던 퉁퉁하고 볼이 빨간 사나이가 말했습니다.

"우리들의 한헨이 오늘은 무척 슬픈 모양이야. 약혼자가 입대했거든."

나는 그녀를 쳐다보았습니다. 그녀는 구석에 움츠리고 앉아 한 손으로 뺨을 받치고 있었어요. 눈물이 연방 손가락을 따라 방울방울 굴러 내렸습니다. 누군가가 맥주를 청하자, 그녀는 그에게 조끼를 갖다 주고 다시 제자리로 돌아갔어요. 그녀의 슬픔에 나도 감염되었습니다. 나는 곧 있을 밀회에 대해 생각하기 시작했지만 걱정스럽고 슬픈 생각뿐이었어요. 나는 무거운 마음으로 이 밀회에 나왔던 겁니다. 날 기다리고 있는 것은 서로서로를 사랑하는 기쁨에 빠지는 것이 아니라, 이미 한 약속을 지켜야 하고 곤란한 임무를 수행하는 것이었습니다. "그 애와는 장난칠 수 없다"는 가긴의 말이 화살처럼 내 가슴에 박혔습니다. 나흘 전만 해도 물결에 떠내려가는 이 배 안에서 행복을 갈망하며 괴로워하지 않았던가? 행복이 가능하게 되었는데, 나는 동요했고 행복을 떨쳐 버렸습니다. 아니, 행복을 떨쳐 버려야만 했죠……. 뜻밖의 행복이 나를 당황케 한 것이었어요. 아샤 자신은 불같은 성격에 나름의 과거와 교양을 갖고 있고 매력도 있었지만 유별난 존재로서, 솔직히 말해 그녀는 나를 놀라게 했던 겁니다. 내 마음속에서 여러 가지 감정이 오랫동안 서로 싸웠습니다. 약속한 시간이 다가왔어요.

'나는 그녀와 결혼할 수 없다.'

나는 마침내 결심했죠.

'나도 그녀를 사랑한다는 것을 그녀는 모를 것이다.'

나는 자리에서 일어나서 가련한 한헨의 손에 1탈레르[16]를 쥐어 주고(그녀는 고맙다는 말조차 하지 않았습니다) 루이제 부인의 집으로 향했습니다. 대기 속에는 벌써 저녁 그늘이 드리우고, 어두운 거리 위에는 가늘고 긴 한 줄기 하늘이 저녁놀의 반사를 받아 붉게 물들고 있었어요. 내가 문을 가볍게 두드리자 그 문은 곧 열렸습니다. 문지방을 넘어서자 몹시 캄캄했어요.

"여기로!"

노파의 목소리가 들렸습니다.

"당신을 기다리고 있어요."

내가 더듬더듬 두어 걸음을 내딛자 누군가 뼈가 앙상한 손으로 내 손을 잡았습니다.

"당신이 루이제 부인이신가요?"

내가 물었습니다.

"맞아요."

똑같은 목소리가 대답했습니다.

"바로 나요, 아름다운 젊은이."

노파는 가파른 계단을 따라 나를 다시 위층으로 인도하고, 3층 층계참에서 멈추어 섰습니다. 조그마한 창문에서 새어 나오는 희미한 빛 사이로 나는 주름살투성이인 시장 미망인의 얼굴을 보았죠. 감미롭고 교활한 미소를 짓자 노파의 우묵한 입술이

---

[16] 약 3마르크에 해당되는 옛 독일 은화.

늘어졌고 흐릿한 두 눈은 오그라들었어요. 노파는 내게 작은 문을 가리켰습니다. 나는 떨리는 손으로 문을 열고 들어가서 등 뒤로 문을 쾅 닫았습니다.

16

내가 들어간 조그마한 방은 몹시 어두워서 이내 아샤를 알아볼 수 없었습니다. 긴 숄로 몸을 감싼 아샤는 마치 깜짝 놀란 작은 새처럼 외면하고 머리를 거의 숨긴 채 창가 의자에 앉아 있었어요. 그녀는 가쁘게 숨을 몰아쉬며 온몸을 오들오들 떨고 있었죠. 나는 그녀가 말할 수 없이 가여웠어요. 나는 그녀에게로 다가갔죠. 그녀는 더욱더 옆으로 머리를 돌렸습니다…….

"안나 니콜라예브나."

내가 말했습니다.

그녀는 갑자기 온몸을 곧추세우고 날 쳐다보려 했지만 그러지 못했습니다. 나는 그녀의 손을 움켜잡았지만, 차디찬 그녀의 손은 죽은 사람의 손처럼 내 손바닥 위에 놓여 있었어요.

"저는 바랐어요……."

아샤는 미소를 지으려고 애쓰면서 말을 시작했습니다. 그러나 창백한 입술은 말을 듣지 않았어요.

"저는 원했어요……, 아녜요, 할 수 없어요."

하고 말하더니 그녀는 침묵했어요. 사실 그녀의 목소리는 마디마디 끊어졌습니다.

나는 그녀 옆에 앉았습니다.

"안나 니콜라예브나."

이렇게 되뇌었지만 나 역시 아무 말도 덧붙일 수 없었어요.

침묵이 흘렀습니다. 나는 아샤의 손을 잡은 채 그녀의 얼굴을 바라보았습니다. 그녀는 여전히 온몸을 움츠리고, 솟구치는 눈물을 억제하며 울지 않으려고 힘겹게 숨을 쉬면서 아랫입술을 지그시 깨물었어요……. 나는 그녀를 바라보았습니다. 겁에 질려 움직이지 않는 그녀의 모습 속에는 감동적이고 절망적인 뭔가가 있었습니다. 마치 그녀는 피로감에 지쳐서 간신히 의자까지 와서 그대로 쓰러진 것 같았어요. 내 마음도 풀렸습니다.

"아샤."

나는 겨우 들릴 만한 목소리로 말했습니다…….

그녀는 천천히 눈을 들어 날 바라보았습니다……. 아, 사랑하는 여인의 눈길을 그 누가 묘사할 수 있겠어요? 애원하고 신뢰에 가득 찬 그 눈은 뭔가를 물으면서 모든 것을 내맡기고 있었습니다……. 나는 그 눈의 매력에 저항할 수 없었어요. 가느다란 불길이 뜨거운 바늘처럼 내 몸을 타고 흘렀고, 나는 몸을 굽혀 그녀의 손에 입술을 댔습니다…….

자꾸 끊어지는 한숨 같은, 떨리는 소리가 들렸고, 나는 나뭇잎처럼 떨리는 연약한 손이 내 머리카락에 가볍게 닿는 것을 느꼈어요. 나는 머리를 들고 그녀의 얼굴을 쳐다보았습니다. 그녀의 얼굴이 갑자기 변했어요! 공포의 표정은 사라지고, 시선은 어딘가 먼 곳을 응시하며 그 시선 너머로 나를 끌고 갔습니다. 입술이 살짝 벌어졌고, 이마는 대리석처럼 창백했으며, 고수머리는 바람에 나부낀 듯 뒤로 드리워져 있었어요. 나는 모든 것을 잊고 내 쪽으로 그녀를 끌어당겼습니다. 그녀의 손이 순순히 따랐고, 숄이 어깨에서 미끄러져 내렸어요. 그녀의 머리는 내 가슴 위에, 불타는 내 입술 밑에 살며시 놓여졌습니다…….

"당신 거예요……."

그녀는 들릴락 말락한 목소리로 속삭였어요.

내 두 손은 이미 그녀의 허리 부근에서 미끄러졌고…… 그러나 갑자기 가긴에 대한 생각이 번개처럼 내 가슴을 쳤습니다.

"우리가 뭘 하고 있는 거야!"

나는 큰소리로 외치고 경련하듯 뒤로 물러섰습니다.

"당신 오빠는…… 그는 모든 것을 알고 있어요. ……내가 당신을 만나고 있는 것도 알고 있어요."

아샤는 의자에 푹 주저앉았어요.

"그래요."

나는 자리에서 일어나 다른 쪽 방구석으로 물러나면서 계속 말을 이었습니다.

"당신 오빠는 모든 것을 알고 있어요……. 나는 그에게 모든 것을 말해야만 했어요."

"말해야만 했다고요?"

그녀는 불분명하게 말했습니다. 그녀는 아직도 제정신을 차리지 못하고 내가 한 말을 잘 이해하지 못한 것 같았어요.

"그래요, 그래."

나는 약간 냉혹한 기분으로 되뇌었습니다.

"그것은 당신 탓입니다. 오로지 당신 탓이에요. 왜 당신은 자신의 비밀을 털어놓았나요? 누가 모든 것을 당신 오빠에게 얘기하라고 강요했나요? 당신 오빠는 스스로 날 찾아와서 당신과의 대화를 전해 주었어요."

나는 아샤를 보지 않으려고 애쓰면서 방 안을 성큼성큼 거닐었습니다.

"이젠 모든 것이 끝났어요. 모든 것이, 모든 것이."

아샤는 의자에서 일어나려고 했어요.

"잠깐만요."

내가 소리쳤습니다.

"잠깐만 기다려 주세요, 제발요. 당신은 성실한 인간을 상대하고 있습니다. 그래요, 성실한 인간입니다. 그러나 정말이지 당신은 왜 그렇게 흥분하죠? 정말로 당신은 내게서 어떤 변화라도 눈치챘나요? 오늘 당신 오빠가 내 집에 왔을 때 나는 그에게 숨길 수가 없었어요."

'내가 도대체 무슨 말을 하고 있는 거야?'

나는 속으로 생각했습니다. 그리고 내가 비도덕적인 거짓말쟁이이고, 가긴이 우리의 밀회에 대해 알고 있고, 모든 것이 왜곡되어 드러났다는 생각이 내 머릿속에서 윙윙 울렸습니다.

"나는 오빠를 부르지 않았어요."

아샤의 겁에 질린 속삭임이 들렸습니다.

"오빠 스스로 온 거예요."

"당신이 무슨 짓을 했는지 보세요."

나는 말을 이었습니다.

"이제 당신은 떠나려고 하는군요……."

"네, 떠나야만 해요."

그녀는 역시 조용히 말했습니다.

"내가 당신을 이곳에 오시도록 청한 건 단지 작별 인사를 하고 싶었기 때문이에요."

"그럼, 당신은,"

하고 내가 말했습니다.

"내가 가벼운 마음으로 헤어질 수 있다고 생각한 겁니까?"

"그러면 왜 오빠에게 말해 버렸나요?"

아샤는 의아하다는 듯이 물었습니다.

"정말이지 나로서는 그렇게 하지 않을 수 없었어요. 만일 당신이 털어놓지 않았더라면……."

"나는 방 안에 틀어박혀 있었어요."

아샤는 순진하게 대꾸했습니다.

"나는 우리 집 주인 여자가 다른 열쇠를 가지고 있는지 몰랐어요……."

그 순간에 그녀의 입에서 흘러나온 이처럼 순진한 변명을 듣고서 나는 하마터면 화를 낼 뻔했어요……. 그러나 지금은 감동 없이는 그녀의 말을 떠올릴 수 없습니다. 가엾고 정직하고 진실한 어린아이여!

"자, 이젠 모든 것이 끝났어요!"

나는 다시 말문을 열었습니다.

"모든 것이. 이제 우리는 헤어져야만 합니다."

나는 슬그머니 아샤를 힐끗 쳐다보았어요……. 그녀의 얼굴은 금방 새빨개졌어요. 내가 느끼기에 그녀는 부끄럽고 무서워하는 것 같았어요. 나도 열병에 걸린 것처럼 이리저리 움직이면서 말했습니다.

"당신은 무르익기 시작한 감정을 자라지 못하게 했습니다. 당신 스스로가 우리들의 관계를 끊어 버렸어요. 당신은 나를 신뢰하지 않았고, 날 의심했어요……"

내가 말하고 있는 동안 아샤는 점점 더 앞으로 몸을 수그리더니 갑자기 무릎을 꿇고 쓰러져서 손으로 머리를 감싸고 흐느끼기 시작했습니다. 나는 아샤에게 달려가서 그녀를 일으키려고 했지만 그녀는 일어나려고 하지 않았습니다. 나는 여자의 눈물을 견디지 못해요. 그래서 여자의 눈물을 보면 나는 금방 어찌할 바를 모릅니다.

"안나 니콜라예브나, 아샤."

나는 되뇌었습니다.

"제발 부탁입니다. 그만 그치세요……"

나는 다시 그녀의 손을 잡았습니다…….

몇 분 후 루이제 부인이 방으로 들어왔을 때, 나는 여전히 벼락이라도 맞은 듯이 방 한가운데에 서 있었어요. 나는 이 밀회가 어떻게 이처럼 빨리, 이처럼 어리석게 끝났는지 이해할 수 없었어요. 즉 내가 말하고 싶었고, 또 말해야만 했던 내용의 백

분의 일도 말하지 못했을 때, 이 일이 어떻게 해결될지 나 자신도 아직 모르고 있었을 때 이 밀회는 끝나 버린 겁니다…….

"아가씨는 떠났나요?"

루이제 부인은 노란 눈썹을 덧머리까지 추켜올리며 물었어요.

나는 바보처럼 그녀를 멍청히 바라보고 나서 그곳에서 나왔습니다.

17

나는 시내에서 빠져나와 곧장 들녘으로 나갔습니다. 괴로움, 미칠 것 같은 괴로움이 내 가슴을 쥐어뜯었습니다. 나는 자신에게 비난을 퍼부었어요. 아샤가 우리의 밀회 장소를 바꾸지 않을 수 없었던 이유를 나는 왜 이해할 수 없었을까? 아샤가 그 노파에게로 가는 데 얼마나 큰 대가를 치렀는지 나는 왜 깨닫지 못했을까? 나는 왜 그녀를 붙잡지 않았던가! 그 쓸쓸하고 어두컴컴한 방 안에 그녀와 단 둘이 있었을 때 나는 그녀를 밀쳐 내고, 심지어 그녀를 비난할 힘과 용기가 있었는데…… 그러나 그녀의 모습이 내 뒤를 따라다니는 지금, 나는 그녀에게 용서를 구했습니다. 그 창백한 얼굴, 촉촉하고 겁먹은 눈, 수그린 목덜미에 풀려 내린 머리카락, 내 가슴에 살짝 댄 머리의 감촉을 상기하니 내 가슴은 타는 듯 괴로웠습니다.

"당신 거예요……."

그녀의 속삭임이 들려왔어요. 나는 양심에 따라 행동했다고 확신했지만……. 거짓이다! 정말로 나는 그런 결과를 원했던가! 정말로 나는 그녀와 헤어질 수 있을까? 정말로 나는 그녀를 잃을 수 있을까?

"미친 놈! 미친 놈!"

나는 격분해서 되뇌었습니다.

그러는 사이에 밤이 깃들었습니다. 나는 아샤가 살고 있는 집을 향해 성큼성큼 걸어갔습니다.

18

가긴이 나를 향해 걸어 나왔습니다.

"동생을 만났나요?"

가긴은 아직 멀리서 내게 소리쳤습니다.

"그럼, 그녀가 집에 없나요?"

내가 물었습니다.

"없습니다."

"그녀가 돌아오지 않았나요?"

"안 돌아왔어요. 내 잘못입니다."

가긴이 말을 이었습니다.

"나는 참을 수가 없어서 우리들의 약속을 어기고 예배당에 갔다 왔어요. 그런데 아샤가 없었어요. 그렇다면 그 애는 가지 않았던가요?"

"그녀는 예배당에 가지 않았습니다."

"그럼, 당신은 그 애를 만나지 못했나요?"

나는 그녀를 만났다고 고백하지 않을 수 없었습니다.

"어디서죠?"

"루이제 부인의 집에서요. 한 시간 전에 그녀와 헤어졌습니다."

하고 나는 덧붙였습니다.

"나는 그녀가 집에 돌아와 있으리라고 믿고 있었어요."

"기다려 보죠."

가긴이 말했습니다.

우리는 집 안으로 들어가 나란히 앉았지요. 우리는 아무 말도 하지 않았고, 몹시 어색했습니다. 우리는 계속 주위를 둘러보고, 문 쪽을 바라보며 귀를 기울였습니다. 마침내 가긴이 일어섰어요.

"세상에 이런 일이 어디 있담!"

그가 외쳤습니다.

"어떻게 해야 좋을지 모르겠어요. 그 애는 날 말려 죽일 작정입니다. 정말이지…… 그 애를 찾으러 갑시다."

우리는 밖으로 나왔습니다. 밖은 이미 완전히 어두웠습니다.

"그 애하고 무슨 얘기를 했습니까?"

가긴은 모자를 눈 위로 눌러쓰면서 물었습니다.

"난 겨우 오 분밖에 만나지 못했어요."

내가 대답했습니다.

"우리가 약속한 대로 얘기했어요."

"어떻게 생각합니까?"

가긴이 물었습니다.

"우리가 흩어지는 것이 더 좋겠어요. 그래야 그녀를 더 빨리 찾을 수 있어요. 어쨌든 한 시간 후에 이곳으로 오세요."

19

나는 포도밭에서 민첩하게 내려와서 시내로 달려갔습니다. 나는 온 거리를 재빨리 돌아보고, 모든 곳, 심지어 루이제 부인 집의 창 안쪽까지 들여다보고는 라인 강으로 돌아와서 강변을 따라 달렸습니다……. 이따금 여자의 모습이 눈에 띄었지만, 아샤는 어디에도 보이지 않았습니다. 괴로움이 나를 쥐어뜯는다기보다는 내심 공포가 나를 괴롭혔습니다. 그러나 내가 느낀 것은 그 공포뿐만이 아니었죠……. 아니, 회한과 타는 듯한 슬픔과 애정을 느꼈지요. 그래요! 한없이 부드러운 애정입니다. 나는 두 손을 비비고 쥐어짜면서 엄습해 오는 밤의 어둠 속에서 아샤를 불렀습니다. 처음엔 나직한 목소리로, 이윽고 점점 더 큰 목소리로 불렀습니다. 나는 그녀를 사랑한다고 일백 번이나 되뇌었고, 결코 헤어지지 않겠다고 맹세했습니다. 다시 한 번 그녀의 차디찬 손을 잡고 그녀의 조용한 음성을 듣고, 다시금 그녀의 모습을 눈앞에서 보기 위해서라면, 나는 이 세상의 모든 것을 내던질 수도 있었습니다…… 그녀는 그렇게 가까이 있었고, 더없이 순결한 마음과 감정 속에서 아주 단호하게 결심을 하고 내게 왔던 겁니다. 그녀는 자신의 때 묻지 않은 젊음을 내게로 가져왔던 거예요……. 그런데 나는 가슴에 꼭 껴안지도 못했고, 그녀의 얼굴이 즐겁고 고요한 환희로 꽃피는 모습을 볼 수 있는 행복을 스스로 떨쳐 버렸던 겁니다……. 이런 생각이 나를 미치게 했습니다.

'그녀가 어디로 갈 수 있을까, 그녀 스스로 무엇을 할 수 있을까?'

나는 무력한 절망으로 번민하며 속으로 외쳤습니다……. 갑자기 뭔가 하얀 것이 바로 강변에서 아른거렸습니다. 나는 그 장소를 알고 있었죠. 그곳엔 약 칠십 년 전에 익사한 사람의 무덤이 있고, 그 위에 구식 비명(碑銘)을 새긴 돌 십자가가 반쯤 땅속에 파묻힌 채 서 있었습니다. 내 심장은 멎어 버렸습니다……. 십자가로 달려가 보니 하얀 모습은 사라져 버렸습니다.

"아샤!"

나는 외쳤습니다. 거친 목소리에 내 자신만 놀랐고, 아무도 대답하지 않았습니다…….

나는 가긴이 그녀를 찾았는지 알아보러 돌아가기로 결심했습니다.

20

포도밭의 오솔길을 따라 서둘러 올라가면서 나는 아샤의 방에서 불빛을 보았습니다……. 이 불빛을 보고 내 마음은 조금 진정되었어요.

나는 집으로 다가갔습니다. 아래층 문이 닫혀 있어서 나는 문을 두드렸습니다. 아래층의 어두운 창문이 조심스럽게 열리고 가긴의 머리가 나타났어요.

"찾았나요?"

나는 그에게 물었습니다.

"그 애는 돌아왔습니다."

가긴이 속삭이듯 대답했습니다.

"자기 방에서 옷을 갈아입고 있어요. 모든 것이 잘 되었어요."

"이런 고마운 일이!"

나는 형용할 수 없는 기쁨을 느끼며 소리쳤습니다.

"이런 고마운 일이! 이젠 모든 것이 잘 되었군요. 그러나 아시겠지만 우리는 아직 서로에게 해야만 하는 얘기가 있어요."

"나중에 하지요."

그는 조용히 창틀을 잡아당기면서 대답했습니다.

"나중에 해요. 지금은 이만 실례해야 되겠습니다."

"내일 봐요."

나는 말했습니다.

"내일이면 모든 것이 결정될 것입니다."

"안녕히 가십시오."

가긴이 다시 말했고, 창문이 닫혔습니다.

나는 하마터면 창문을 두드릴 뻔했습니다. 그때 가긴에게 그의 여동생에게 청혼한다고 말하고 싶었어요. 그러나 이런 때 청혼은…… 내일까지 기다리자고 나는 생각했습니다.

'내일이면 나도 행복해질 것이다…….'

내일 나는 행복할 것이다! 그러나 행복에는 내일도 어제도 없습니다. 행복은 과거를 기억하지 않고 미래를 생각하지 않아요. 행복에는 현재가 있을 뿐입니다. 그것도 하루가 아니라 순간이 있을 뿐이지요.

나는 Z까지 어떻게 도착했는지 기억하지 못합니다. 발이 나를 운반한 것도 아니고, 나룻배가 날 실어다 준 것도 아닙니다. 어떤 커다랗고 힘찬 날개가 나를 들어 올렸던 겁니다. 나는 꾀꼬리가 울고 있는 떨기나무숲 옆을 지나치다가 발길을 멈추고 오랫동안 귀를 기울였어요. 꾀꼬리가 나의 사랑과 행복을 노래하고 있는 것처럼 느껴졌기 때문입니다.

21

이튿날 아침 내가 낯익은 집으로 다가갔을 때, 어떤 광경을 보고 나는 깜짝 놀랐습니다. 집의 창문들이 모두 활짝 열려 있고, 문까지 활짝 열려 있었어요. 문지방 앞에는 무슨 종잇조각들이 나뒹굴고 있었어요. 비를 든 하녀가 문 뒤에서 나타났습니다.

나는 하녀에게 다가갔습니다…….

"떠나셨어요!"

내가 묻기도 전에 하녀가 불쑥 말했습니다.

"떠났다고?"

나는 되뇌었습니다.

"왜 떠났지? 어디로?"

"오늘 아침 여섯 시에 어디로 간단 말도 없이 떠나셨습니다. 잠깐만 기다리세요. 아마 당신이 N씨죠?"

"그렇소, 내가 N이오."

"주인마님이 당신에게 보내는 편지를 갖고 있습니다."

하녀가 위층으로 올라가서 편지를 가지고 돌아왔습니다.

"여기 있습니다."

"이럴 리가 없는데……, 이게 어찌 된 일일까?"

나는 무심결에 말했어요.

하녀는 멍청히 나를 쳐다보고 나서 빗질을 하기 시작했어요. 나는 편지를 뜯었습니다. 가긴이 내게 쓴 편지인데 아샤는 한 줄도 쓰지 않았더군요. 그는 우선 갑작스러운 출발에 대해 내가 화내지 않기를 바란다면서, 그러나 곰곰이 생각해 보면 나도 그의 결심에 찬성하리라 확신한다고 쓰고 있었어요. 그는 곤란하고 위험해질 수도 있는 이 상태에서 벗어나는 다른 방법을 찾지 못했다고 했어요. '어젯밤에' 하고 그는 써내려 갔습니다. '우리 둘이 말없이 아샤를 기다리고 있는 동안, 나는 결국 작별이 필요함을 확신했습니다. 내가 존중하는 편견이 있습니다. 그러므로 나는 당신이 결코 아샤와 결혼할 수 없다는 것을 이해합니다. 그 애는 내게 모든 것을 얘기했어요. 여동생의 안정을 위해 나는 그 애의 거듭된 강한 요청을 따르지 않을 수 없었습니다.'

편지 끝에서 그는 우리의 사귐이 이처럼 빨리 끝난 것에 대해 유감을 표하고, 나의 행복과 만사가 잘 되기를 빌면서 그들을 찾지 말아 달라고 간절히 부탁하고 있었습니다.

어떤 '편견'이냐고 나는 마치 그가 내 말을 들을 수 있는 것처럼 외쳤습니다.

'허튼소리다! 무슨 권리로 나한테서 그녀를 빼앗아 간단 말인가……'

나는 내 머리를 움켜쥐었습니다.

하녀가 큰 소리로 여주인을 부르기 시작했습니다. 그녀의 놀란 목소리에 나는 퍼뜩 정신이 들었어요. 내 마음속에 한 가지 생각이 불타올랐습니다. 그것은 그들을 찾아내자는 것, 무슨 일이 있어도 그들을 찾아내자는 것이었죠. 이런 타격을 받아들이고 그 결과와 타협한다는 것은 있을 수 없는 일이었어요. 나는 여주인한테서 그들이 아침 여섯 시에 기선을 타고 라인 강을 따라 하류로 내려갔다는 사실을 알아냈습니다. 나는 기선사무소로 갔죠. 거기서 그들이 쾰른까지 가는 표를 끊었다는 소릴 들었어요. 즉시 짐을 꾸려서 그들 뒤를 따라 배를 타고 가기 위해 집으로 갔습니다. 나는 루이제 부인 집 옆을 지나야만 했는데…… 갑자기 누군가가 날 부르는 소리를 들었어요. 고개를 들어 보니 어젯밤에 내가 아샤를 만난 바로 그 방의 창문에 시장의 미망인이 있었어요. 그녀는 역겨운 미소를 띠며 나를 불렀습니다. 나는 외면하고 지나치려고 했지만, 그녀는 내게 뭔가 줄 것이 있다면서 뒤에서 소리쳐 불렀습니다. 이 말에 나는 걸음을 멈추고 그녀의 집으로 들어갔지요. 내가 이 방을 다시 보았을 때의 나의 감정을 어떻게 표현해야 할지…….

"사실은,"

하고 노파는 조그마한 쪽지를 내게 내보이면서 말했습니다.

"당신 스스로 내게 들를 경우에만 이 쪽지를 주려고 했지만, 당신이 몹시 훌륭한 젊은이라서 주는 겁니다. 자, 받아요."

나는 쪽지를 받았습니다.

조그마한 종잇조각 위에는 연필로 급히 휘갈겨 쓴 다음과 같은 말이 적혀 있었어요.

안녕히 계세요. 우린 다시는 만나지 못할 거예요. 제가 떠나는 것은 오만함 때문이 아닙니다. 아녜요, 이렇게 하지 않을 수 없어요. 어제 제가 당신 앞에서 울었을 때, 만일 당신께서 한마디, 단 한마디만 말씀해 주셨더라면 나는 남았을 거예요. 당신은 한마디도 하지 않았어요. 어쩌면 그 편이 더 좋았겠죠……. 안녕히 계세요. 영원히!

한마디…… 아아, 나는 미친놈입니다! 그 말…… 나는 어젯밤에 그 말을 눈물을 흘리며 되뇌었고, 그 말을 바람에 날려 버렸습니다. 나는 텅 빈 들녘 한가운데서 그 말을 되뇌었던 겁니다……. 그러나 정작 그녀에게는 그 말을 하지 못했어요. 내가 그녀를 사랑한다고 말하지 못했습니다……. 정말이지 나는 그 당시 그 말을 입 밖에 낼 수 없었어요. 그 운명적인 방에서 그녀와 만났을 때, 내 마음속에는 뚜렷한 사랑의 의식이 없었습니다. 그녀의 오빠와 함께 무의미하고 괴로운 침묵 속에 앉아 있었을 때조차도 그것은 아직 깨어나지 않았습니다……. 그러나 잠시 후, 불행의 가능성에 놀라 내가 그녀의 이름을 부르며 찾아 돌아다녔을 때…… 그것은 억누를 수 없는 힘으로 타올랐습니다. 그러나 그때는 이미 늦었던 겁니다. '그렇다고 그것이 불가능한가!' 하고 사람들은 내게 말하겠지요. 그것이 가능한지 아닌지는 모르지만, 그것이 진실임을 나는 알고 있습니다. 만약 아샤에게 조금이라도 교태의 기미가 있었고, 아샤의 신분이 떳떳했더라면 아샤는 떠나지 않았을 겁니다. 다른 여자라면 누구나 참았을 것을 그녀는 참지 못했어요. 나는 이것을 이해하지 못했던 거죠. 나의 나쁜 천성이 어두운 창문 앞에서 가긴과 마지막으로 만났을 때, 내 입에서 나오려는 고백을 막아 버렸습니다. 그래서 그때까지도 잡을 수 있었던 마지막 끈이 내 손에서 미끄러져 떨어졌던 겁니다.

그날 나는 짐을 싼 트렁크를 가지고 L시로 돌아와서 쾰른으로 가는 배를 탔습니다. 지금도 기억하는데, 배가 이미 출발하고 내가 결코 잊을 수 없는 이 거리들이며 이 모든 장소들에게 마음속으로 작별을 고하고 있을 때 나는 한헨을 보았습니다. 그녀는 강변 근처의 벤치에 앉아 있었어요. 그녀의 얼굴은 창백했지만 슬퍼 보이지는 않았어요. 잘생긴 젊은이가 그녀 옆에 서서 웃으면서 뭔가를 그녀에게 얘기하고 있었습니다. 라인 강 저쪽에는 나의 조그마한 마돈나가 늙은 물푸레나무의 짙은 녹음 속에서 여전히 슬픈 모습으로 내다보고 있었습니다.

22

쾰른에서 가긴과 아샤의 종적을 우연히 알아냈습니다. 그들이 런던으로 갔다는 것을 알고 나서 나는 그들 뒤를 쫓았죠. 그러나 런던에서 그들을 찾으려는 나의 모든 노력은 수포로 돌아갔지요. 나는 오랫동안 단념하지 않고 고집을 부렸습니다만, 결국 그들을 찾으려던 나의 희망을 포기하지 않을 수 없었어요.

이렇게 해서 나는 그들을 더 이상 보지 못했습니다. 아샤를 만나지 못했던 겁니다. 가긴에 대해서는 막연한 소식이 들려왔지만, 아샤는 내게서 영원히 사라져 버렸습니다. 지금도 나는 그녀가 살아 있는지 죽었는지조차 모릅니다. 몇 년이 지난 뒤 한번은 외국에 있을 때 기차간에서 한 부인을 언뜻 보았는데, 그 부인의 얼굴은 결코 잊을 수 없는 모습을 생생하게 떠올리게 했습니다……. 그러나 나는 우연히 닮은 모습에 속았던 것 같습니다. 아샤는 내 일생에서 가장 행복했던 시절에 내가 알았던 바로 그 소녀의 모습 그대로, 나직한 나무 의자 등받이에 몸을 기대고 있던 모습, 마지막으로 보았던 그 모습 그대로 내 기억 속에 남아 있습니다.

그러나 나는 그다지 오랫동안 아샤에 대해 슬퍼하지 않았음을 고백해야만 합니다. 나와 아샤가 맺어지지 않아서 운명이 잘 풀렸다는 생각까지 했어요. 아마도 그런 아내와는 행복하지 못했으리라는 생각으로 위안을 삼기도 했습니다. 그 당시 나는 젊었기 때문에 미래, 그 짧고 빠르게 지나가는 미래가 무한한 것처럼 보였어요. 전에 일어났던 일이 어째서 되풀이될 수 없는 가, 아마도 더 좋고 더 아름다운 일이 일어날 수도 있다고 나는 생각했습니다……. 나는 다른 여자들을 알게 되었지만, 아샤가 내 마음속에 불러일으켰던 그토록 강렬하고 부드럽고 깊은 감정은 결코 다시 일어나지 않았어요. 정말입니다! 내겐 그 어떤 눈도 언젠가 사랑스럽게 나를 응시했던 그 눈을 대신하지 못했고, 나의 심장은 내 품에 안겼던 그 누구의 심장에도 그렇게 즐겁고 달콤하게 가슴을 두근거리며 반응하지 않았어요! 가족도 없이 독신으로 외롭게 살 팔자인 나는 따분한 세월을 보내고 있지만, 아샤가 보낸 쪽지와 언젠가 그녀가 창문에서 내게 던져 준 그 꽃, 시들어 버린 제라늄 꽃을 성물(聖物)처럼 간직하고 있습니다. 그 꽃은 아직도 엷은 향기를 내뿜고 있건만 그 꽃을 내게 건네 준 손, 단 한 번 내 입술에 가져다 댈 수 있었던 그 손은 이미 오래 전에 무덤 속에서 썩고 있는지도 모릅니다……. 그리고 나는, 나 자신은 어찌 되었나요? 나라는 인간에게서, 행복하고 불안했던 그 시절에서, 날개라도 돋을 것 같았던 희망과 열망에서 도대체 남은 것은 무엇인가요? 보잘것없는 풀의 엷은 냄새도 인간의 온갖 기쁨과 슬픔보다 더 오래 남고, 인간 그 자체보다도 더 오래 남는 법입니다.

【 작품 해설 】

사랑의 다양한 스펙트럼

 '사랑'은 소설의 영원한 주제이다. 진부하면서도 필수불가결한 요소로 사랑이 빠진 소설은 거의 없다고 봐도 틀린 말은 아니다. 동서고금을 막론하고 모든 소설에는 어떤 형태로든 사랑이 등장한다. 이성 간의 에로스적이든 플라토닉이든, 부모 자식 사이나 동료 또는 친구 사이의 우정도 사랑의 한 형태이며, 나아가서 형제애나 이웃 간의 애틋한 정도 사랑의 감정에서 발현한다. 여기 실린 여섯 편의 소설은 그중 특히 남녀 간의 사랑이라는 프리즘에 굴절된 여러 가지 형태의 사랑 이야기를 한데 묶은 것이다.
 오스카 와일드는 세상에서 가장 어려운 것이 '사랑하는 사람을 잃는 것'과 '사랑하는 사람을 얻는 것'이라고 말했다. 사랑하는 순간 인간은 고통스럽고 아프면서도 행복을 느낀다. 사랑이 시작된 순간 고통과 행복도 시작된 것이다. 사랑에 빠지면 상대의 사랑을 얻지 못할까 봐 근심하고, 얻었다 해도 오래가지 못할까 두려워하거나 상대의 진심을 의심하느라 노심초사한다. 그래서 매 순간 고통과 행복의 곡예를 할지언정 사랑 없이 한순간도 살 수 없는 것이 또 사랑에 빠진 이들의 지독한 모순이다. 그리하여 작가들은 사랑에 목숨 걸었던 사람들의 다양한 초상을 끊임없이 조명해 왔다.

이제 이율배반적인 양가감정에 휩싸인 채 평생을 소진했던 사람들의 처절할 정도로 순수한 사랑, 불온한 사랑, 애절한 사랑을 한 편씩 들여다보자.

과연 평생에 사랑은 딱 한 번뿐일까? 모파상은 〈의자 고치는 여자〉, 에미 스이인은 〈숯쟁이의 연기〉에서 딱 한 번뿐이라고 과감히 단언한다.

〈의자 고치는 여자〉는 어린 시절 짝사랑한 남자 슈케를 위해 의자를 고쳐서 번 푼돈을 주고, 남자는 돈 받는 재미에 여자를 만나 준다. 세월이 흘러 남자가 가정을 꾸린 뒤에도 여자는 떠돌면서 의자를 고쳐 벌어 모은 유산을 남자에게 전해 달라는 말을 남기고 숨을 거둔다. 뒤늦게 떠돌이 비렁뱅이 여자에게 지극한 사랑을 받았다는 사실에 분개한 남자는 자신의 명예와 품위가 훼손당하기라도 한 듯 펄쩍 뛰지만 '눈물겨운 그 돈'을 보자 태도가 돌변한다. 물질 앞에서 비굴하게 무너지는 심리 또한 씁쓸하지만 어쨌거나 자신의 모든 것을 사랑하는 이에게 남겼다는 것을 위안 삼으며 행복하게 죽어 간 여인의 일편단심이 애잔하다.

〈숯쟁이의 연기〉의 주인공 신지는 깊은 산에서 숯을 구우며 사는 성실한 청년으로 딱 한 번 본 산주인의 딸, 아가씨를 짝사랑해 평생을 애태운다. 아름다운 자태에 반해 그리워하면서도 이루지 못할 사랑이라고 포기하고, 때로 슬퍼서 우는 동안 한 해 두 해 나이를 먹는다.

"그냥 마음속으로만 아가씨를 내 아내로 여기며 지내면 되는 거였는데. 내 마음속 아가씨라면 다른 남자와 부부가 되지도 않을 테고, 무슨 일이 있어도 나를 버리지 않을 테니까. 나 같은 놈이라도 버리지 않고 내 말에 따르며 어떻게든 즐겁게 지낼 수 있었을 거야. 그래, 내 자유지. 내가 죽을 때까지 아가씨도 죽지 않을 테고, 내가 잠이 들면 아가씨도 잠자고, 내가 잠에서 깨면 아가씨도 눈을 떠. 내가 죽으면 그때 아가씨도 죽는 거야. 그렇게 생각하며 평생 이 산속에서 살 거야."

신지의 독백을 읽다 보면 평생에 걸친 단 한 번의 지극한 짝사랑이 애틋하다 못해 가슴이 덜컹 내려앉는 것 같다.

우리는 흔히 사랑과 집착을 혼동한다. 사랑하기 때문에 사랑받아야 하고, 사랑받는다고 느낄 때 행복한 만큼 사랑받지 못하면 불행해하며 상대를 괴롭힌다. 진정한 사랑은 집착이 비집고 들어올 틈이 없다. 또한 사랑에는 이유가 없다. 사랑을 크게 '~하기 때문에 사랑'과 '~함에도 불구하고 사랑'으로 대별하는 이유도 그 때문이다.

그렇다면 불륜도 사랑인가? 체호프는 〈개를 데리고 다니는 부인〉에서 불륜을 고통스럽지만 아름다운 사랑으로 정의 내린다. 톨스토이의 〈안나 카레니나〉에서 영향을 받은 이 작품은 진정한 사랑에 눈을 떴지만 유부남과 유부녀 신분일 때도 그 사랑이 축복받을 수 있는가에 대해 화두를 던지고 있다. 비록 사회적으로 용인될 수 없지만 난생 처음 사랑의 감정을 느낀 두 남녀의 고통은 '철새 암수 한 쌍이 서로 다른 새장에 갇혀 있는 형상'으로 비유된다.

"머잖아 해결책을 찾으면 그때는 새롭고 근사한 인생이 시작되리란 생각이 들었다. 그리고 두 사람 다 확실히 알고 있었다. 끝은 아직 멀고 멀었다는 것과 이제 막 가장 복잡하고 어려운 고민이 시작됐다는 사실을."

이 마지막 문장은 둘의 사랑을 완성하기 위해 다른 가족들을 희생시키면서까지 결합할 것인가, 이대로 헤어질 것인가 깊어진 고민을 열린 결말로 처리하고 있다. 독법에 따라 생각하기 나름인 이 문장은 소설 〈개를 데리고 다니는 부인〉이 한 세기가 넘게 숱한 화제와 논란의 중심에 있어 왔다는 사실을 뒷받침해 준다.

그런가 하면 이 세상에 완전한 사랑은 없다. 사랑의 완성이 결혼은 아니건만 많은 연인들은 사랑한다는 이유로 결혼하고 살면서 배우자를 둘도 없는 원수 취급한다. 헨리 제임스의 〈실수의 비극〉은 남편의 오랜 친구와 사랑에 빠진 아내가 2년 만의 외유에서 돌아오는 남편을 청부 살해하도록 지시했는데, 공교롭게도 살인자의 착오로 남편이 아닌 정부를 살해한다는 내용이다. 제목 〈실수의 비극〉을 곰곰이 생각해 보면 전적으로 아내 입장에서 봤을 때 남편이 아닌 정부를 죽인 게 실수로 여겨지지만, 근원적으로 파고 들어가면 두 남녀가 부부로 맺어진 데서 이미 비극적 실수는 잉태되었음을 알 수 있다. 첫 단추를 잘못 끼운 마당에 무엇이 실수인지 선후를 가리는 것 자체가 모순이다. 이 세상 수많은 부부들 중에 일관되게 행복하고 완벽한 사랑으로 해로하는 부부가 얼마나 될 것인가!

지고지순한 사랑과 자기희생을 그린 담시(譚詩) 〈이녹 아든〉은 순애보적인 삼각관계의 원형으로, 모든 조건과 이해관계를 뛰어넘은 아름다운 사랑 이야기다. 어릴 적 소꿉친구였던 이녹과 애니는 행복한 결혼 생활을 하지만 이녹이 돈을 벌기 위해 떠났다가 배가 난파돼 무인도에서 십 년을 보내는 동안 또 다른 소꿉친구 필립이 애니를 돌봐 주다가 이녹이 죽은 걸로 단정짓고 결혼한다. 천신만고 끝에 돌아온 이녹은 아내와 친구의 행복을 위해 자신의 신분을 밝히지 않고 홀로 외롭게 죽어 간다는 내용이다. 영화 〈해바라기〉, 〈쉘부르의 우산〉, 〈캐스트 어웨이〉, 〈진주만〉의 원작으로도 유명한데, 여기선 아름답고 차분한 자연묘사와 함께 원작의 향기를 물씬 느낄 수 있다.

투르게네프의 중편 〈아샤〉는 러시아 연애소설의 고전으로 사랑의 감정과 열정, 찰나적이면서도 우수에 사무친 비극적 사랑을 세밀화로 묘사한 걸작이다. 태생의 비밀과 환경적 요인으로 매우 변덕스럽고 발랄하고 엉뚱하면서도 열정적인 아가씨 아샤와 이복오빠 가긴 그리고 주인공 화자, 세 젊은이 사이의 사랑과 갈등, 실연과 그리움이 아름다운 자연묘사와 더불어 한 폭의 수채화를 연상시킨다. 어긋난 사랑이라 더욱 안타깝고 그리운 심정을 투르게네프 특유의 감성적 필치로 섬세하게 잘 그려내고 있다. 작가가 독일 유학 당시 겪었던 자전적 실화를 바탕으로 쓰인 이 작품을 두고 시인 네크라소프는 이렇게 탄복했다. "이 작품에는 청춘의 힘이 넘친다. 아샤, 이것은 순금(純金)의 서사시다. 전편에 흐르는 미적 감각은 독자들을 시의 경지로 이끈다." 슬라브적 우수와 애조 띤 러시아적 정서를 우아하고 정확한 필체로 그려 내 러시아 제일의 문장가로 꼽히는 투르게네프의 진수를 맛볼 수 있는 고급한 작품이다.

참된 사랑은 뫼비우스의 띠처럼 행복과 고통이 맞물려 있는 만큼 수시로 명암이 교차해서 자칫 잘못하면 길을 잃고 헤맬 수밖에 없다. 사랑은 상실이며 단념이다. 사랑은 모든 것을 상대에게 주었을 때 가장 풍성해진다는 말이 있다. "사랑할 수 있다는 것은 모든 것을 할 수 있는 것"이라던 체호프의 말은 시사하는 바가 크다. 사랑할 줄 아는 것은 큰 축복이다. 그런 측면에서 한 시대를 풍미한 사랑에 목숨 걸었던, 여섯 편 주인공의 사랑을 들여다보는 것도 의미있을 것이다.

이나미(소설가)

테마명작관 1

사랑

초판 1쇄 발행 | 2011년 7월 1일

지은이 | 모파상, 에미 스이인, 체호프, 헨리 제임스, 테니슨, 투르게네프
옮긴이 | 정숙현, 권일영, 이나미, 홍은택, 김난령, 이항재
편집위원 | 이나미
발행인 | 김태진, 승영란
마케팅 | 함송이, 김미영
디자인 | Design co•KKIRI
출력 | 타임출력
인쇄 | 대일문화사
펴낸 곳 | 에디터
　　　　서울특별시 마포구 공덕동 105-219 정화빌딩 3층
　　　　전화) 02-753-2700, 2778
　　　　팩스) 02-753-2779
출판등록 | 1991년 6월 18일 제313-1991-74호
값 11,000원

ISBN 978-89-92037-80-8　04800
ISBN 978-89-92037-79-2 (세트)

본사의 서면 허락 없이는 어떠한 형태나 수단으로도 이 책의 내용을 이용하지 못합니다.
•잘못된 책은 구입하신 곳에서 바꾸어 드립니다.